생산적
글쓰기

생산적 글쓰기

지은이 | 임재성
펴낸곳 | 북포스
펴낸이 | 방현철

편집자 | 공순례
디자인 | 엔드디자인

1판 1쇄 찍은날 | 2014년 4월 3일
1판 1쇄 펴낸날 | 2014년 4월 10일

출판등록 | 2004년 02월 03일 제313-00026호
주소 | 서울시 영등포구 양평동5가 18 우림라이온스밸리 B동 512호
전화 | (02)337-9888
팩스 | (02)337-6665
전자우편 | bhcbang@hanmail.net

ISBN 978-89-91120-77-8 (03800)
값 14,000원

삶을 변화시키는

생산적 글쓰기

| 임재성 지음 |

북포스

'글쓰기' 하면 학창 시절에 했던 일기 쓰기나 독후감 쓰기가 가장 먼저 떠오른다. 그 숙제가 하기 싫었던 만큼 글을 쓴다는 두려움이 우리 안에 각인돼버린 건 아닌지 모르겠다. 지금껏 나는 글쓰기가 쉽다고 말하는 사람을 보지 못했다. 이 책을 읽을 결심을 한 당신도 마찬가지일 것이다. 어렵다는 글쓰기를 어떻게든 한번 해보고자 하는 마음이 이 책을 선택하게 했으리라.

하지만 막막함이 쉬이 사라지지 않을 것이다. 나도 그런 과정을 거쳐왔기에 충분히 공감한다. 그러나 포기하지 말기 바란다. 펜을 내려놓거나 컴퓨터 자판을 옆으로 밀쳐버리는 일은 하지 말기를. 뭐든 읽고 적어보는 일을 쉬지 않으면 된다. 그거면 된다. 그러면 머지않아 머릿속 상상이 현실이 되어 눈앞에 그대로 펼쳐진다. 의심할 필요가 없다.

글을 쓰기 전에 생각한 것보다 쓰고 난 후 얻는 것은 상상을 초월한다. 글은 삶을 흔든다. 삶을 꿈틀거리게 하는 묘한 마력이 있다. 글을 쓰고 난 후 얻을 수 있는 유익들은 무궁무진하다. 그 유익을 함께 나누기 위해 이 책을 썼다.

이 책은 단순히 글을 잘 쓰는 능력을 키우고자 하는 목적을 넘어

선다. 삶을 변화시키고 내 안의 상처를 치유하고 다른 사람의 삶을 이해할 수 있는 통로로 글쓰기를 이야기한다. 그 과정을 통해 얻어지는 부수적인 것보다 더 중요한 것은 자신의 삶과 다른 사람의 삶에 대한 이해라고 생각한다. 나아가 작가적인 삶을 꿈꾸는 이들을 위한 지침서이기도 하다.

PART 1에서는 글이 어떻게 삶을 변화시키는지를 이야기했다. 내가 특히 강조한 바는 부모님의 삶을 관조해보라는 것이다. 글쓰기로 부모님 삶을 살피는 데 신경을 썼던 내 경험을 충실히 담았다. 부모님을 알아야 내 삶의 근원을 알 수 있으며, 그래야 내 삶에 변화를 일으킬 수 있기 때문이다. 아울러 아무런 준비 없이 글쓰기에 도전하는 사람들을 위해 글의 장르를 자세히 설명했다. 자신에게 맞는 분야를 탐독하며 도전할 분야를 선택할 수 있을 것이다.

PART 2에서는 자신의 생각을 글로 풀어내는 방법들을 이야기했다. 글쓰기를 처음 시도하는 사람이나 글쓰기에 자신이 없는 사람은 물론이고 지금보다 더 잘 쓰고 싶어 하는 사람, 세련된 글을 쓰고 싶어 하는 사람, 나아가 내 이름으로 된 책을 펴내고 싶어 하는 사람에게 들려주는 조언이다.

PART 3는 작가적인 삶을 꿈꾸는 이들을 위한 이야기다. 한 편의 원고를 좀 더 맛깔스럽게 변신시키는 방법부터 출판사를 통해 책을 펴내는 방법까지, 거친 초고가 멋진 책으로 만들어져 나오는 과정 전체를 살폈다. 그 방법을 따르면 출판사 지원을 받아 작가라는 타이틀을 손에 쥘 수 있을 것이다.

나는 글쓰기와는 아무런 관계가 없는 삶을 살아왔다. 하지만 써야겠다는 당위성이 생긴 이후부터 치열하게 읽고 쓰기를 반복했다. 누구의 도움도 받을 수 없었다. 혼자 감내해야 하는 즐거운 고통이었다. 수많은 시행착오를 겪었다. 그 과정에서 방법을 찾고 길을 열었다. 그리고 내 이름으로 된 책을 펴냈다. 드디어 작가가 되었다.

이 책에는 내 모든 경험이 담겨 있다. 글밥을 먹어보지 않은 사람이 책을 펴내며 얻은 기록이다. 성인이 돼서 써본 첫 글은 독후감 한 편이었다. 밤새도록 머리를 싸매고 쓴 글이 단몇 줄에 불과했다. 하지만 지금은 원고지 900매가 넘는 글을 쓴다. 그 과정에서 얻은 소중한 경험을 여기 담았다. 나의 이야기가 큰맘 먹고 글쓰기에 도전하는 사람들에게 위안과 희망을 주리라 믿는다. 용기를 가지고 이 책에서 이끄는 대로 시도해보면 삶을 변화시키는 생산적인 글쓰기를 이룰 수 있을 것이다.

"나는 마흔일곱 살이 돼서야 글을 쓰기 시작했다. 오래전부터 글을 쓰고 싶었지만 어떤 학위가 있어야 하거나, 어떤 집단의 일원이 되어야 하는 줄 알았다. 물론, 아무도 내게 그 집단에 가입하라고 요청하지 않았다. (…) 그저 시작하기만 하면 된다는 것을 깨달았다."(애비게일 토머스)

이 책을 펼쳐 든 당신에게 마지막으로 해주고 싶은 말이다. 생산적인 삶으로 변화하길 꿈꾼다면 망설이지 마라. 그저 시작하면 된다. 이것이 진리다.

봄의 기운이 돋는 날
서재에서 임재성

: PART 3 내 책이 나오다 :

7장 출판사에 원고를 넘기기까지

8장 여기가 독자의 아킬레스건이다

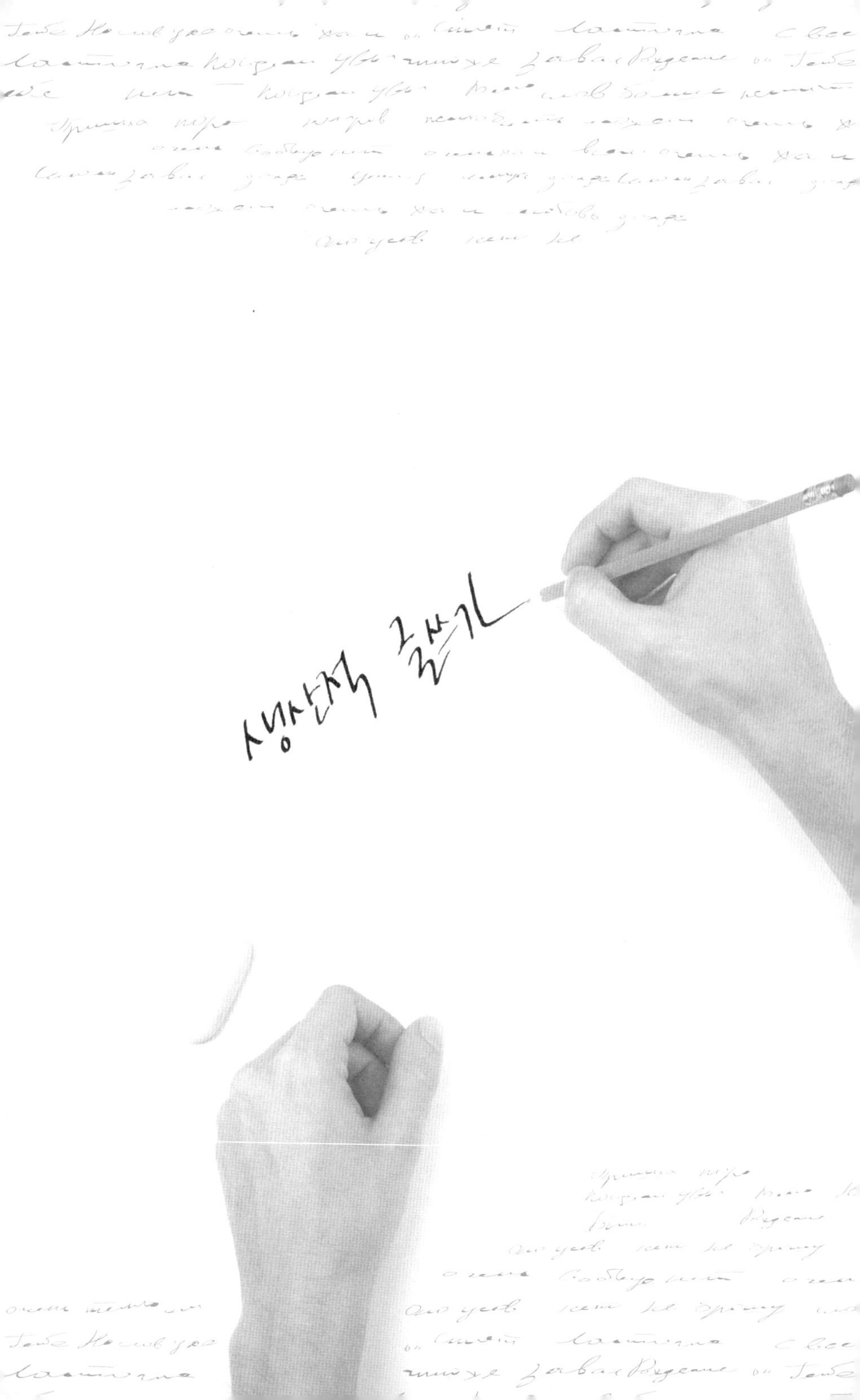

PART 1

글은

삶을

흔든다

지금과는 다른 모습이길
꿈꾸는 사람들

: 써보기 전에는 알 수 없다 :

지금 이 순간, "내 삶이 정말 좋고 만족하며 행복합니다"라고 이야기할 수 있는 사람이 몇이나 될까? 어느 시인의 말처럼 '그때 그일이, 그 사람이 노다지였을지 모르는데, 꽃봉오리였을지 모르는데'라는 후회만 안고 현재의 삶을 살아가고 있는 것은 아닌지 모르겠다. 아니면 내일은 날개를 달고 화려한 삶을 살 수 있을 거라는 자기 최면에 빠져서 오늘을 견디고 있는 것은 아닐까.

이는 우리가 완전한 만족 없이 고민과 갈등 속에서 살아간다는 것을 보여준다. 원하는 대로 일이 풀리지 않고, 나아갈 방향을 잃을 때도 많다. 그때마다 '처음부터 다시 시작할 수 있다면, 다시 기회가 주어지면 좋으련만'이라고 자조 섞인 후회를 한다.

가만히 살펴보면 삶의 시기마다 어려운 문제들이 있었다. 중·고등학생 때를 돌아보면 그때만의 고민이 있었다. 청년이 돼서 봤을 땐 너무 유치한 문제들이었지만, 그때 그 상황에서는 가장 크고 힘든 주제였다. 이십대, 삼십대, 사십대…, 그리고 인생의 마지막 순간에서도 우린 어떤 문제로 고민하고 있을 것이다. "사십대가 되어 보니 이십대 때의 문제는 문제도 아니더라"라고 어떻게 단언할 수 있겠는가.

힘든 인생이든 행복한 인생이든 인생을 들여다볼 수 있어야 한다. 매 시기 주어지는 삶의 고민과 문제 앞에 우린 정답을 찾을 수는 없다. 하지만 그 답을 찾기 위한 고민의 과정을 거쳐야만 한다. 그럴 때 가슴을 후벼 파는 아픔도, 저미어 오는 슬픔도, 되돌이표처럼 반복되는 삶의 흔적들도 발견할 수 있다. 문제를 바로 알아야 해답을 찾을 수 있듯이 현재의 삶이 이해돼야 아픈 상처를 치유하고 행복한 미래를 설계할 수 있다. 그럴 때 필연적으로 삶의 변화가 일어난다.

삶을 들여다보고, 인생의 어려운 문제에 답을 찾는 과정 중 추천

할 만한 것이 글쓰기다. 글쓰기에는 삶의 문제를 발견하고 해결할 묘안이 숨겨져 있다. 놀라운 비밀이 담겨 있는 것이 글쓰기다.

그런데 글쓰기를 통해 얻게 되는 수많은 장점은 글을 쓰기 전에는 절대 알 수 없다. 누군가의 조언으로도 느낄 수 없다. 오직 직접 씀으로써, 쓰는 사람 자신만이 알 수 있다.

소설가 아니타 브루크너는 이렇게 말했다. "글쓰기를 시작할 때까지는 그것을 통해 무엇을 터득하게 될지 알 수 없다. 당신은 글쓰기를 통해 그런 것이 있는 줄도 알지 못했던 진실들을 알아차리게 된다."

그렇다고 긴장할 필요는 없다. 학창 시절의 소원만으로 족하다고 생각할 필요도 없다. 언젠가는 써야지라는 막연한 생각도 이제는 던져버려야 한다. 삶을 변화시키는 주인공은 책 속에나 등장하는 이들의 전유물이 아니다. 이 글을 읽고 있는 당신 자신이어야 한다.

시작은 그냥 적어보는 것이다. 지금 나의 생각, 고민, 문제, 행복, 바람, 아픔 등을 단 한 줄이라도 글로 적어보면 된다. '그것이 뭐가 되겠어?'라는 생각은 접어두고 내 삶을 들여다보는 위치에서 한번 봐주는 것이다. 바빠서, 그런 여유가 없어서, 난 그런 능력이 안 돼서라는 핑계와 변명거리는 일단 서랍에 넣고 작은 수첩이든 스마트폰의 메모장이든 머릿속 생각을 한 줄의 글로 적는 한 걸음, 그것이 필요하다. 그래야 내 삶에 변화의 바람이 시작된다.

: 진실만 붙들면 돼 :

진실이 무엇인지 분별하기 힘든 시대다. 저마다 자기 말이 진실이라고 목소리를 높이지만 믿기가 힘들다. 툭하면 터지는 비리와 스캔들, 왜곡된 삶의 이야기들이 우리를 혼란의 소용돌이로 몰아가기 때문이다.

진실이 설 수 없는 세상에 희망은 존재하지 않는다. "이 세상을 움직이는 힘은 희망이다." 마르틴 루터의 말대로 희망이 있어야 개개인의 삶도 세상의 변화도 시작된다. 희망이 없는 삶, 희망이 없는 세상은 암흑이다. 암흑에서는 어떤 생명체도 살아갈 수 없다.

진실이 무엇인지 알 수 없는 것은 비단 오늘날의 문제만은 아니다. 인류의 본질적인 욕구가 참되게 살고자 하는 것이기에 그렇다. 인간의 본질을 꿰뚫으며 시대를 아우르는 통찰이 담긴 인문학이 추구하는 것을 보면 그것을 알 수 있다. 인문학은 나는 누구이며, 왜 사는지, 참된 삶의 가치는 어디에서 찾을 것인지를 바라보게 하고 성찰하게 한다. 이 같은 인류의 고민은 태고부터 시작되었다. 하지만 그 결과는 여전히 시원치 않다.

진실이 죽어가는 것은 삶을 참되게 하지 못한 까닭이다. 참된 삶에서는 거짓이 나오지 않는다. 그래서 글쓰기가 필요하다. 글은 진실이 곧 생명이기에 그렇다. 진실이 없는 글은 죽은 글이다. 제아무리 멋진 수식어로 포장해도 아무런 감동을 일으키지 못한다. 양치기 소년의 외침 같을 뿐이다. 그럴듯해 보이지만 어떤 변화의 물결도 일렁이게 할 수 없다.

> 〈파리는 날마다 축제〉에서 어니스트 헤밍웨이는 이렇게 말한다. "나는 창가에 서서 파리의 지붕들을 내다보며 이렇게 생각하곤 했다. '걱정하지 마. 넌 지금까지도 잘 써왔으니 앞으로도 잘 쓸 거야. 일단 진실한 문장 하나를 쓰면 돼. 네가 아는 가장 진실한 문장을 써봐.' 그렇게 해서 마침내 진실한 문장 하나를 쓰고 나면 거기서부터 글을 써나갈 수 있었다. 그것은 어렵지 않았다. 내가 알고 있거나 어디선가 읽었거나 누군가에게 들은 진실한 문장 하나쯤은 늘 있었기 때문이다."
>
> – 《인생을 글로 치유하는 법》, 바바라 애버크롬비

헤밍웨이는 미사여구보다 진실한 하나의 문장을 원했다. 그것이 힘이요 생명이기에 온 힘을 기울였다. 진실 없는 글을 쓴다고 여겨지면 시곗바늘을 돌렸다. 진정성이 없는 글로는 독자의 마음도 자신의 삶도 변화시킬 수 없다고 믿었기 때문이다.

《유혹하는 글쓰기》의 저자 스티븐 킹은 진실한 글을 쓰라며 이렇게 말한다. "여러분이 쓰고 싶은 것이라면 무엇이든지, 정말 뭐든지 써도 좋다. 단, 진실만을 말해야 한다."

강하다. 뭐든지 써도 되지만 진실만을 이야기해야 한단다. 이 시대의 진정한 작가 조정래도 같은 말을 전한다. "작가는 진실 지킴이로서 산소 같은 역할을 해야 한다."

당대에 이름을 떨쳤던 작가들은 하나같이 진실한 글을 써야 한다고 이야기한다. 진실 없는 글은 죽은 글임을 알았기 때문이다.

글의 생명이 진실이라면 우리의 삶도 진실해야 한다. 삶이 곧 글이기 때문이다. 삶의 이야기가 글이라는 도구를 통해 새롭게 태어나기 때문이다. 그래서 우리 인생은 진실한 하나의 문장을 찾는 여정과 같다고 말한다. 그러니 어찌 글이 사람을 참되게 한다고 아니하겠는가.

교육가이자 아동문학가인 이오덕은 글쓰기로 삶을 참되게 가꿀수 있다고 말한다. "아이들에게 글을 쓰게 하는 목적은 삶을 참되게 가꾸어 사람다운 사람이 되게 하는 데 있다."

이오덕은 삶을 참되게 할 방법을 글쓰기에서 찾았다. 진실된 글을 쓰면 참된 삶으로 변화한다. 아니, 참된 삶을 살기 위해 글을 써야 한다. 어떤 글이든 상관없다. 진실이 담긴 글이라면 어떤 장르든 삶을 변화시킬 수 있다. 무엇이든 글로 쓴다면 거짓된 삶에서 해방될 수 있다.

'글을 쓴다고 어떻게 참된 삶을 살 수 있어?'라고 판단하기 전에 펜을 드는 일이 먼저다. 일단 써보고 나서 말하라. 쓰기 전에는 어

떤 말도 하지 마라. 무엇이 되었든 진실된 마음으로 끼적이기 시작
할 때 참된 삶으로 변화가 시작된다.

: 나를 찾아 사다리를 오르는 것 :

　살아가다 보면 풀리지 않는 수수께끼로 골머리를 앓을 때가 있
다. 도대체 어디서 답을 찾아야 할지 난감해진다. 바로 '나는 누구
인가?'라는 문제다. 자신이 어떤 존재이며, 자기 인생이 어떤 의미
가 있는지, 어떻게 살아가야 할지 우리는 늘 고민한다. 인생의 답
을 찾기 위해 오늘도 온갖 노력을 기울이는 것이 우리 삶이다.
　세계를 움직이는 사상가 찰스 핸디는 평생 풀리지 않는 수수께끼
로 고민했다. 그 증거를 다음에서 찾을 수 있다.

　　지금 생각해보면 삶이란 자신의 정체성을 찾는 과정에 다름 아니라는

　　생각이 든다. 자신이 진정 어떤 사람인지, 진정 어떤 일에 재능이 있는

　　지를 끝내 모른 채 죽는다면 참으로 서글픈 일이다. 삶이란 정체성이

　　라는 사다리를 오르는 과정이고, 우리는 사다리를 오르면서 서서히 자

　　신의 정체성을 증명하고 발견해간다.

　　- 《포트폴리오 인생》, 찰스 핸디

찰스 핸디는 수많은 업적을 남기고 자신만의 사상체계를 완성했다. 모두가 부러워하는 자리에 오르기도 했다. 그렇지만 자신의 삶을 되돌아보니 결국 '나는 누구인가?'라는 정체성을 찾는 여정이었다고 이야기한다.

유시민은 정치인에서 글 쓰는 삶으로 전환하는 시점에 《어떻게 살 것인가》를 펴냈다. 그는 책에서 자기다운 삶, 자신이 원하는 인생을 살기로 결심하며 삶에 질문을 던진다.

나는 무엇인가? 나는 누구인가? 어떻게 살아야 하고 어떻게 죽는 것이 좋은가? 의미 있는 삶, 성공하는 인생의 비결은 무엇인가? 품격 있는 인생, 행복한 삶에는 어떤 것이 필요한가? 이것은 독립한 인격체로서 사회에 첫발을 내딛는 청년들뿐만 아니라 인생의 마지막 페이지를 이미 예감한 중년들도 피해 갈 수 없는 질문이라고 생각한다.

- 《어떻게 살 것인가》, 유시민

유시민은 자기다운 삶으로 들어서는 길의 시작을 '나는 누구인가?'에 대한 답을 찾는 것에서 시작했다. 나도 그의 말에 동의한다. 인생 여정은 험난한 파도 앞에 맞서는 일과 같기 때문이다. 대기업에 다니고 사업을 하면서도 나는 삶에 만족을 느낄 수 없었다. 어디로 가야 할지, 어떻게 살아가야 할지에 대해 의문을 갖지 못했고,

관심조차도 기울일 수 없었다. 그저 하루하루 연명하기에 급급했기 때문이다. 그때 진지하게 '나는 누구인가? 어떻게 살아가야 하는가?'라는 질문을 던졌다면 삶은 달라졌으리라.

다행히도 삼십대 후반이 되면서 그런 질문을 던지고 답을 찾을 수 있었다. 내가 정말 하고 싶은 일이 무엇이고 원하는 인생이 무엇인지를 발견하고 나자 나아갈 길이 보였다. 그 시작이 강연을 하고, 글을 쓰고, 나의 삶과 메시지를 통해 누군가의 삶에 물결이 일게 하는 것으로 내 인생을 바꿔놓았다. 조금은 늦은 감이 있지만 참 감사한 일이다.

'나는 누구이다!'라고 명확한 답을 선뜻 내놓는 사람은 드물다. 찰스 핸디가 일흔이 넘은 나이에 자신이 누구인지 찾는 삶을 살았던 것처럼. 유시민이 자기다운 삶을 시작하기에 앞서 자신이 어떤 사람인지 고민했던 것처럼. 내 젊은 시절의 방황을 보면 이것은 분명 풀어야 할 수수께끼임이 분명하다. 하지만 그 답은 쉽게 찾아지지 않는다. 살아가노라면 수수께끼를 푸는 데 힘을 쏟을 만한 여력이 없을뿐더러 관심을 기울일 기회조차 갖기 힘들다.

일이 잘 풀리지 않거나 삶의 문제를 점검할 때면 '나는 누구인가?'라는 문제가 더 크게 다가온다. 지금까지 무엇을 위해 살았고, 앞으로는 어떻게 살아가야 할지 헛갈리며 갈팡질팡한다. 이것은 자기 내면을 발견하지 못해 벌어지는 현상이다. 자신이 누구인가라는 수수께끼에 명확한 답을 내놓지 못한 결과인 것이다.

　모두가 풀어내기 힘든 수수께끼를 풀어낼 비책이 있다. 바로 글쓰기다. 삶을 글로 풀어내는 것이다. 자신의 삶을 글로 적으려면 삶에 대한 점검과 관찰이 이루어지므로 자기 발견을 할 수 있다. 태어난 가정 환경, 부모님의 삶, 가치관 형성 과정 등 지금까지 무엇을 추구하며 살았는지가 보인다. 진실한 마음으로 삶을 관조하다 보면 자신이 누구인지 발견할 수 있다. 자신이 누구인지 알면 앞으로 나아갈 방향을 보다 효율적으로 설정할 수 있다. 원하는 것, 하고 싶은 것, 이루고 싶은 것들을 알 수 있으니 당연한 일이다. 그렇게 할 때 삶의 변화는 자연스레 따라온다.

　유시민이 그랬던 것처럼, 자기경영의 대가인 공병호 역시 이런 효과를 이미 간파했다. 그는 인생의 반환점을 도는 시점에 삶을 정리할 필요성을 느꼈다. 지금까지 무엇을 성취했고, 무엇에 실패했고, 무엇이 아쉬웠는지, 앞으로 무엇을 해야 하는지를 점검했다. 자신이 살아온 삶을 점검할 요량으로 글을 썼다. 그는 무엇보다 "나 스스로를 알고 싶다는 욕심에서 출발했다"고 이야기한다. 자기 발견을 위한 글을 쓴 것이다. 자신이 누구인지 알아야 나아갈 길을 찾을 수 있다고 여겼기 때문이다. 그렇게 해서 《나는 탁월함에 미쳤다》가 태어났다.

　나도 내 삶의 이야기 《러브 스토리》를 쓰면서 나 자신을 발견하고 나아갈 길을 디자인했다. 정말 아무것도 없는 상태에서 무작정 시작한 내 삶의 이야기 쓰기가 변화의 씨앗이 되었다. 그 후로 삶의 변화가 서서히 시작되었다. 모죽(毛竹)이 5년 동안 뿌리만 내리다 한순간 하늘 높이 자라는 것처럼 내 삶의 변화는 그렇게 나타났다. 한순간 작가가 되었고, 전국을 다니며 강연을 하게 되었다. 그 모든 일이 글쓰기에서 비롯되었다.

지난 삶을 되돌아보며 삶을 글로 풀어내 보라. 의도했든 의도치 않았든 자기 삶이 발견되고 자신이 누구인지 알게 될 것이다. 글이 오감을 작동시키고 현장감 있게 삶을 되짚어보도록 해주기 때문이다. 그 안에서 자기 발견이 이루어진다. 지금껏 영원한 숙제로만 여겼던 수수께끼도 풀릴 것이다. 자기 삶을 글로 풀어내려는 의지와 목적만 있다면 가능한 일이다.

이제 자기만의 골방으로 들어가야 한다. 그리고 지나온 삶을 되돌아보며 펜을 들어라. 그것이 자기를 발견하고 삶을 변화시키는 길이다.

: 왜 이럴까 싶을 때 :

'내 인생이 왜 이러지?'

삶을 되돌아볼 때마다 불현듯 스치는 생각이다. 인간관계를 맺는 것에서부터 자신도 모르게 반복적으로 하는 행동들, 생각하고 판단하고 결정하는 근거 등 어느 것 하나 시원스레 답을 내놓을 수 없는 때가 있다. 그럴 때마다 삶은 원치 않는 방향으로 흘러간다. 답을 찾기 위해 머리를 싸매지만 쉽게 삶을 이해할 수 없다.

'순간의 선택이 평생을 좌우한다'는 광고 카피가 폭넓게 공감을 얻었듯이 선택은 매우 중요하다. 살면서 내리는 순간순간의 선택에 의해 인생의 향방이 결정된다. 진학, 진로, 배우자, 사업 등 우리가 살아가면서 매 순간 내리는 선택에는 저마다 뚜렷한 근거가 있다. 지금까지 살아왔던 모든 인과관계에 근거해 이뤄지는 것이다. 다만 우리가 그것을 인식하지 못하고 근원을 찾아내지 못할 뿐이다.

선택의 근원을 아는 것은 삶을 이해하는 것에서 비롯된다. 자신의 삶을 이해하고 있으면 당연히 선택의 이유도 알 수 있다. 선택의 근간을 알면 실수가 줄어든다. 때로는 실패의 순간이 닥쳐와도 넉넉히 이겨낼 수 있는 힘도 생긴다. 그뿐 아니라 자신의 삶을 이해한다면 미래도 예측할 수 있다. 앞날을 대비할 수 있으므로 밝은 미래를 꿈꿀 수 있다. 삶의 변화는 자연스레 따라온다.

자신의 삶을 이해할 수 있는 도구나 방법은 다양하다. 심리학을 통해 이해하는 방법도 있고, 수다나 고백 등 말로 이해하는 방법도 있으며, 그림이나 음악으로도 삶을 이해할 수 있다. 이 밖에도 수많은 방법이 있다. 그러나 글쓰기만큼 유용한 도구는 없다. 글은 누구나 쉽게 접근할 수 있기에 그렇다. 심리학이나 정신과 상담은 전문가의 도움에 의존해야 한다. 이런 과정이 번거롭기도 하지만 다른 대상 앞에서 내 삶을 들춰내기가 쉽지 않아서이기도 하다. 우리 마음에는 자기를 보여주지 않으려는 무의식이 자리하고 있기 때문이다. 또 다른 장르들은 전문성이 요구되기도 한다. 특별한 재능이나 지식이 있어야 삶을 이해하는 도구로 사용할 수 있다.

하지만 글은 그렇지 않다. 글은 우리가 일상생활에서 늘 접한다. 요즘에는 스마트폰으로도 많은 글을 쓴다. 짧은 문자든 장문이든, 일단 쓰는 것에 익숙해졌다. 또한 글은 혼자서 충분히 쓸 수 있다. 골방에서도 쓸 수 있는 게 글이다. 다른 사람 앞에서 내 삶을 들춰내야 한다는 부담도 없다. 아주 특별한 재능이 요구되는 것도 아니다. 누구나 쉽게 접근할 수 있으므로 도전만 하면 얼마든지 쓸 수 있다.

글은 오감을 작동시키는 특징이 있다. 글을 쓰게 되면 자동으로 오감이 작동된다. 어린 시절 살았던 고향에 대해 쓴다고 생각해보자. 그러면 먼저 시각이 작동되어 고향을 바라보게 된다. 고향의 정경이나 내가 살았던 집을 마음의 눈으로 볼 수 있다. 어린 시절 부모님이 해주신 음식에 대해 쓸 때는 미각과 후각이 자동으로 따라온다. 당시 들었던 소리나 느낌도 얼마든지 되살릴 수 있다. 영화의 한 장면처럼 삶을 생생하게 떠올리게 된다. 그러다 보면 자연스레 마음까지 들여다보고 이해할 수 있게 된다.

《심플하게 산다》의 저자 도미니크 로로. 그 역시 자기 삶을 이해하는 데 글쓰기가 도움된다고 말한다.

> 글을 쓰는 것은 자기 자신과 관계를 맺는 일이기도 하다. 글을 통해 자신과 만나는 행위에는 지성과 직관, 상상이 동시에 개입한다. 자신이 어떤 사람인지 정확히 모른다면 어떻게 삶의 방향을 정할 수 있겠는가? 글을 쓴다면 자기 자신을 알고 이해하는 데 훨씬 도움이 될 것이다.
>
> -《심플하게 산다》, 도미니크 로로

젊은 나이에 많은 성공을 거둔 위지안은 《오늘 내가 살아갈 이유》를 썼다. 그녀는 서른 살에 세계 100대 대학에 선정된 푸단대학교의 교수가 된다. 같은 교수 출신의 사랑하는 사람과 결혼도 한다. 눈에 넣어도 아프지 않은 아들까지 얻는다. 북유럽의 바이오매스 에너지 시스템을 중국 정부에 제안해 '에너지 숲 프로젝트'를 성사시키는 단계에 이르렀고 그 책임자로 선정되었다. 이렇듯 모두가 부러워할 만한 성공조건을 갖추었지만, 그녀는 인생의 정점에서 시한부 암 선고를 받는다.

그녀는 암으로 고통받으면서도 자신의 과거와 현재를 넘나들며 소중한 가치들을 돌아보는 시간을 가진다. '삶의 끝에 와서야 알게 된 것들'을 바탕으로 삶을 돌아보며 속마음 쓰기를 시도한다. 글을 쓰면서 그녀는 엄마와 관계가 나빠진 원인을 발견한다. 그것이 원인이 되어 하나밖에 없는 아들을 키우는 것보다 일하는 것에 더 관심이 가는 이유도 알게 된다. 남편이 일상생활에서 사랑을 표현하는데도 평소에는 그것이 사랑인지 몰랐다. 삶을 되돌아보며 글을 쓰기 시작하면서 남편의 사랑과 부모님과의 관계, 자식 사랑의 근본을 이해하기 시작한다. 그렇게 해서 탄생한 책이 《오늘 내가 살아갈 이유》이다.

'내 인생이 왜 이럴까?'라고 의아하다면 지금부터 삶을 되돌아보며 글을 쓰면 답을 찾을 수 있다. 자기 삶이 이해되고 선택의 근간을 알 수 있다. 글에는 생각보다 위대한 힘이 있다. 바로 펜을 들어라. 머뭇거리기에는 인생이 너무 짧다.

: 뿌리, 아버지 :

내 삶을 이해하려면 부모님의 삶을 알아야 한다. 부모님 없이 나는 존재하지 않는다. 싫든 좋든 부모님의 영향 아래 생각과 가치관이 형성되었다. 부정할 수도 거부할 수도 없다. 너무나 커다란 의미로 내 삶에 영향력이 고스란히 미치기 때문이다. 그래서 부모님의 삶을 알아야 한다. 그래야 내 삶이 보이고 이해할 수 있다. 나아가 내 후손들의 삶까지 이해가 가능하도록 도울 수 있다.

당신의 아버지는 어떤 분이었는가? 아버지로부터 물려받은 것은 무엇인가? 아버지를 한마디로 표현한다면 어떤 단어가 떠오르는가?

나는 아버지에 대한 기억이 별로 없다. 가슴 아픈 이야기지만 아버지의 따뜻한 품을 기억하지 못한다. 내가 초등학교 4학년이던 열한 살 때 세상을 떠나셨기 때문이다. 아무리 어린 시절을 더듬어보아도 아버지에 대한 기억은 손꼽을 정도로 빈약하다. 보통 다섯 살 이후의 삶은 기억할 수 있다고들 하는데, 내 기억 속에 아버지의 자리는 텅 비어 있다.

아버지는 정치를 하셨다고 했다. 집안일보다는 대외적인 일에 더 관심이 많았다. 면장은 물론 초등학교 육성회장도 역임하셨다. 국회 입성의 꿈을 품고 매진하셨지만 원하는 꿈은 이루지 못했다고 했다. 대대로 내려온 많은 논밭이 그때 사라졌다. 넉넉지 않던 살림이 더 힘들어졌다고 했다. 당신께서 원대한 꿈을 품고 산 대가는 그대로 어머니와 자식들 몫이 되어버렸다.

결혼을 하고 아버지 역할을 어떻게 해야 하는지 몰라 속상했다.

보고 배운 것이 없으니 마음만 앞설 뿐이었다. 한 가지 마음에 다짐한 것은 '나는 아버지 같은 삶의 기억을 내 자식들에게는 남겨주지 않겠다'는 것이었다. 그래서 더 친근하게 다가가려고 애썼다. 함께 살을 맞대고 최대한 많은 추억과 기억을 남겨주겠다는 생각으로 살았다. 하지만 내 삶에 아버지의 빈자리는 여전히 크다는 것을 느끼며 살 수밖에 없었다.

내 아버지의 삶을 이해하지 못한 결과는 때때로 삶의 발목을 잡았다. 원인을 알 수 없었지만 사회생활을 하며 인간관계를 맺어가는 데 많은 부분이 힘들었다. 특히 직장상사와 관계를 맺는 것이 힘들었다. 아버지와 원만한 관계를 맺지 못한 영향이 여기서도 지속되었다. 언성을 높이거나 문제를 일으킬 만한 행동을 한 적은 없다. 하지만 불편해하고 힘겨워하는 마음이 발견되었다. 마음을 터놓지 못해 생긴 결과였다. 그래서 아버지의 삶을 이해하는 것이 매우 중요하다. 그러지 않고는 내 삶의 이해도 변화도 이끌어내기 힘들다.

아버지의 삶을 이해하려면 아버지의 정체성에 대한 고민을 해결해야 한다. 아버지는 어떤 존재이며 가정에서 어떤 역할을 감당해야 하는지 알아야 한다. 아버지의 정체성을 알려면 용어를 이해하는 것에서부터 시작되어야 한다.

아버지를 가리키는 용어는 세계적으로 참 다양하다. 아기가 처음 아버지를 부를 때 한국에서는 '아빠', 서양에서는 '파파', 이스라엘에서는 '아브', 아랍어로는 '아바'라고 부른다. 모두 말하기 쉽고 친근감 있게 느껴지는 표현들이다.

아이들이 성숙해지면서는 아빠를 아버지라고 부른다. 영어로는 'father'라고 하는데 그리스어 '파테르(pater)'에서 유래했다. '파테르'는 모범이라는 뜻의 'pattern'에서 비롯되었다. 그러므로 'father'라는 말에는 가정에서 가장답게 모범을 보여야 한다는 의미가 내포되어 있다.

아버지는 가정을 이끌어가는 가장이다. 경제적으로 정신적으로 가족을 부양하고 책임을 지고 인도해야 한다. 가장은 가정의 머리라는 뜻이다. 머리는 권위이며 지도자를 의미한다. 그래서 아이들은 아버지께 인정을 받고 싶어 한다. 대체로 아이들은 필요한 것이 있으면 엄마에게 달려가고, 칭찬받고 인정받고 싶을 때는 아버지에게로 간다. 그 이유는 아버지가 가정의 최고 권위자이고 책임을 지는 사람이기 때문이다.

가장다우며 모범적인 아버지는 어떤 역할을 감당해야 할까? 아버지의 정체성을 확립하는 모범적인 사례를 어디에서 찾을 수 있을까? 아버지 역할에 대한 고민을 해결하려면 '아버지학교'에서 말하는 것에 귀 기울일 만하다. 아버지학교는 아버지 역할을 제대로 인식시켜 가정에서 아버지들이 제 역할을 감당할 수 있도록 돕는 기관이다. 이미 수많은 아버지가 아버지학교를 거쳐 갔고 많은 가정이 회복되었다.

아버지학교에서는 진정한 아버지가 되기 위해서는 남자다움을 갖추어야 한다고 말한다. 남자다움을 지탱해주는 네 가지 요소를 골고루 갖춘 사람을 일컬어 아버지라 부를 수 있다는 것이다.

첫째는 '왕'이다. 왕은 백성들의 필요를 공급해주고 비전을 제시하여 올바른 방향으로 이끌어가야 한다. 이런 왕을 어진 왕이라 한다. 왕의 역할이 왜곡되면 폭군으로 전락한다. 폭군 아래 있는 백성은 하루하루가 지옥이다.

두 번째는 '전사'다. 전사는 위기가 닥쳤을 때 보호할 대상을 위해 용감하게 싸워야 한다. 전사다운 전사는 부드럽고 용맹해야 한다. 그렇지 않으면 비겁자가 된다. 도망치거나 피하며 집 밖에서는 약하고 집 안에서만 강하면 가족의 삶은 처참하다.

셋째는 '스승'이다. 스승은 삶으로 모범을 보이며 가르쳐야 할 덕목을 제대로 가르치고 훈련해야 한다. 잘못된 길을 가고 있으면 올바른 길을 제시하고 격려하고 위로해주어야 한다. 그렇지 않으면 위선자가 된다. 말과 행동이 다른 사람, 삶으로 본보기를 보이지 않는 사람이다. 자신은 마음대로 하면서 닮지 말라고 하는 아버지다.

네 번째는 '친구'다. 친구는 다정하며 진실하게 삶을 함께 나누며 걸어가는 사람이다. 한결같이 기쁠 때 함께 기뻐하고 슬플 때는 함께 슬퍼해 주는 사람이다. 배신자는 친구가 가장 싫어하는 말이다. 상황에 따라 신의를 저버리는 친구는 없는 이만 못하다.

이 시대의 아버지들은 대부분 아버지 역할을 제대로 하지 못했다. 여기에는 아픈 현대사도 한몫한다. 6·25 한국전쟁 후 우리나라는 폐허가 되었다. 폐허 속에서 가장 큰 문제는 먹고사는 것이었다. 오직 가족을 먹여 살리겠다는 일념으로 새벽부터 밤중까지 일만 하며 살아야 했다. 가정에 신경 쓸 시간조차 없었다. 아니, 가장이라면 먹고사는 문제를 해결하는 것이 가장 큰 의무였다. 그러니 가정에서 감당해야 할 여러 역할을 제대로 할 수 없었다.

그 때문에 이제 갓 아버지가 된 자식들 역시 보고 배울 수 있는 롤 모델이 없었다. 바람직한 아버지상을 보지 못했으니 당연한 일이다. 그래서 아버지 역할에 대한 정체성에 혼란이 온 것이다.

아버지의 삶을 이해하려면 아버지에 대한 글을 써봐야 한다. 그 삶을 들여다보며 글로 풀어가 보라. 아버지의 탄생과 성장 과정을 살펴보며 글로 써가다 보면 이해할 수 있다. 아버지의 삶이 이해되면 내 삶도 이해할 수 있다. 그러면 변화는 당연히 뒤따른다.

당장 아버지의 삶에 대한 자료를 수집해보라. 생각만으로는 부족하다. 글을 쓰려면 생생한 기억과 자료가 필요하다. 생생한 자료가 많을수록 이해하는 데 도움이 된다. 그리고 한 페이지든 두 페이지든, 아버지의 삶을 조망하며 반드시 적어보아야 한다. 써봐야 보인다. 이해도 된다. 용서까지 할 수 있다. 이것은 오직 쓰는 사람에게만 주어지는 선물이다.

: 지붕, 어머니 :

'엄마', '어머니'는 세계에서 가장 친근한 말이며 언제 들어도 가슴 뭉클하고 코끝이 찡해지는 말이다. 어머니 삶에는 사랑이 묻어 있고 희생이 담겨 있다. 아버지가 가정의 머리요 가장으로서 중요한 위치를 차지하고 있다면, 어머니는 실질적으로 남편을 돕고 자녀를 보살피는 역할을 감당한다. 그래서 자신의 삶을 이해하려면 어머니는 어떤 분이었으며 나아가 가정에서 어떤 역할을 했는지 살펴보아야 한다.

내 삶을 풀어낼 때 많은 지면을 차지한 것이 어머니 이야기였다. 남편을 일찍 떠나보내고 홀로 5남매를 헌신적으로 키운 어머니의 삶, 제대로 된 호사 한 번 누리지 못하고 세상을 떠난 어머니…. 어머니만 생각하면 마음이 아파 나도 모르게 눈물이 난다.

나는 5남매의 막내로 태어나 비교적 어머니와 많은 시간을 보냈다. 늘 어머니의 한스러운 말을 듣다 보니 자연스레 어머니의 삶을 이해할 수 있었다. 어머니는 누구에게 험한 소리 한 번 하지 못하는 분이셨다. 그 유순한 성품으로 홀로 5남매를 키우면서 인생의 온갖 험난한 고비를 만날 때마다 아픔을 속으로 삭이셨다.

나는 어머니 마음을 아프게 하지 않으려 부단히 애썼다. 질풍노도의 시기를 비교적 모범적으로 헤쳐나갔고, 앞길도 스스로 선택했다. 인문계보다 실업계를 선택한 것도 다 그 때문이었다. 경제적 상황을 볼 때 인문계를 진학해도 도저히 답이 없어 보였다. 자식이 가정 형편에 따라 삶을 선택해나가는 모습을 보며 어머니는 더 안타까워하셨다. 공부를 시키고 싶었지만 처지가 뒤따라주지 않는 것을 원망스러워했다.

어머니는 평생의 한이 자식 중 한 명도 대학공부를 시키지 못했다는 것이었다. 그래서 훗날 내가 주경야독으로 대학공부를 할 때 누구보다 기뻐하셨다. 그러나 어머니는 내가 졸업하는 것을 끝내 보지 못하셨다. 폐가 시커멓게 타들어 가는 원인 모를 병 때문에 하늘나라로 가셨다. 속으로 인내하고 참아내며 살았던 삶의 결과였다는 생각이 들었다.

어머니는 내 삶의 모든 부분을 차지했다. 어머니로부터 물려받은 삶의 유산으로 지금의 내가 존재한다고 해도 과언이 아니다. 그래서 어머니를 생각하면 늘 감사할 뿐이다.

어머니의 삶을 글로 쓸 때 감사했고 기뻤다. 한 여자의 일생이 어쩌면 이토록 힘겨울 수 있는가를 생각하며 눈물로 글을 썼다. 어머니의 삶이 이해되었고 내 삶도 이해할 수 있었다. 더는 과거에 얽매여 살지 않아야겠다는 생각도 품게 되었다. 글을 쓰며 모든 것을 털어놓고 해결했기 때문이다. 짧은 글이었지만 글로 쓴 효과는 놀라웠다. 글이 가지는 힘을 직접 체험할 수 있었던 것이다.

아버지와 마찬가지로 어머니도 가정에서 어떤 역할을 감당해야 하는지 점검이 필요하다. 어머니 삶의 표본을 알아야 이해와 더불어 성찰도 할 수 있다.

어머니는 가정에서 아버지를 돕는 배필로서의 역할이 있다. 남편을 도와 가정을 올바르게 세워가야 한다. 돕는다는 것이 단순히 조력자라는 말은 아니다. 사실, 잘 돕기 위해서는 대상보다 더 큰 힘이 필요하다. 환자를 돕기 위해서 의사와 간호사가 더 큰 사랑과 실력을 겸비해야 하는 이치와 같다. 그래서 아내는 남편보다 더 힘이 있어야 한다. 물리적인 힘이 아니라 온유함과 따뜻함을 가지고 가족을 포용하는 것을 말한다.

아내의 역할을 잘 감당하려면 남편을 인정하고 포용해주어야 한다. 남편을 남과 비교하기보다 기를 살려주어야 한다. 남자는 아내의 존중을 먹고 사는 존재다.

둘째는 자식 앞에서 남편을 높여주고 세워주어야 한다. 아버지는 자식들의 뿌리다. 자식들의 모든 근원은 아버지에 있다. 그런데 자식들 앞에서 아버지의 잘못된 행위를 비난하고 비판하는 것은 뿌리를 자르는 것과 같다.

세 번째는 자식 중심에서 부부 중심의 삶으로 전환해야 한다. 한국의 어머니들은 한 많은 삶을 살았다. 가부장적인 사회에서 남편으로부터 사랑받기보다는 맹목적으로 순종하는 삶을 살아야 했다. 그런 여성상이 대물림되다 보니 남편보다는 자식에게 우선순위를 두며 살았다. 한 많은 삶을 보상받을 길을 자식에게서 찾으려고 하는 것이다. 어쩌면 남편에게 받지 못한 사랑의 공백을 대리만족하려는 측면도 있다. 그러다 보니 자식에게 지나치게 집착하게 되었다. 평생을 목숨 걸고 자식 뒷바라지를 하는 인생이 돼버린 것이다. 하지만 아내가 자식과 한편이 되어버리면 남편들이 설 자리가 없다. 그러므로 부부 중심의 삶을 살도록 힘써야 한다. 자식은 성장하면 부모의 곁을 떠난다. 끝까지 곁을 지키는 것은 부부뿐이다.

어머니 역할을 제대로 감당하려면 올바른 사랑을 할 줄 알아야 한다. 사랑이라는 이름으로 조종하거나 지배하거나 집착하면 안된다. 많은 사람이 사랑을 정의하고 있지만 진정한 사랑이 무엇인지에 대해서는 미국 정신과 의사 M. 스캇 펙의 말에 귀 기울여볼 만하다.

사랑은 자기 자신이나 다른 사람의 정신적 성장을 도와줄 목적으로 자신을 확대시켜 나가려는 의지이며 행위로 표현되는 만큼만이 사랑이다.

- 《아직도 가야 할 길》, M. 스캇 펙

　내가 누군가를 사랑한다면 자신이나 다른 사람의 성장을 도와주어야 한다. 사랑한다고 말하면서 상대방에게 짐을 지게 하고 부담을 주면 참사랑이라 할 수 없다. 사랑한다면서 독립적이고 성숙한 인격체로 성장하는 데 방해가 된다면 이 또한 마찬가지다.

　당신의 어머니는 어떤 분인가? 어머니에게서 당신의 삶은 어떤 영향을 받았는가? 그리고 지금 어떻게 살아가고 있는가? 어머니의 삶을 글로 솔직하게 써보아야 한다. 행여 가슴 아픈 사연을 품고 있을지라도 글로 쓰다 보면 어머니의 삶이 이해가 된다. 어머니 삶이 이해되면 현재 내 삶도 이해할 수 있다. 삶이 이해될 때 변화의 구름이 몰려온다.

: 내면의 상처를 보듬다 :

　글쓰기는 내면의 상처를 치유하는 탁월한 효과가 있다. 어떤 형태의 글이든 자기 내면의 이야기를 글로 표현하는 순간 치유가 시작된다. 치유는 나 자신을 있는 그대로 바라보는 것에서 비롯되기 때문이다.

미국 텍사스대학교 심리학과 교수인 제임스 페니베이커 박사는 글쓰기가 치유에 어떻게 도움이 되는지 연구했다. 그 결과를 발표한 논문의 내용이 다음 책에 실려 있다.

그는 80년대 후반 강간 피해 여성들을 대상으로 글쓰기가 정신 건강에 어떤 영향력을 미치는지 조사했다. (…) 페니베이커 박사가 만난 강간 피해 여성들은 분노와 상실감을 표출할 출구를 찾지 못해 절망의 늪에 깊이 빠져 있었는데, 글쓰기를 통해 구원의 밧줄을 잡을 수 있었다고 고백했다. 노트에 깨알같이 쏟아낸 단어들이 눈물로 흠뻑 젖었지만, 그렇게 함으로써 피해 여성들은 악몽의 껍데기를 한 겹 한 겹 벗겨낼 수 있었던 것이다.

- 《치유의 글쓰기》, 셰퍼드 코미나스

비슷한 예가 우리나라에도 있다.

2001년 국어교육위원회에서는 우울증을 겪고 있는 중년 여성을 대상으로 이야기 쓰기를 실험했다. 그 결과 실험에 참여한 모든 여성이 나중에 우울증에서 벗어났다. 중년 여성들의 억압된 감정문제에 초점을 맞추어 그 감정의 뿌리를 찾고 그것에서 벗어나는 심리적인 치료 효과가 있다는 것이 입증되었다.

- 《모닝페이지로 자서전 쓰기》, 송숙희

글쓰기로 내면을 치유하는 것은 성인들에게만 국한된 것이 아니다. 자라나는 청소년들도 글쓰기로 아픈 상처를 치유할 수 있다. 널리 알려진 예가 캘리포니아에 있는 롱비치 윌슨고등학교 203호 아이들의 이야기다.

롱비치 윌슨고등학교 203호는 도저히 가르칠 수 없는 불량학생들의 집합소였다. 어려운 생활 환경에서 자란 흑인, 동양계, 라틴계 등 다양한 인종의 학생들이 모여 있는 곳이었다. 그들은 세상으로부터 소외당한 채 저마다 깊은 상처를 지니며 하루하루를 절망 속에서 살아간다. 지역 갱단이 쏜 총에 맞아 동생을 잃고, 인종차별을 받으며, 마약에 찌들고 폭력을 일삼는 아버지 밑에서 자란 아이들이 대부분이었다. 고등학교도 졸업하지 못할 것 같은 아이들은 스물세 살의 초임 교사인 에린 그루웰에 의해 변화하기 시작한다.

에린 그루웰 선생님은 그들에게 진심 어린 마음으로 도움의 손길을 내민다. 그들의 눈으로 세상을 바라보고, 아픔을 공감한다. 그러면서 글쓰기로 삶의 변화를 꾀한다. 좋은 것, 나쁜 것, 과거, 현재, 미래, 떠오르는 단상 등 무엇이든 매일 글을 써가도록 한다. 처음에 아이들은 감추고 싶은 삶의 이야기를 표현하길 힘들어했다. 글로 쓴다고 해서 생활이 달라질 것이라는 기대도 없었다.

하지만 자기 삶의 이야기를 쓰면서 서서히 마음의 변화를 감지한다. 다른 친구가 쓴 이야기를 듣고 자신의 이야기를 나누며 서로를 공감하고 이해해간다. 그러면서 아이들은 서서히 변하기 시작한다. 도저히 변하지 않을 것 같던 아이들은 1998년 150명 전원이 당당히 졸업하고 대학에 진학해 학사, 석사 학위를 받았다. 몇몇 학생은 에린 그루웰처럼 선생님이 되어 자유로운 글쓰기를 통한 자기 치유의 글쓰기 수업을 해나가고 있다.

이 이야기는 책과 영화로 소개돼 미국 전역을 놀라게 했다. 이들의 이야기는 우리나라에도 소개되었다. 담임선생님 에린 그루웰의 《프리덤 라이터스 다이어리》라는 책과 힐러리 스웽크 주연의 〈프리덤 라이터스〉라는 영화다.

여성학을 전공한 박미라는 기자와 편집자로 일한 경험을 바탕으로 글쓰기 치유 프로그램을 진행하고 있다. 그녀는 내면의 상처를 치유함을 넘어 성숙한 삶을 사는 지름길이 글쓰기라고 강조한다.

글쓰기는 참 탁월한 도구다. 단 한 문장으로도, 서툰 글솜씨로도, 아무렇게나 끼적인 낙서로도 치유의 효과가 나타나기 때문이다. 마음 치유의 방법은 아주 다양한데, 글쓰기 안에 그 모든 게 들어 있다.
 - 《치유하는 글쓰기》, 박미라

혹시 마음속에 해결되지 않는 아픈 상처가 있는가. 그렇다면 있는 그대로를 솔직하게 글로 표현해보라. 손으로 쥐어짜고 감싸 안고 울부짖는다고 해결되지 않는다. '고작 글로 쓴다고 해서 치유될까?' 하는 의심은 할 필요가 없다. 치유되지 않는 상처는 내면에 잠복하고 있다가 언젠가는 폭발한다. 언제 터질지 모르는 시한폭탄을 불안하게 품고 사는 것보다는 훨씬 현명한 방법이다. 진실 어린 마음으로 삶을 표현하는 순간 내면의 상처는 치유된다. 이것이 글이 지닌 힘이다.

: 갈수록 중요해지는 소통 능력 :

직장인들에게 가장 요구되는 능력은 소통 능력이다. 소통 능력은 인간관계를 맺는 데 없어서는 안 될 덕목일 뿐만 아니라, 업무를 해내는 데에도 꼭 갖추어야 할 요소다. 아무리 좋은 정보와 지식이 있어도 효율적으로 전달하는 능력이 없으면 무용지물이다. 사업과 관련된 탁월한 아이디어가 있다면, 투자자나 상사에게 올바로 인식시켜야 투자를 이끌어내고 사업화할 수 있다. 최첨단 기기로 무장한 제품을 만들어도 소비자에게 제대로 알리지 못하면 팔 수 없다.
스티브 잡스가 뛰어난 것은 창의적인 생각을 하는 사람이기 때문이다. 세상을 앞지르는 탁월한 아이디어로 최첨단 제품을 만들었다. 그의 획기적인 생각이 세상을 변화시켰다. 하지만 그보다 더 스티브 잡스다운 것은 그의 프레젠테이션 능력이다. 그의 프레젠테이션은 세계적으로 교범이 될 만큼 탁월하다. 프레젠테이션을 잘하고 싶어 하는 사람은 스티브 잡스를 롤 모델로 삼는다. 애플이 신제품을 발표할 때마다 세계적으로 이목을 집중시킬 수 있었던 것은 제품의 성능이 뛰어난 것도 있다. 그러나 그보다 더 언론의 관심을 끈 것은 그의 프레젠테이션 능력이었다.

스티브 잡스가 고인이 된 후 새로운 제품 발표회에 관심이 쏟아졌다. 과연 누가 그의 뒤를 이어 제품을 제대로 홍보할 것인가 하는 관심이었다. 많은 사람의 우려대로 스티브 잡스 때보다 제품의 기능과 장점을 제대로 설명하지 못했다는 것이 중론이다. 제품의 성능을 극대화할 기회를 놓치다 보니 이전보다 언론의 이목을 집중시킬 수도 없었다.

의사소통 능력을 대표하는 도구는 말과 글이다. 말을 매개체로 하는 프레젠테이션만 잘해도 자신을 차별화할 수 있다. 생각을 표현하는 능력이 탁월할수록 자신의 가치는 상승한다. 그런데 말하기 능력은 사람에 따라 편차가 크지 않다는 것이다. 표현하는 기술을 배우면 누구든 전문가다운 능력을 익힐 수 있다.

하지만 글쓰기 능력에서는 그 차이가 확연하다. 하버드대학교 졸업생들의 대다수가 자신에게 있었으면 하는 능력으로 글쓰기 능력을 꼽았다고 하니 쉽게 얻어지는 것이 아님을 알 수 있다. MIT 공대에서는 졸업생들이 먼저 나서서 학생들에게 글쓰기 교육을 도입하라고 할 정도였다. 명문대를 나온 그들의 기술은 뛰어났다. 그러나 그 기술을 효율적으로 전달하는 글쓰기 능력이 없어 활용하기에 어려움을 느낀 것이다. 실제 현장에서 어려움을 느꼈기 때문에 글쓰기 능력이 더 절실했다. 누가 시킨 것도 아닌데 선배들은 후배들이 글쓰기 능력만큼은 꼭 갖추어야 한다고 생각해 대학 측에 건의한 것이다. 그때부터 MIT에서는 공대생들에게 의무적으로 글쓰기 교육을 하고 있다.

서울대학교 학생을 대상으로 한 교양강좌를 엮어 책으로 펴낸 김난도 교수. 그는 글쓰기의 중요성을 이렇게 강조했다.

흔히 글을 잘 쓰는 것은 작가나 학자의 덕목이지, 본인하고는 별 상관이 없다고 생각하는 사람들이 많은 것 같다. 특히 이공계나 예술계 쪽이라면 더욱 그렇다. 하지만 그렇지 않다. 오히려 언뜻 글과 멀어 보이는 전공자가 글을 잘 쓰면 대단한 시너지 효과를 낸다. (…) 글쓰기가 더 필요한 이유는 따로 있다. 자신을 가장 설득력 있게 표현하고 알리는 데 글만 한 것이 없기 때문이다. 그러니 비단 소설가들에게만 좋은 글쓰기가 필요한 것이 아니다. 바로 그대에게 가장 필요한 능력이다.

글은 여러모로 힘이 세다.

- 《아프니까 청춘이다》, 김난도

서울대학교 교수가 글쓰기를 강조한다는 것은 역설적으로 글쓰기가 쉽지 않다는 이야기다. 하버드대 학생이든 서울대 학생이든 마찬가지 입장이다. 그러니 같은 조건이라면 글쓰기 능력이 뛰어난 사람이 앞서 가는 것은 당연한 이치다. 승진과 연봉에서도 차이가 날 수밖에 없다.

여러 곳에서 글쓰기 강좌가 열리는데 뜻밖에 직장인이 많다. 촌철살인의 능력을 키우기 위해 바쁜 직장생활 중에도 틈을 내 글쓰기를 배운다. 수많은 정규교육을 받았지만 글쓰기에 대해 제대로 배운 적이 없었다. 그러니 스스로 노력을 기울여 글쓰기 능력을 키우려고 하는 것이다. 필요성을 절실히 느꼈기 때문이다. 글쓰기 능력을 키우려고 시간을 쪼개가며 피나는 노력과 훈련을 기울인 사람은 그에 합당한 대우를 받는다.

자신이 직장인이라면 승진과 연봉에서 우위를 점할 길을 글쓰기에서 찾기를 권한다. 글쓰기 능력이 탁월할 때 삶의 변화는 저절로 나타난다. 우물쭈물하다가는 후회만 남는다. 이왕 후회할 거라면 일단 시도라도 해보라. 그러면 최소한, 미련은 남지 않는다.

: 영원히 존재할 유산 :

돈을 물려주는 것보다 돈 버는 방법을 물려주는 것이 현명하다. 재산을 물려주는 것보다 가치유산을 물려주는 사람이 지혜로운 사람이다. 유대인의 지혜서인 《탈무드》에도 비슷한 이야기가 전해진다.

> 물고기를 한 마리 준다면 하루밖에 살지 못하지만, 물고기 잡는 방법을 가르쳐준다면 한평생을 살아갈 수 있다.

유대인이 세계적으로 뛰어난 민족이 될 수밖에 없는 이유가 있다. 바로 《탈무드》의 힘이다. 《탈무드》는 성경에서 유래한 말씀을 율법학자들이 집대성한 책이다. 이 책에는 사회의 모든 사상이 망라되어 있다. 그 책을 유대인들은 어려서부터 암송하여 자기 것으로 만든다. 그리고 삶에 적용해나간다. 언제 어느 때 무슨 일을 만나든 《탈무드》에서 배운 것을 토대로 판단하고 결정한다. 그 힘을 바탕으로 세계를 주도하는 지혜로운 민족이 되었다. 조상 대대로 전해져온 가치유산이 나라 잃은 민족을 일으켜 세운 것이다.

세계적인 명문가들에게도 이와 맥락을 같이하는 가치유산들이 있다. 가문의 맥을 이어온 소중한 가치들을 가르치고 전수한다. 카네기 가문은 수십 년을 이어온 노블레스 오블리주 정신을 이어왔다. 조선 시대에는 이(李)씨가 전통을 계승하고 발전시키며 나라를 다스렸다. 가문의 소중한 가치유산을 유지하는 것이 승승장구의 비결이었다.

자식교육에 올인하는 것을 마다치 않는 우리도 가치유산을 물려주는 데 힘을 쏟아야 한다. 물론 긍정적이고 선한 영향력을 끼치는 가치유산이라야 한다. 그것이 아들딸의 미래를 좌우하는 열쇠다. 돈과 재산을 물려주는 것보다 훨씬 현명한 선택이다.

가치유산을 물려주는 도구 중 으뜸은 당연히 글이다. 글은 오랜 세월이 흘러도 살아남는다. 무엇보다 전하고자 하는 가치를 자세히 전달할 수 있다. 항상 가까이 두고 지침서로 삼기에도 좋다. 여러모로 글은 가치유산을 전해주기에 유용하다.

다산 정약용은 18년 동안 강진에서 유배생활을 했다. 무엇보다 안타까운 것은 그 기간에 자식들과 떨어져 지내야 한다는 것이었다. 조선 시대나 지금이나 자식교육에는 끔찍했다. 정약용도 다르지 않았다. 하지만 자식들과 만날 수 없었으니 그 안타까움은 이루 말할 수 없었다. 그런 최악의 상황에서도 정약용은 포기하지 않았다. 직접 만날 수 없지만 편지로 대신해 자신이 전해주려는 가치를 담아냈다.

정약용은 자식들에게 비록 신분이 바뀌었지만 다시 가문을 일으킬 방법과 살아가면서 품어야 할 마음가짐을 자세히 알려주었다. 하다못해 닭을 키우는 것까지 자세하게 썼다. 그 글을 읽노라면 아버지의 마음을 느낄 수 있어 애잔하다. 세월이 흘렀지만 지금 우리가 읽고 교훈을 얻을 수 있는 것도 다 글의 힘이다. 정약용의 수많은 편지를 모은 책이 《유배지에서 보낸 편지》다.

만 마흔일곱의 젊은 나이에 말기 췌장암 판정을 받고 시한부 삶을 살다 간 랜디 포시 교수. 그에게는 당시 여섯 살, 세 살, 두 살 된 아이들이 있었다. 시한부 삶을 선고받고 그가 선택한 것은 자신의 삶을 유산으로 남기는 작업이었다.

그는 카네기멜론대학교에서 '당신의 어릴 적 꿈을 진짜로 이루기'라는 제목으로 마지막 강의를 한다. 그는 그 강의를 진행한 이유를 이렇게 말한다. "나 자신을 병 속에 집어넣어 언젠가 그 병이 해변에 닿아 아이들에게 전해지기를 바란다."

그는 강의를 통해 자신의 삶을 이야기했다. 어릴 적 품었던 꿈과 그 꿈을 이루기 위해 어떤 노력을 기울였는지 재미있게 풀어냈다. 시한부 삶을 사는 사람이 하는 강의라고는 믿기 어려울 정도로 유쾌했다. 그가 그토록 열정적으로 강의를 한 것은 세 아이에게 자신의 삶을 전해주고 싶어서였다. 그의 강의는 유쾌했지만 결코 유쾌하지 않았다. 어린 세 아이를 두고 세상을 떠나가야 하는 아버지의 사랑이 고스란히 담겨 있었기 때문이다.

그의 삶은 《마지막 강의》라는 책으로 나왔다. 그 책은 세월이 흘러도 여전히 남아 아이들에게 삶의 자양분이 되어줄 것이다. 아버지의 사랑을 책으로 느끼며 올곧게 성장할 것이다. 그가 삶의 마지막에 전해주고자 했던 가치가 고스란히 담겨 있기에 그렇다.

요즘은 말의 권위를 찾기 힘든 시대다. 좋은 교훈을 전해주려 해도 잔소리로 취급한다. 남의 말에 귀 기울이는 훈련이 되어 있지 않기 때문이다. 그래서 말로는 평생 간직할 만한 삶의 가치를 물려주기에 어려움이 있다. 이럴 때 글에 메시지를 담아내면 좋다. 잔소리 취급도 하지 않을뿐더러 같은 내용을 언제 어느 때든 열어볼 수 있다는 장점이 있다.

나는 사십대 초반에 내 삶의 이야기를 글로 적었다. 270페이지 분량으로 지나온 삶의 발자취를 풀어냈다. 내 아이들에게 이미 세상을 떠난 할아버지와 할머니의 삶을 전해주기 위해서였다. 무엇보다 내가 자라온 삶의 현장을 생생하게 맛보라는 의미도 있었다. 거기에 내가 중요하게 여기는 가치와 아이들이 앞으로 살아가면서 품었으면 좋겠다고 생각하는 가치도 담아냈다.

아이들은 시간이 날 때마다 글을 읽으며 신기해했다. 역사책에서나 보았을 내용들이 아버지 삶에서 펼쳐졌다는 것에 놀라워했다. 그러면서 아버지의 삶을 이해하고 앞으로 무엇을 중요하게 여기며 나아가야 할지를 배웠다. 글의 효과는 생각했던 것보다 컸다. 당연하게도, 잔소리보다 효율적이었다. 지금도 시간이 될 때마다 내가 써놓은 책을 읽어보라고 한다. 그러면 아이들은 여전히 신기하다는 표정으로 읽는데, 그 모습에서 뿌듯함을 느낀다.

젊은 나이에 이 글을 읽는 사람은 '나는 아직 결혼도 안 했으니 글을 쓰지 않아도 되겠네'라고 생각할지 모르겠다. 그렇다면 《로마인 이야기》로 유명한 시오노 나나미의 말에 귀 기울여보아야 한다. 그녀는 젊은이 역시 왜 자신의 삶의 이야기를 써야 하는지에 대해 이렇게 강조했다.

> 젊은이들이여, 부디 여러분들도 최상의 품격을 가진 인간의 역사를,
> 자신만의 멋진 역사를 당당하게 써 내려가기 바란다.
>
> - 《사는 방법의 연습》, 시오노 나나미

로마의 역사를 생생하게 풀어낸 작가의 이야기라 설득력이 있다. 그녀는 역사를 알지 않고는 미래가 보장되지 않는 것을 알았다. 그래서 젊은 시기를 지나고 있는 이들에게 자신의 역사를 쓸 것을 조언한 것이다.

기록된 삶의 역사는 훗날 삶의 유산으로 남는다. 소중한 가치를 고스란히 담아 저장해두는 것이다. 삶은 곧 역사이며 흔적이고 메시지다. 내 삶은 어떤 형태로든 나와 연관된 사람들에게 영향을 끼

치며, 자양분이 된다. 그러니 어느 시기를 살든 자신이 중요하게 여기는 삶의 가치는 글로 적어두어야 한다. 삶의 메시지를 남기려는 의도를 가지면 바람직하게 살아갈 수밖에 없다. 당연히 긍정적인 삶의 변화가 나타난다. 삶의 가치유산도 남기고 현재 삶도 변화시키는 능력이 글에 있는 것이다.

: 인생을 그리다 :

자기를 변화시키는 기술 중 하나는 시각화다. 시각화는 자신이 나아갈 삶의 현장을 생생하게 바라보는 능력을 말한다. 심리학에도 이런 내용이 있다. 이루고 싶은 모습을 마음속에 그리고 간직하고 있으면 그 그림대로 반드시 실현된다는 것이다. 꿈을 이루고 삶을 변화시키려면 자신이 원하는 미래 모습을 선명하게 그릴 수 있어야 한다.

미래 모습을 시각화하는 도구 중 문득 떠오르는 것은 그림이나 영상이다. 그 자체가 곧 시각화 도구다. 하지만 좀 더 시각적인 효과를 거두고 생생하게 미래를 그리려면 글쓰기를 해야 한다. 그림이나 영상이 시각적인 효과에 탁월한 것은 분명하지만, 글은 오감을 작동시키기에 미래를 더욱 생생하게 그릴 수 있다.

글로 미래를 설계하는 것 중 '미래 일기'가 있다. 미래 일기는 말 그대로 미래에 벌어질 일을 일기로 적어보는 것이다. 자신이 꿈꾸는 미래의 삶을 미리 상상해 일과를 서술하는 형식이다. 자신이 하고 싶은 일을 경험한 것처럼 꾸며서 쓰는 것이다. 현재 일기와 다르지 않다. 다만 일어난 일이 아니라 일어날 일을 쓴다는 차이뿐이다.

5년 후, 10년 후, 20년 후 자신이 어디서 무엇을 하고 있을지 일기를 써보라. 날짜도 정해서 써보면 좋다. 예를 들어 12월 31일 일기를 쓴다면 그날의 날씨도 상상해 적어본다. 기후변화에 따라 날씨의 변화를 예측하며 적어보는 것이다. 그리고 자신의 직업이나 구체적인 지위와 역할도 자세히 살핀 후 적어야 한다. 장소와 시간도 구체적으로 언급해야 한다. 오전과 오후, 저녁 시간도 구분해서 서술하는 것이 바람직하다. 그렇게 자세히 적다 보면 자신이 훗날 무엇을 하고 있는지 마음속에 명확한 그림이 그려진다. 마음에 그려진 꿈의 지도인 셈이다. 그 지도를 따라가면 원하는 목표를 성취하는 것은 시간문제다.

두 번째는 미래자서전을 써보는 것이다. 미래자서전은 꿈을 이룬 자신의 생생한 모습을 미래의 관점에서 현재와 과거를 바라보고 적은 글을 말한다. 아직 살지는 않았지만 이미 꿈을 이루었다는 가정 아래 지나온 삶을 회상하며 쓰는 것이다.

미래자서전은 자기 인생의 밑그림을 그리는 인생 로드맵과 같다.

삶을 스토리화해서 시기별로 이루어진 꿈을 서술해나가야 하기 때문이다. 미래 일기가 단편적인 삶의 이야기를 적는 것이라면 미래자서전은 인생 일대기를 서술하는 형식이다. 내용도 훨씬 방대하고, 치밀한 계획에 따라 적어나가야 하므로 꿈을 이룬 과정을 더 세밀하게 시각화할 수 있다.

나의 첫 책은 미래자서전 쓰는 방법을 서술한 것이다. 《미래자서전으로 꿈을 디자인하라》라는 제목으로 2011년 12월에 출간되었다. 부족한 책이지만, 자라는 학생들이 미래를 설계하는 데 교재로 많이 사용되고 있다. 학교 현장에서 그 효과를 알고 있기에 많은 곳에서 미래자서전 쓰기를 수업에 활용한다. 그에 따라 강연 요청이 이어지고 있다.

미국 학교 현장에서는 미래자서전으로 인생을 설계한다. 미국은 허구적 자서전이라 부른다. 오바마 정부의 백악관 선임 법률고문 크리스토퍼 강(강진영)은 허구적 자서전 쓰기로 인생을 설계했다. 그는 초등학교 5학년 때 예순여섯 살에 은퇴한다는 가정 아래 과거를 회고하는 형식으로 자서전을 써오라는 과제를 받았다. 그는 과제를 수행하는 중에 과학자에서 연방대법관으로 꿈을 바꾸었다. 자신이 정말 하고 싶은 것이 법관이 되어 힘없는 사람을 돕는 것임을 발견했기 때문이다.

그는 연방대법관이 되는 과정을 찾아보고 세밀하게 디자인했다.

중·고교 과정부터 법학 전문 대학원 입학과 졸업, 그리고 변호사가 되기 위한 과정을 꼼꼼하게 체크하고 설계했다. 변호사가 되는 과정은 스스로 준비해도 상관없었다. 하지만 연방대법관이 되려면 대통령의 지명을 받아야 하고, 연방 상원의 인준도 받아야 한다는 것을 알게 됐다. 그때부터 그는 인맥 형성에 관심을 두었고, 상원의원 보좌관으로 일하겠다는 설계를 곁들이며 미래자서전을 썼다.

결론적으로 말하면 그의 인생은 자신이 설계한 대로 펼쳐졌다. 상원의원 보좌관을 거쳐 백악관에 입성했다. 학교가 조금 다른 것 외에는 자신이 설계한 대로 꿈이 이루어진 셈이다. 글쓰기로 미래를 뚜렷하게 설계한 것이 큰 역할을 한 것이다.

강진영은 자신이 성공할 수 있었던 요인 중 하나가 초등학교 5학년 때 쓴 자서전이라고 이야기한다. 그때 인생을 설계한 대로 변호사가 되고 백악관에서 일하게 되었으니 무척 다행스럽게 생각한다고 밝혔다. 이것이 미래자서전이 가지는 힘이다.

이처럼 글쓰기는 인생을 설계하는 도구로 사용된다. 삶을 변화시키려면 글은 써도 되고 안 써도 되는 선택사항을 넘어 이제는 필수적인 도구가 된 것이다.

이 글을 읽는 당신도 자신의 꿈이 이루어졌다고 가정하고 미래자서전을 써보라. 꿈을 이루어가는 모습이 생생하게 그려질 것이다. 그 꿈이 나침반이 되어 삶을 이끌어줄 것이다. 어디로 가는지 알고 떠나는 길에 두려움은 없다. 설렘만 있다. 이미 이루어놓은 꿈의 길을 바라보고 떠나기 때문이다. 이것이 글쓰기로 가능하다는 이야기다. 믿기 어렵지만 시대를 앞서 가는 사람들은 글쓰기로 인생을 생생하게 설계한다. 이제 당신이 그 주인공이 되어야 한다. 언제까지 남의 성공 스토리에만 관심을 기울이며 살 것인가.

: 내 이름으로 된 책 한 권 :

글쓰기로 변화를 추구하는 정점은 저자가 되는 것이다. 자신의 이름으로 된 책을 갖는 것, 자신의 이름 뒤에 작가라는 수식어가 따라붙는 것, 저자라는 이름으로 각종 강연에 초청을 받아 다니는 것, 자신의 이름을 전국에 브랜딩할 수 있는 것. 이것이 글을 쓴 후 나타난 가장 큰 변화다.

저자가 되면 경쟁력은 자연스레 따라온다. 저자가 되는 순간 사람들이 바라보는 눈이 달라진다. 책은 아무나 쓸 수 있는 것이 아니라는 생각 때문이다. 어렵고 힘든 일을 해낸 것에 합당한 대가이다. 책 한 권으로 자신의 가치는 수직 상승한다.

우리나라에 자기경영이라는 신드롬을 불러일으킨 것으로 알려진 구본형은 회사생활을 할 때 저서를 냈다. 그러자 회사 동료들이 자신을 바라보는 시각이 달라졌다고 한다. 동료들이 그를 보고 이렇게 이야기했단다. "알 수 없는 일이다. 글을 쓰기 전에 그는 그저 평범한 사람이었는데, 책을 쓴 다음에는 그의 말이 모두 옳게 들린다."

저서의 힘이 사람을 대하는 태도까지 변화시킨 것이다.

자기경영의 대가 공병호 박사도 경쟁력 있는 삶을 살려면 글을 쓰라고 강조한다. "앞으로 개인의 브랜드가 점점 중요해지면 자신의 이름으로 자신의 경험을 포장하여 책을 내는 것처럼 효과 있는 일도 드물 것이다."

재능교육 양병무 대표도 같은 이야기를 전한다. "책 쓰기가 내 인생에 미친 긍정적인 영향은 지대하다. 저술가로 입지를 굳힌 후 인생이 몰라보게 달라졌기 때문이다."

그는 《행복한 논어 읽기》, 《감자탕교회 이야기》, 《주식회사 장성군》과 같은 책을 집필했다. 많은 책이 베스트셀러가 되면서 독자들에게 자신의 이름을 알릴 수 있었다. 그 힘이 재능교육의 대표이사에 오르는 데까지 이어진 것이다.

책 한 권은 하나의 학위와 맞먹는다. 그만큼 전문성을 인정받는 것이다. 같은 직종에 근무해도 저서가 있으면 대우가 달라진다. 《광고천재 이제석》을 펴낸 이제석. 그는 지방대 출신으로 수많은 취업 시도에서 고배를 마시고 미국 유학길에 올랐다. 미국 생활 1년 만에 그는 유수의 광고제를 휩쓸었다. 그의 소문은 미국을 넘어 한국까지 이어졌고 내로라하는 광고회사의 러브콜을 받고 화려하게 컴백했다. 한국으로 들어와 그가 한 일은 자신의 창의적 발상의 근원과 생존비법을 담아 책을 쓴 것이었다. 그렇게 해서 《광고천재 이제석》이라는 책이 탄생했다. 책 출간 후 그는 스물여덟 살에 대통령 직속 미래기획위원회에 위촉된다. 수많은 광고 인재를 뒤로하고 최연소 나이에 미래기획위원이 된 것은 저서가 있었기에 가능한 일이었다.

나도 책을 내기 전까지는 그저 평범한 사람에 불과했다. 어디를 가도 존재감이 없었다. 하지만 다섯 권의 책을 펴낸 후에는 많은 것이 달라졌다. 전혀 안면이 없는 사람에게 메일도 받고 전화도 받는다. 강연 요청이다. 이들이 내게 강연 요청을 해오는 매개체는 책이다. 사람들은 내가 쓴 책을 보고 연락을 하는 것이다. 내가 사는 곳은 지방의 소도시이지만 내가 쓴 책은 전국 서점에 진열되어 있다. 책이 곧 나를 홍보하고 브랜딩해준 셈이다.

책을 펴낸 후 삶에 미치는 긍정적인 영향이 많지만 경제적인 측면 역시 무시할 수 없다. 예상치 않았던 돈이 통장에 찍혀 있는 것을 보면 어김없이 출판사에서 보낸 인세다. 3년간 아무 직업 없이 책만 읽다가 저서를 쏟아낸 김병완은 연봉이 1억 원을 넘어섰다. 지하철비 1,000원이 없어 도서관 갈 것을 걱정했지만 책 쓰기로 인생이 완전히 달라졌다.

책은 저자가 세상을 떠나도 여전히 남는다. 출판사가 절판을 선언하지 않고 독자가 찾아주기만 하면 세월이 흘러도 살아남는다. 그러면 인세는 배우자나 후손의 몫이 된다. 가치유산은 물론 경제적인 유산까지 물려주니 일거양득이다. 사실 나도 이 사실을 알고 책을 써야겠다는 의지가 불타올랐다. 넉넉지 않은 어린 시절을 보냈기에 더 간절했던 것 같다.

작가에게는 은퇴가 없다. 많은 사람이 퇴직을 걱정한다. 나이가 들면 설 자리가 없다. 하지만 작가에겐 쓸 거리가 있는 한 퇴직은 없다. 쓸 수 있는 기력과 아이디어만 있으면 평생 직장이다.

저서를 남기는 작가가 되었을 때 좋은 점은 일일이 열거하기 힘들 정도로 많다. 일단 자신이 저자가 돼봐야 그 효과를 톡톡히 누릴 수 있다. 작가가 된 사람을 마냥 부러움의 눈으로 바라보고 있지만 말라. 누군가 한 일이라면 당신도 할 수 있다.

책을 써야겠다는 간절한 소망을 품으라. 생각에서 써야겠다는 당위성이 생기면 삶에서 승리할 수 있다. 쓰고 싶은 것을 발견하도록 읽고 생각하고 관찰하고 메모해보라. 머지않은 장래에 당신 이름 뒤에 작가라는 호칭이 뒤따를 것이다. 그때를 바라보며 오늘 당장 펜을 들라. 그리고 써내려가라. 일단 써야 죽이든 밥이든 만들 수 있다. 쓰겠다는 불굴의 의지에서 작가의 삶은 시작된다.

2장

변화의
한 걸음을 떼다

: 만약에 지금 내가… :

이 세상에서 제일 변화하기 힘든 것이 무엇일까? 단연 사람이다. 포악한 호랑이도 조련사에게 길들면 고분고분 지시에 따른다. 숲을 호령할 맹수인데도 길들면 순한 양으로 변한다. 제아무리 용맹스러운 동물이라도 훈련되면 변한다.

하지만 사람은 그렇지 않다. 사람은 스스로 변화의 필요성을 느껴야 행동에 옮긴다. 아무리 훌륭한 조언이나 충고를 해도 소용없다. 강압적으로 밀어붙여도 그때뿐이다. 순간만 지나면 어느새 원점으로 돌아가고 만다.

사람은 자신이 듣고 싶은 것만 취사선택해서 듣는 경향이 있다. 쓴소리를 약으로 알고 받아들이면 좋으련만 자신이 듣기 싫은 말이라면 조용히 귀를 닫는다. 설령 누군가의 충고로 움직였더라도 그것은 일시적인 현상에 지나지 않는다.

사람은 반드시 자신이 변해야 하는 이유를 깨달아야 변화할 수 있다. 그렇지 않고는 죽은 황소를 일으키는 것만큼이나 힘들다. 이를 잘 나타낸 것이 영국 웨스트민스터 대성당 지하묘비에 적힌 다음과 같은 글귀다.

내가 젊고 자유로워서 상상력에 한계가 없을 때 나는 세상을 변화시키겠다는 꿈을 가졌다. 더 나이가 들고 지혜를 얻었을 때는 나는 세상이 변하지 않으리라는 것을 알았다. 그래서 내 시야를 약간 좁혀 내가 사는 나라를 변화시키겠다고 결심했다. 그러나 그것 역시 불가능한 일이었다. 황혼의 나이가 되었을 때 나는 마지막 시도로, 나와 가장 가까운 내 가족을 변화시키겠다고 마음을 정했다. 그러나 아무것도 달라지지 않았다. 이제 죽음을 맞이하기 위해 자리에 누운 나는 문득 깨닫는다. 만약 내가 나 자신을 먼저 변화시켰더라면, 그것을 보고 내 가족이 변화되었을 것을⋯. 또한 그것에 용기를 내어 내 나라를 좀 더 좋은 곳으로 바꿀 수 있었을 것을…. 그리고 누가 아는가? 세상까지도 변화되었을지!

사람이 변화하기 위해서는 스스로 변화를 원하는 자기 동기부여가 가장 중요한 열쇠다. 그러기 위해서는 자기를 먼저 설득해야 한다. 자기 스스로를 설득하지 못하면 어떤 변화도 기대할 수 없다.

글쓰기를 시작하는 것도 다르지 않다. 글쓰기를 왜 해야 하는지 그 필요성을 스스로 인식해야 한다. 반드시 글을 써야 한다는 자기 동기부여가 되지 않는 한 글쓰기로 삶을 변화시키기는 어려운 일이다.

글쓰기로 자신을 변화시키려면 지금까지 삶을 돌아볼 필요가 있다. 역사는 반복되게 되어 있기 때문이다. 오늘의 삶은 어제의 연장선이다. 어제의 삶에서 변화의 필요성이나 변화를 일으킬 만한 자기 동기부여가 되지 않았다면 오늘은 어제와 같을 뿐이다. 소크라테스는 "되돌아보지 않는 삶은 살 가치가 없다"라고 쓴소리를 날렸다. 삶을 되돌아보고 점검하지 않는 인생은 스스로 삶을 바꿀 수 있는 동력을 잃게 된다.

자기 동기부여를 하는 방법 중 하나는 위기의식을 느끼게 하는 것이다. 반드시 변해야 한다는 위기를 느껴야 비로소 변화의 싹이 튼다. 사람은 외부적인 고통이 가해지면 그것에서 벗어나려는 경향이 있다. 이 원리를 이용해 변화를 유도하는 것도 하나의 방법이다. 스스로에게 질문을 던지며 변화하지 않을 때 어떤 고통이 가해질지 끊임없이 생각해보아야 한다.

- 만약 지금 변화하지 않았을 때 치러야 할 가장 큰 대가와 최악의 상황은 무엇일까?
- 지금 변화되지 않는다면 내 인생에서 잃게 되는 것은 무엇일까?

위기를 극복하고 나아갔을 때 따르는 보상을 생각하는 것도 필요하다. 당근과 채찍을 적절히 활용해 동기부여를 하는 것이다.

- 만일 지금 변화한다면 내 인생에서 어떤 점이 달라지고 얻을 수 있는 유익은 무엇일까?
- 변화되었을 때 주변에서 나를 바라보는 시선과 누릴 수 있는 행복은 무엇일까?

어떤 답을 할 수 있는가? 어제와 다른 내일을 기대한다면 스스로를 설득해야 한다. 당장 이불을 박차고 일어서라고, 부딪히고 깨지고 실패하더라도 시도해보라고, 아무것도 하지 않는 것처럼 미련한 것은 없다고 스스로에게 말해야 한다. 그리고 당장 글쓰기에 돌입해야 한다.

그 무엇보다 글쓰기에는 삶을 변화시키는 강력한 힘이 존재한다. 누군가의 이야기만으로는 절대 그 맛을 알지 못한다. 스스로 느껴봐야 참맛을 알 수 있다. 글쓰기는 자기 주도적 능력이 요구되므로 누구도 대신 해줄 수 없다. 과정도, 결과도 오직 자신의 몫이다.

: 제가 어떻게 책을 써요 :

글로 삶을 변화시킬 수 있다고 이야기하면 많은 사람이 손사래를 친다. 부담 때문이다. 써보기도 전에 대부분 사람은 두려움에 휩싸인다. 글쓰기가 어렵다는 선입견을 거두지 못한다. 스스로 두려움에 사로잡히니 아예 시도조차 안 한다.

앞서 얘기한 재능교육 대표 양병무. 그는 한때 책 쓰기를 지도했다. 서울사이버대학교 석좌교수로 일하며 CEO와 전문가, 직장인들에게 책 쓰기를 권유하며 실제로 많은 사람의 출간을 도왔다. 그런데 그 대부분이 처음부터 선뜻 나서진 않았다고 한다.

"책을 한번 써보세요."

"말도 안 돼요. 제가 무슨 책을 써요?"

"누구나 책을 쓸 수 있어요. 다만 방법을 모를 뿐입니다."

"아무리 그래도 제가…."

책 쓰기 권유를 받은 대부분이 미리 겁부터 먹었다. 그 때문에 글쓰기를 매우 힘들게 시작했다.

글쓰기에 두려움이 있는 사람은 책상에만 앉으면 아무 생각이 나지 않는다고 한다. 도대체 무엇을 써야 하는지 모르겠단다. 분명 쓸 것이 있었지만 시작조차 하지 못하고 고민만 한다. 그렇게 우물거리다 시간만 보내고 결국에는 펜을 놓아버린다. 이런 일이 반복되면 글을 쓰지 말아야 하는 핑곗거리들이 자꾸 생각난다.

'오늘은 쓸 내용이 잘 떠오르지 않는군.'

'자료가 왜 이렇게 부족하지? 자료 모으기부터 해야겠다.'

'오늘은 특히 컨디션이 안 좋은걸.'

이렇게 되면 자신감은 점점 떨어지고 결국 글을 쓸 수 없게 된다.

나는 글쓰기는 수영과 같다고 생각한다. 수영 초보자가 가장 힘들어하는 것은 물에 대한 두려움이다. 아무리 이론으로 무장하고 패드로 기본기를 익혔다고 해도 물에 대한 두려움이 있으면 몸이 자연스러워지지 않는다. 경직된 몸으로는 발과 손을 쉴 새 없이 움직여도 결국엔 가라앉는다. 하지만 몸을 물에 맡기고 편안한 마음을 가지면 자연스럽게 수영할 수 있다.

글쓰기도 문장의 구성과 문단 쓰기, 문법 등을 아무리 잘 익힌다

해도 두려움을 갖고 있으면 한 문장을 완성하기도 쉽지 않다. 온갖 잡생각 때문에 글에 온전히 집중하지 못한다. 하지만 자기 생각을 펜에 맡기고 생각나는 대로 써내려가다 보면 어느새 멋진 글을 완성하게 된다.

처음부터 글을 잘 쓰는 사람은 없다. 무슨 일이든 처음에는 다 어렵다. 《바람의 딸, 걸어서 지구 세 바퀴 반》으로 일약 베스트셀러 작가가 되고 월드비전 긴급구호팀장으로 인생을 역전한 한비야. 그녀도 그랬다. 그녀는 지금도 글을 쓸 때마다 머리를 벽에 찧고 가슴을 쥐어짜며 고민한다고 말한다. 이 글을 쓰고 있는 나도 마찬가지다. 처음 독서지도 공부를 할 때 과제가 독후감 한 편을 써내는 것이었다. 책을 읽을 때는 잘 써봐야지 하고 야심 차게 읽어 나갔다. 드디어 감상문을 써야 할 시간이 되었다. 컴퓨터를 켜고 자판 앞에 앉았다. 하지만 한 문장도 써나갈 수가 없었다. 어떻게 써야 하는지 감도 잡히지 않았다. 내 글이 평가받을 것이라는 걱정이 엄습해왔다. 잘 써야 한다는 부담감도 컸다. 책상 앞에 앉아 고민한 게 세 시간이 훌쩍 넘어갔다. 우여곡절 끝에 글을 마무리했다. 10포인트로 A4 용지 한 장을 채워오라는 규정이 있었는데 단 여섯 줄로 감상문을 완성했다. 그 뒤로 글에 대한 부담 때문에 독서지도 공부를 계속해야 할지 말아야 할지 고민해야 했다.

무식하면 용감하다고, 난 글쓰기에 대해 무식해지기로 마음먹었다. 누가 보든 안 보든 독서지도사 공부를 마치겠다고 다짐하고 저돌적으로 글을 쓰고 과제를 제출했다. 우여곡절 끝에 그 과정을 마치고 속한 단체의 연구원이 되었다. 독서교재를 집필하는 집필위원이 되었다. 그 후로는 책을 써보겠다고 덤볐다. 혼자 책을 보며 어떻게 써야 하는지 배우고 익히며 글을 썼다. 한 꼭지 완성하기도 벅찼지만 쓰고 고치기를 반복했다. 그러다 보니 3년 동안 다섯 권을 출간했다. 이런 사람이 많으리란 생각에 초보자들의 글쓰기를 돕고 싶어 용기를 내서 이 책을 집필하고 있다. 글쓰기에 대한 두려움을 떨쳐버리니 글쓰기 장르와 관련된 글까지 쓰게 된 것이다.

글쓰기의 두려움은 글을 쓰는 사람이라면 누구나 겪는 일이다. 그러니 미리 겁먹지 말아야 한다. 무식하게 도전하면 그만이다. 남의 눈치 볼 필요 없다. 일단 시작하겠다는 마음부터 먹어라. 어떤 일이 있어도 글쓰기로 삶을 변화시켜야겠다는 굳은 의지만 있다면 이미 절반은 성공한 것이다.

: 꿈을 손에 쥐는 법 :

"계획 없는 삶은 꿈이 없는 삶이고, 꿈이 없는 삶은 불행한 삶이다"라는 말이 있다. 구체적인 계획을 세울 수 없다는 것은 꿈이 없다는 말이다. 자신이 하고 싶고 원하는 삶이 없다는 증거다. 이런 삶은 더는 변화를 일으키지 못하고 희망도 품지 못한다.

삶이 변화하기 위해서는 원함이 있어야 한다. 글쓰기에 대한 간절한 꿈이 있을 때 원하는 목표를 성취할 수 있다. 원함을 이루는 한 가지 좋은 방법이 있다. 그것은 글쓰기에 대한 버킷리스트를 작성하는 것이다. 버킷리스트는 죽음을 목전에 둔 사람이 마지막 소원을 말하는 것이다. 이 땅에 있는 동안 꼭 이루고 싶다는 간절한 마음이 담겨 있다. 삶의 변화를 일으키는 방법 중 간절한 마음보다 더 절실한 것이 있을까.

한비야의 버킷리스트에도 글쓰기와 관련된 목록이 있다. 《그건, 사랑이었네》라는 책에서 그녀는 '더 배우고 익혀야 할 일' 리스트를 적었다. 거기에 '전 세계를 대상으로 강의하고 글쓰기'라는 목록이 있다. 나이별 리스트에는 '육십대에는 경험과 지식이 무르익었을 테니 후진 양성과 글쓰기'라는 목록이 있다. 아직 그 시기를 살지 않았지만 그녀의 의지와 열정이라면 충분히 이룰 것이라 생각한다. 그녀는 지금까지 계속해서 버킷리스트를 쓰고 삶을 업그레이드하며 살아왔다. 체계적인 계획과 준비로 삶의 변화를 이끌어냈다. 이것이 버킷리스트가 가진 힘이다.

서른여섯의 젊은 나이에 110권의 책을 내고 기네스북에 오른 사람이 있다. 바로 《10대에 알았더라면 좋았을 것들》의 저자 김태광이다. 그는 이십대 때 막노동을 하고 고시원 쪽방에서 생활하면서 작가의 꿈을 품고 글을 썼다. 하지만 출판사에 투고할 때마다 퇴짜를 맞았다. 점점 의욕이 꺾이고 패배의식에 사로잡혔다. 그러던 중 성공학의 거장 나폴레온 힐의 책을 통해 자신도 성공할 수 있다는 확신을 갖고 다시 힘을 냈다. 자신의 버킷리스트도 만들었다.

- 베스트셀러 작가 되기
- 대한민국 최고의 성공학 강사 되기
- TV, 라디오에 출연하기
- 해외에 저작권 수출하기
- 내 글이 교과서에 실리기
- 책 100권 쓰기

그가 이 리스트를 작성하던 시점은 번번이 출판사 퇴짜를 맞을 때였다. 하지만 그는 리스트를 적고 나서 한 번도 '내가 적는 리스트들이 실현될까'라는 의심을 품지 않았다. 반드시 실현되리라 믿었다. 그리고 모두 현실이 되었다. 한 권, 한 권 책을 쓰다 보니 젊은 나이에도 불구하고 기네스북에 오를 만큼 책을 출간했다.

나도 글쓰기에 대한 버킷리스트를 만들어두었다. 처음 책을 출간하고 남은 삶을 계획한다는 생각에서였다. 그때 적은 버킷리스트

중에 글쓰기와 관련된 것은 다음과 같다.

- 일 년에 책 세 권 출간하기
- TV에 출연하기
- 베스트셀러 작가 되어 사인회 하기
- 외국으로 저작권이 수출되어 그 나라에서 강연하기
- 글쓰기로 꿈을 품고 꿈을 이루고 꿈을 나누며 섬기는 사람
  되기 등

나도 글을 쓰다 보면 머리가 아프고 도저히 더는 써지지 않을 때
가 있다. 컴퓨터 자판만 보아도 어지러워 책상에 앉기조차 싫다.
편두통과 어깨 뭉침으로 한의원에서 침을 맞을 때도 많다. 하지만
버킷리스트에 적어놓은 글들 때문에 다시 마음을 다잡는다. 버킷
리스트는 다시 글을 쓰게 하고 원하는 꿈을 향해 달려가게 한다.

버킷리스트를 적은 후 몇 가지는 이미 이루었다. 일 년에 세 권
출간하겠다는 목표를 2013년에 이루었다. 앞으로도 꼭 일 년에 세
권 출간을 위해 힘쓸 것이다. 두 번째 책《스무 살, 버리지 말아야
할 것들》은 대만으로 저작권이 수출되었다. 벌써 두 가지를 이룬
셈이다. 여기에 만족하여 멈춰 서지 않고 더욱 영향력 있는 작가가
되기 위해 버킷리스트를 수정, 보완하며 나아가고 있다.

이제 당신만의 버킷리스트를 적어보아야 한다. 자신이 원하는 버킷리스트에 날짜를 적으면 목표가 되고, 목표를 잘게 나누면 계획이 된다. 그리고 계획을 실행에 옮기면 현실이 된다.

내 삶을 변화시킬 때가 왔다. 그 출발이 바로 버킷리스트를 쓰는 것이다.

: 애초에 가르칠 수 없는 기술 :

글쓰기에 성공하려면 글에 대한 의식부터 개혁해야 한다. 글에 대한 생각을 바꿔야 도전할 수 있다. 보통 사람들은 글에 대한 고정관념이 있는 것 같다. 글은 아무나 쓸 수 있는 게 아니고 타고난 재능이 있어야 한다고 여긴다. 나도 그랬다. 글 잘 쓰는 사람을 보면 뭔가 특별한 능력이 있기에 그렇다고 생각했다. 그런데 지나고 보니 그 생각이 잘못되었다는 것을 알 수 있었다.

나는 국문학과나 문예창작, 백일장과 전혀 관련이 없는 사람이다. 대학 전공은 인문계가 아니라 공과대였고, 내 안에 타고난 글쟁이로서의 싹을 발견한 적도 없다. 그럼에도 나는 지금 책을 쓰는 사람이 되었다. 단지 내가 한 일은 부단히 읽고, 쓰고 또 쓴 것밖에 없다. 그게 전부다. 책을 읽기 시작한 것은 8년 전이지만 책을 쓰겠다고 덤빈 것은 4년 전이다. 정리하자면 4년 동안 읽은 책의 힘으로 근 2년을 책 쓰기에 매달려 한 권의 책이 출간되는 기쁨을 맛보았다. 첫 책이 나온 이후에도 잘 써지지 않는 글 때문에 계속 쓸 것인가 말 것인가를 고민했다. 하지만 결국 내가 하고 싶은 일은 이것뿐이라는 생각에 다시 치열하게 글을 썼다. 새벽부터 늦은 저녁까지 읽고 쓰기를 반복했다. 그랬더니 순식간에 네 권이 출간되었다.

7세기 무렵, 중국 당나라의 서예가 구양순이 같은 의미의 말을 했다. "많이 읽고, 많이 생각하고, 많이 써보는 것"이 글 잘 쓰는 비결이라고 말이다. 뭔가 대단한 비법이 있는 것 같지만 실상은 별거 없다. 많이 읽으며 쓸 거리를 만들고, 많이 생각하며 머릿속에 지식을 체계화해 좋은 글이 써질 때까지 많이 써보면 된다. 그 과정이 힘들 뿐이다. 고된 과정을 견뎌가며 자신을 훈련한 사람만이 글쓰기에서 승리할 수 있다.

우리나라 최고의 작가로 꼽히는 조정래도 같은 말을 전한다. "글 잘 쓰는 기술은 애초에 가르칠 수 없다. 쓰는 것만이 글을 잘 쓸 수 있는 방법이다."

《엄마를 부탁해》의 신경숙 작가는 부단한 노력 끝에 대한민국을 대표하는 작가로 거듭났다. 그녀는 고등학교 시절, 낮에는 일하고 밤에는 상업고등학교에 다녔다. 당시 신경숙은 소설가의 꿈을 품고 글 쓰는 훈련을 했다. 그녀가 선택한 것은 베껴 쓰기였다. 조세

희의 《난장이가 쏘아올린 작은 공》을 통째로 베껴 썼다. 그 과정에서 글에 대한 감각이 살아났다.

> 그냥 눈으로 읽을 때와 한 자 한 자 노트에 옮겨 적으며 볼 때와 그 소설들의 느낌은 달랐다. 필사를 하면서 나는 처음으로 '이게 아닌데……'라는 생각에서 벗어날 수 있었다. 이것이다. 나는 이 길로 가리라. 베껴 쓰기를 하는 동안의 그 황홀함은 내가 살면서 무슨 일을 할 것인가를 각인시켜준 독특한 체험이었다.
> - 《아름다운 그늘》, 신경숙

글은 훈련을 통해 길러진다는 얘기다. 단 치열한 노력의 대가는 지불해야 한다. 군인들이 일당백의 능력을 갖추기 위해 밤낮없이 훈련에 임하는 것처럼, 그런 정신력으로 무장해야 비로소 좋은 글을 쓸 수 있다.

글뿐만 아니라 모든 창작물의 대가들은 부단한 노력과 훈련으로 거장의 반열에 들어섰다. 피카소는 작가가 되기 전 하루에 한 장 이상의 그림을 그렸다. 본격적으로 그림을 그리기 전에는 비둘기 발만 무수히 그렸다. 그런 훈련이 2만 점이 넘는 그림을 그리는 작가로 거듭나게 했다. 모차르트 역시 타고난 천재가 아니라 엄청난 훈련과 연습으로 만들어졌다. 그가 표절 시비에 오르내린 것은 다른 작품을 통해 창작을 했다는 의미다. 600곡이 넘는 아름다운 선율은 훈련으로 얻어진 결과물이다.

쓴 글마다 베스트셀러가 된 한비야도 마찬가지다. 그녀의 글은 고등학교 학생들에게 교본이 될 정도로 정평이 나 있다. 그녀의 글솜씨를 모두가 부러워하지만 자신은 여전히 글을 잘 쓰기 위해 몸부림을 치고 있다고 말한다. 몸부림은 치열한 노력을 말한다. 많이 읽고, 많이 생각하고, 많이 써보고 많이 기록한다. 좋은 글이 써질 때까지 몰두한다. 그러느라 밤을 지새운 일이 허다하다. 그녀는 글을 쓰기 전에 먼저 말로 해보며 편하고 전달이 잘 되는 것을 골라낸다고 한다. 글을 쓴 후에는 큰 소리로 읽으며 잘 읽힐 때까지 고치는 과정을 반복한다. 좋은 글이 될 때까지 고치기를 쉬지 않는다. 인쇄가 시작되기 직전에도 글을 고칠 정도였다고 하니 좋은 글을 쓰기 위한 애착이 남다르다. 그런 노력이 숨어 있기에 그녀의 글은 잘 읽히고 감동이 있다. 그래도 여전히 글이 써지지 않을 때는 머리를 벽에 찧고 가슴을 쥐어짜며 난 죽어야 한다고 자학한단다. 하지만 포기하지 않는다. 이것이 좋은 글을 쓰기 위한 노력의 흔적이며, 글은 재능이 아니라 훈련이라는 증거다.

한비야는 글 잘 쓰는 비결을 묻는 사람들에게 이처럼 몸부림을 칠 마음의 준비가 되어 있다면 누구나 잘 쓸 수 있다고 조언한다. 당신은 어떤가. 한비야처럼 노력하며 훈련할 준비가 되어 있는가.

그렇다면 걱정 없다. 글은 재능이 아니라 훈련이기 때문이다. 전장에 나가는 군인처럼 비장한 마음으로 훈련에 임한다면 얼마 지나지 않아 훌륭한 필력을 소유할 수 있다. 그때까지 참고 기다리며 훈련에 매진하면 된다.

: 대문호가 될 필요는 없으니까 :

골프를 비롯하여 어떤 운동에서 실력을 갖추려면 부단한 노력을 기울여야 한다고 생각한다. 수많은 연습으로 훈련되어야 비로소 실력을 인정받는다고 여긴다. 그에 대해 이견은 없다. 그런데 글에 대해서는 다른 생각을 하는 듯하다. 보통 글을 써보라고 하면 처음 쓰는 사람도 잘 써야 한다는 부담에 힘들어한다. 다른 것에서는 초보자라면 당연히 실수할 수 있다고 여기지만 글에 대해서는 관대하지 않다. 실수할 수도 잘 못 쓸 수도 있는데 처음 쓴 글이 전부라고 여긴다. 심하면 수치스러워하기도 한다. 글에 대한 잘못된 생각이 자리하고 있어서 그렇다.

글을 쓰려는 사람들은 처음부터 잘 써야 한다고 여긴다. 마음에 들지 않는 글을 썼다고 여기면 다른 어떤 것보다 힘들어한다. 그 이유는 보여줘야 하는 글쓰기에 익숙하기 때문이다. 우리는 어려서부터 글을 쓰면 항상 누군가에게 보여줘야 했다. 내면을 살찌우고 성찰하고 성장하는 글이 아니라 누군가에게 보여주고 평가받는 글이 더 많았다. 일기를 쓰면 꼭 검사를 받아야 했다. 방학과제 단골인 독후감도 그렇다. 책을 읽고 자기 생각을 정리하는 것이 아니라 내보이고 평가받는 과제가 되었다. 그러니 항상 잘 써야 한다는 부담감이 자기도 모르게 몸에 밴 것이다.

잘 써야 한다는 생각에 사로잡혀 있다 보니 처음 쓴 글부터 잘 쓰려고 애쓴다. 그런데 글이란 게 어디 그런가. 제아무리 훌륭한 작가도 초고를 쓴 다음에는 수없이 고치고 고친 다음에 세상에 내놓는다. 논리적인 글을 쓴다고 인정되는 신문사 논설위원들의 글도 편집부의 퇴고를 거쳐야 세상에 나올 수 있다. 그러니 처음부터 글을 잘 써야 한다는 부담에서 해방되어야 한다. 잘 써야 한다는 생각에 사로잡혀 있으면 자신만 괴롭다. 처음 쓸 때는 글을 써야겠다는 그 마음에만 반응하면 된다. 그 마음에 따라 한 자 한 자 써나갈 때 글쓰기 실력은 저절로 향상된다.

《상실의 시대》의 작가 무라카미 하루키의 책은 세상에 내놓기가 무섭게 팔린다. 선인세로 수십억 원을 줄 만큼 인기가 하늘을 찌른다. 하지만 그도 처음 글쓰기를 시작할 때는 우리와 다를 바 없었다. 처음부터 세계적인 작가가 되겠다는 포부 없이 그저 쓰고 싶은 마음의 울림에 반응했을 뿐이다.

그가 첫 장편소설 《바람의 노래를 들어라》를 집필할 당시를 떠올리며 한 말을 보면 알 수 있다. "스물아홉이 되고 난데없이 소설을 써야겠다는 생각이 들었다. 나도 뭔가 쓸 수 있을 것 같은 예감이 들었다. 도스토옙스키나 발자크에 필적할 가망은 없었지만. 딱히 대문호가 될 필요는 없으니까…."

지금은 세계적인 작가로 명성이 자자하지만, 처음 글을 쓸 때는 대문호의 꿈을 꾸지 않았다. 그저 쓰고 싶은 마음에 반응하며 썼을 뿐이다. 그것이 쌓이고 쌓여 지금의 그가 된 것이다.

좋은 글은 멋진 단어와 멋진 문장으로 꾸며진 글이 아니다. 작가의 진심이 느껴지는 글이다. 마음의 울림을 주는 진솔한 고백이 좋은 글이다. 그리고 쓰고 싶은 마음이 들 때 쓰는 글이 좋은 글이 된다. 마음의 소리에 반응할 때 하고 싶은 말을 담백하게 풀어낼 수 있다. 그런 글이 독자의 가슴에 오래도록 살아남는다.

먼저 글을 잘 써야겠다는 부담에서 벗어나야 한다. 내 삶을 변화시키겠다는 의지 하나로 시작하면 된다. 그것이 씨앗이 되어 수많은 열매를 맺을 수 있다. 글에 대한 자신의 마음을 다시 세팅해야 한다. 잘 써야 하는 글이 아니라 삶을 변화시킨다는 의미로서의 글, 그거면 된다.

: 숨기지 않고 솔직하게 :

　가장 감동적인 글은 가장 진실한 글이다. 마음이 담긴 글, 자신의 마음을 솔직하게 보여주는 글에서 진정성이 느껴진다. 사람의 마음은 그런 글에 움직인다. 글을 읽는 대상이 누구든 상관없지만 진실한 글만이 변화를 일으킨다.

　빌 클린턴은 대통령직에서 물러난 후 자서전 《빌 클린턴 마이 라이프》를 썼다. 자신의 업적뿐만 아니라 재임 기간 전 세계를 떠들썩하게 했던 르윈스키 성 추문 사건에 대한 이야기까지 비교적 자세히 다루었다. 보통 사람도 아닌 대통령으로서 '이미 지난 일인데 굳이 상기시킬 필요가 있을까'라고 생각하는 사람이 많겠지만, 그는 많은 지면을 할애하며 당시 상황을 진솔하게 이야기한다. 클린턴은 숨기려 하지 않았다. 오히려 적극적으로 잘못을 시인하고 용서를 구했다. 자신의 실수로 가족과 르윈스키 가족에게 고통을 주어서 미안하다고.

　성 추문 사건의 가장 큰 피해자는 아내 힐러리였다. 영부인이기 이전에 한 남자의 아내로서 견딜 수 없는 고통이었다. 힐러리는 당시 사건을 이렇게 회고했다.

사람들이 그렇게 고통스러운 시기를 어떻게 견뎌냈느냐고 물으면, 나는 가정에 위기가 발생해도 날마다 아침에 일어나 일하러 가는 것은 조금도 별난 일이 아니라고 말한다. 우리는 누구나 인생에서 한 번쯤은 그런 시기를 겪어야 하고, 위기에 대처하는 데 필요한 기술은 퍼스트 레이디든 지게차 운전사든 다를 게 없다. 나는 다만 세상의 주목을 받으면서 그 고통을 견뎌야 했을 뿐이다. (…)

빌의 진솔한 사과에 대한 대중의 반응에 나도 기운이 났다. 위기가 지속되는 동안에도 여론은 대통령의 직무 수행에 확고한 지지를 보냈다. 또한 미국인의 절대다수인 약 60퍼센트는 국회가 탄핵 절차에 착수하는 데 반대했고, 빌의 사임에도 반대했고, 스타 보고서의 노골적인 세부는 '부적절'하다고 응답했다.

- 《살아 있는 역사 2》, 힐러리 로댐 클린턴

빌 클린턴의 진솔한 사과로 힐러리는 결혼생활을 지속해야겠다는 생각을 품는다. 나아가 이들은 자신들의 삶을 이야기하는 책에 당시 상황을 솔직하게 이야기하며 삶을 어떻게 변화시켜나갔는지 설명했다. 참 대단한 부부다. 잘못을 솔직하게 인정하고 받아들이는 과정을 대대로 전해질 책에 기록할 수 있다는 것이 말이다. 그런 용기와 진솔함이 있기에 한 나라의 지도자가 될 수 있었으리라 생각한다.

삶을 변화시키는 글을 쓰려면 가장 중요한 덕목 중 하나가 진정성 있는 글을 쓰는 것이다. 진실을 담아 글을 써야 잘못된 점이 보이고 반성도 성찰도 할 수 있다. 가식적인 글은 멸망의 지름길이다. 가면으로 덧씌운다고 삶이 달라지지 않는다. 오직 진실한 글만이 마음을 움직이고 변화도 이끌어낼 수 있다.

글 잘 쓰기로 유명한 알랭 드 보통은 글 쓰는 자세에 대해 이렇게 말한다. "때로 내가 부끄러움을 느끼거나 위험에 노출될 만한 일일지라도 내가 느끼는 바를 솔직하게 그대로 표현하고자 노력한다."

세계적인 베스트셀러 저자도 글을 쓸 때 솔직하게 표현하려 힘쓴다고 강조하는 걸 보면, 그것이 얼마나 어려운 일인지를 알 수 있다. 사람에겐 자신의 마음을 유리한 방향으로 윤색(潤色)하려는 경향이 있기 때문이다. 누구나 자신의 치적을 이야기하고 싶어 하지 아픈 상처를 들추고 싶어 하진 않는다. 창피해서일 수도 있고, 잊고 싶어서일 수도 있고, 감추고 싶어서일 수도 있다.

그러나 그런 요소들을 고스란히 빼놓고 자신의 삶을 이야기한다면 오히려 두꺼운 가면만 덧씌우게 된다. 감추고 싶은 것은 다 감추고 자신에게 유리한 것만 이야기한 글은 변화를 일으키지 못한다.

오바마 대통령은 자신의 아픈 과거사를 솔직하게 표현했다. 그는 백인 어머니와 흑인 아버지 사이에서 태어났다. 성장하면서 자신은 흑인도 아니고 백인도 아니라며 정체성의 혼란을 겪는다. 미국에서 자랐지만 할아버지와 할머니가 아프리카에 살고 있었기에 미국인도 아니고 아프리카인도 아니었다. 회색지대를 살고 있던 오바마는 정체성을 찾아가는 과정을 진술하게 글로 썼다. 아니, 처음부터 글을 쓰려는 목적이 자신의 아픈 과거사를 솔직하게 표현하겠다는 것이었다.

서른다섯 살에 쓴 자서전에서 그는 이렇게 말한다.

> 이 책이 이야기라 불리든 회고록이라 불리든, 혹은 가족사나 또 다른 어떤 것으로 불리든 상관없이 이 책을 쓰면서 내가 생각했던 목적은 내 생애의 한 부분을 정직하게 털어놓고 설명하자는 것이었다.
> - 《내 아버지로부터의 꿈》, 버락 오바마

그는 자신의 삶에서 나타난 모든 것을 솔직하게 털어놓았다. 그렇게 자신의 삶을 정리한 결과는 놀라웠다. 대통령 선거를 치르는 동안 상대방 후보의 맹렬한 공격을 받았지만 모두 거뜬히 막아낼 수 있었다. 만약 오바마가 자기 이야기를 서술하면서 거짓으로 일관했다면 미국 대통령으로 당선되기는 힘들었을 것이다.

치유하는 글쓰기는 속마음을 솔직하게 표현하는 데서 출발한다. 자신의 삶을 이해하는 것도 있는 그대로의 삶을 들여다보고 인정할 때 가능한 일이다. 자신의 현재 삶을 제대로 분석해야 나아갈 방향을 설정할 수 있고, 그래야 변화를 일으킬 수 있다. 삶이든, 글이든 변화는 모두 진정성이 생명이다. 진정성이 없는 글은 죽은 글이며, 당연히 삶의 변화도 일어나지 않는다. 어떤 일이 있어도 글에 진실을 담아야 한다. 그런 마음에서 삶의 변화는 시작된다.

: 배수의 진, 데드라인 :

삶의 목표를 이루는 기술 중 하나는 기한을 정하는 것이다. 특히 '데드라인'을 정하고 글쓰기에 돌입하며 더 효과적이다. 데드(dead)라인을 정한다는 것은 말 그대로 죽음을 각오한다는 의지의 표현이다. 자신이 정한 기한까지는 어떠한 일이 있어도 목표를 달성하겠다는 결단이다.

경영의 그루라 불리는 피터 드러커는 데드라인의 중요성을 이렇게 강조한다. "목표한 것을 꼭 이뤄내는 사람을 알고 있다. 그는 긴급한 일과 내키지 않지만 해야만 하는 일, 이렇게 두 가지 목록을 가지고 있으며 반드시 마감일을 정해놓는다. 만약 마감일을 지키지 못하면 자신도 모르게 시간을 낭비했음을 깨닫고 더욱 주의한다."

개인과 기업의 변화를 이끌어온 세계적인 컨설턴트 브라이언 트

레이시. 그는 한 번 강연료가 시간당 8억 원에 이르는 컨설팅의 대가다. 컨설팅의 귀재답게 데드라인의 중요성을 빼놓지 않고 강조한다.

> 최종기한이 없는 목표나 노력은 장전하지 않은 총탄과 같다. 스스로
> 최종기한을 정해놓지 않는다면 당신의 삶도 '불발탄'으로 끝나고 말
> 것이다.
>
> - 《빅 픽처를 그려라》, 전옥표

당신이 어떤 글을 쓰든 그것은 자유다. 치유하는 글을 쓰든, 삶의 이해를 위한 글을 쓰든 그리고 출판사를 통해 출간을 하든, 개인 소장용으로 만들든 상관없다. 하지만 글쓰기로 정말 자신을 변화시키고자 한다면 데드라인을 정해야 한다. 언제 어느 때까지 마무리하겠다는 의지의 표현이 있어야 한다. 그래야 글을 완성할 수 있고, 더불어 좋은 글도 쓸 수 있게 된다.

스티븐 킹은 어떤 글이든 3개월 안에 초고를 완성해야 한다고 못을 박는다.

> 어쨌든 나는 어떤 소설이든—설령 분량이 많더라도—한 계절에 해당
> 하는 3개월 이내에 초고를 끝내야 한다고 믿는다. 그보다 오래 걸리면

(적어도 내 경우에는) 마치 루마니아에서 날아온 공문서처럼, 또는 태양의 흑점 활동이 심할 때 단파 수신기에서 나오는 소리처럼 이야기가 왠지 낯설어진다.

- 《유혹하는 글쓰기》, 스티븐 킹

데드라인을 정해두면 구체적인 세부 계획이 세워진다. 세부 계획은 실행력으로 연결된다. 반드시 해내야 한다는 의지가 강하게 작동하므로 몰입하게 된다. 강력한 몰입은 목표를 성취하도록 이끌어준다.

데드라인의 성공률을 높이는 방법 중 하나는 공개선언을 하는 것이다. 주변 사람들에게 언제까지 어떤 글을 쓰겠다고 말하는 것이다. 그때 공약을 하는 것도 좋다. 목표를 이루지 못했을 때 감당할 벌칙을 미리 정하는 것이다. 조금 벅찰 정도의 공약이어야 효과가 있다. 주변을 의식하는 힘을 이용해 목표를 이루는 방법이다.

자비 출판을 하려는 사람이라면 출판기념회를 미리 정하는 것도 하나의 방법이다. 시기와 장소를 미리 정해 초청장을 발송하면 더 효과적이다. 이미 손님을 초청했으니 실없는 사람이 되지 않으려면 극도로 몰입하여 글을 써가게 된다.

출판사를 통해 출간하고자 하는 사람은 출판사에 원고를 보내는 시간을 정해야 한다. 그때까지는 어떤 일이 있어도 원고를 완성하겠다는 의지가 필요하다. 한 가지 유념해야 할 것은 마감시한을 너무 느슨하게 잡으면 좋지 않다는 것이다. 기한이 멀면 마음까지 느긋해져 미루기 십상이다. 기한을 되도록 빠듯하게 정하면 긴장감도 유지되고 여러모로 좋은 점이 많다.

당장 달력을 펼쳐 들고 어떤 글을 언제까지 완성할지 계획을 세워라. 출판기념회 장소가 필요하면 미리 장소 섭외까지 마쳐버려라. 도저히 빠져나갈 수 없을 정도여야 한다. 배수진을 치면 죽기 살기로 덤비게 되어 있다. 마음속 다짐만으로는 슬그머니 계획을 변경하게 된다. 그러면 글쓰기는 영영 소망으로만 남는다.

다음 페이지의 빈 곳을 채우고 멋지게 적어서 책상 위 가장 잘 보이는 곳에 붙여두자(맨 마지막의 '출판기념회' 부분은 글을 완성하는 시기나 원고를 출판사에 넘기는 날짜 등 자신의 사정에 맞게 수정하면 된다). 틈나는 대로 큰 소리로 읽으면서 마음에 깊이 새긴다면 놀라운 변화를 경험하게 될 것이다.

: 즐기면서 쓰자 :

천재는 노력하는 사람을 이길 수 없고, 노력하는 사람은 즐기는 사람을 이길 수 없다고 한다. 즐기는 사람은 무엇을 하든 신명이 난

나는

_____까닭으로

_____글을 쓰려고 하며,

____년 ____월 ____일까지 완성하여

____년 ____월 ____일 _____에서

_____를 모시고

출판기념회를 거행할 것이다.

다. 무슨 일을 하든 걱정이 없다. 하는 자체가 즐거우니 과정과 결과도 좋다.

얼마 전 축구선수에서 은퇴한 이영표 선수. 그는 축구를 하는 이유를 즐기기 위해서라고 말한다. 축구 자체를 즐기며 그 과정에서 발전하는 것이 목표였다. 전매특허인 헛다리 짚기 드리블이 탄생한 과정을 보면 알 수 있다. 이영표는 아르헨티나 축구 영웅 마라도나를 보며 드리블의 매력에 흠뻑 빠졌다. 자신도 마라도나와 같이 멋진 드리블을 하고 싶었다. 이때부터 피나는 훈련이 시작되었다. 어린 초등학생이었지만 하루도 쉬지 않고 드리블 연습을 했다. 안쪽 복사뼈 부분에서 피가 흘러나올 정도였다. 드리블을 하다 보면 한쪽 발로 다른 발 안쪽을 자꾸 하게 되기 때문이다. 그래도 그는 멈추지 않았다. 드리블이 너무나 즐거웠기 때문이다. 그처럼 즐겁게 훈련한 결과 세계적인 선수가 되었다.

글쓰기도 마찬가지다. 글 쓰는 자체가 즐거워야 잘 쓸 수 있다.

재미로 쓰라. 자기를 위해! 작가가 그 과정을 즐기지 못하면, 어떤 독자가 그 결과물을 즐기겠는가.

  - 《누구나 글을 잘 쓸 수 있다》, 로버타 진 브라이언트

로버타 진 브라이언트는 20여 년간 수천 명의 작가와 작가 지망

생들에게 글쓰기를 가르쳤다. 그런 그녀가 한 말이기에 더 설득력이 있다. 세상 모든 것이 그렇지만 특히 글쓰기는 자신이 즐겨야 변화가 나타난다. 쓰는 사람이 즐기지 않으면 좋은 글이 나오지 않는다. 독자는 안다. 작가가 어떤 마음으로 썼는지. 그러므로 즐기며 써야 한다.

책 읽기와 글쓰기를 사람들이 힘들어하는 이유가 있다. 자기 주도적인 노력이 수반되어야 하기 때문이다. 오롯이 스스로 생각해야 읽을 수 있고 쓸 수 있다. 누구의 도움도 받을 수 없다. 받아쓰기가 아닌 이상 혼자 생각하고 써야 한다. 그렇지 않고는 한 줄 써나가기도 버겁다. 그래서 많은 사람이 힘들어하고 도전조차 하려 들지 않는 것이다.

즐기는 글쓰기를 하려면 어떻게 해야 할까? 하고 싶은 이야기가 많아지도록 하는 것이 첫째다. 견딜 수 없도록 하고 싶은 이야기가 있다면 쓰는 자체가 즐거울 수밖에 없다. '임금님 귀는 당나귀 귀'라고 말하고 싶어 근질근질하다면 하다못해 동굴에서라도 소리치고 싶어진다. 글로 표현하고 싶은 것이 가득하면 글 쓰는 일은 즐겁기만 할 것이다.

두 번째는 글쓰기에 따라 나타날 긍정적인 변화를 바라보는 것이다. 예컨대 아픈 상처가 치유되거나 삶이 이해되거나 작가가 되리라는 상상에 빠지는 것이다.

나는 지금 글쓰기가 즐겁다. 글을 쓰면 책이 출간되기 때문이다. 활자로 된 글이 멋진 책으로 세상에 나오면 그것만큼 즐거운 일이 없다. 머릿속에 조각조각 흩어져 있던 생각들이 글로 체계화되고 책으로 태어나는 과정이 너무나 매력적이다. 더 나아가 경제적인 부분까지 해결된다. 평생 직장으로 손색이 없다는 점도 좋다. 책을 읽은 독자들의 반응을 보는 것도 보람이 있다. 그래서 더욱 즐겁고 신 난다.

하지만 주변에서는 이런 나를 이해하기 힘들다고들 한다. 왜 머리 아픈 일을 사서 하느냐는 것이다. 평균수명이 가장 짧은 직업이 작가라며 협박 아닌 협박까지 한다. 그래도 난 멈출 수 없다. 글 쓰는 자체가 즐거우니까.

세 번째는 지나치게 완벽한 글을 쓰려는 함정에서 벗어나야 한다. 좋은 글을 써야 한다는 부담을 떨쳐야 즐길 수 있다. 욕심이 과하면 즐길 수 없다. 결과에만 치중하게 되므로 과정을 즐기지 못한다. 과정이 즐거워야 지속적인 힘이 생겨난다. 주변을 의식하거나 문법의 올무에 걸려들면 즐길 수 없으므로 이런 것에서 벗어나야 한다. 그리고 즐겁게 쓰면 된다.

내가 즐겨야 긍정적인 변화가 나타난다. 대문호가 될 천재적인 자질이 부족하다 해도 즐겁게 임하면 대문호가 될 가능성은 충분하다. 그 가능성은 즐겁게 쓰는 글에서 비롯된다.

3장

길을
탐색하다

: 수필, 자유롭게 풀어놓다 :

작가든 초보자든 글을 쓸 때 간과해서는 안 될 것이 있다. 자신이 쓰려는 글의 장르를 알아야 한다는 것이다. 자신의 메시지를 어떤 그릇에 담아낼 것인지 미리 생각해야 한다. 글에 따라 서술하는 방식이 다르고 저마다 추구하는 특성이 있기 때문이다.

20년 동안 하버드대학교에서 글쓰기를 가르친 바버라 베이그는 《하버드 글쓰기 강의》에서 글쓰기에는 기술이 필요하다고 강조한다. 모두 네 가지인데 첫째는 자신이 말하고자 하는 내용을 찾아내는 기술이다. 둘째는 자신의 독자들을 고려하는 기술이며, 셋째는 자신이 쓰고자 하는 글의 장르에 대해 아는 기술이다. 마지막으로 자신의 마음속 생각을 독자의 마음속에 집어넣기 위해 언어를 사용하는 기술이라고 했다. 문장력이나 독자를 배려하는 것도 필요하지만 자신이 쓰려는 장르를 아는 것도 글쓰기 기술이라는 것을 염두에 두어야 한다.

삶이 변화되는 글쓰기를 할 때 가장 보편적으로 접근할 수 있는 장르가 수필이다. 수필은 자신의 삶이나 느낌을 형식에 얽매이지 않고 자유롭게 쓴 글을 말한다. 딱히 정해진 틀이 없으니 초보자도 쉽게 접근할 수 있다.

수필은 작가와 관련된 어떤 것이라도 글감이 된다. 자기 주변에서 일어나는 모든 일이 글의 소재다. 무엇을 써도 무방하다. 형식에 얽매이지 않으니 자신이 경험한 삶의 이야기를 마음대로 펼칠 수 있다는 것이 장점이다. 친구에게 수다를 떨 듯이 자유롭게 이야기를 펼쳐나갈 수 있는 것이다.

《거꾸로 가는 시내버스》는 버스 운전기사였던 안건모의 에세이다. 안건모는 20년 동안 버스 운전사로 일하면서 세상을 바라본 경험을 책에 풀어놓았다. 버스 운전사가 썼다고 해서 단순히 일터의 일상을 그렸겠거니 생각하면 오산이다. 그는 자신이 살아온 이야기와 더불어 버스 운전을 하면서 느낀 자본가와 노동자의 이해관계를 아주 쉬운 글로 명쾌하게 풀어냈다.

그는 이 글을 쓰기 전까지 늘 기성세대와 대치하는 자신의 가치관 때문에 가슴앓이를 했다고 한다. 하지만 글을 통해 자신이 앓았던 상처들을 솔직하게 털어놓으면서 치유하는 경험까지 누렸다. 가슴 아픈 상처가 치유되었다는 것은 글을 통해 자신의 삶이 이해되었다는 의미도 담겨 있다. 그는 이 책 한 권으로 삶이 송두리째 바뀌는 변화도 얻었다. 책을 출판한 후 그는 월간 〈작은 책〉 편집장으로 직업을 바꿔 더 많은 글을 쓰고 다듬는 일을 하고 있다. 수많은 강연회에도 불려다니며 제2의 인생을 살고 있다.

장영희 교수는 삶의 실타래를 수필로 풀어낸 것으로 유명하다. 그녀는 생후 1년 만에 소아마비 1급 장애인이 되어 평생 두 다리를 쓰지 못하고 살았다. 하지만 그녀의 글에서는 장애를 가졌다고 해서 위축되거나 소심하게 살았던 흔적을 발견할 수 없다. 오히려 불꽃처럼 자기 내면을 활활 태우며 열정적으로 살아온 모습을 만날 수 있다. 장애를 가진 채 살아야 했던 삶의 애환을 솔직하게 펼쳐낸 글들을 보면 숙연함도 느껴진다. 그녀는 삶을 글로 표현하면서 어떤 삶을 살더라도 희망을 포기하면 안 된다는 강렬한 메시지도 전달한다. "글은 곧 사람이다"라는 말처럼 그녀는 자신의 모든 것을 글로 표현한다. 마치 발가벗고 대중 앞에 선 느낌이었다고 고백했을 정도다. 하지만 그렇게 했기에 자기 삶에 대한 이해를 넘어 독자에게 소망을 불어넣을 수 있었다.

> 마치 나는 땅바닥에 앉아 있고, 다른 사람들이 그런 나를 에워싼 채 보고 있는 듯한 느낌, 얼른 일어나 도망가고 싶지만 일어설 수도, 도망갈 수도 없는 당혹감. 너무 부끄러워 당장에라도 땅속으로 꺼지고 싶은 심정이다. 그럼에도 불구하고 이렇게 책을 엮게 된 것이 무척 자랑스럽다. (…) 못한다고 아예 시작도 안 하고, 잘 못한다고 중간에서 포기했다면 지금쯤 내가 할 수 있는 일이 무엇이 있을까.
>
> - 《내 생애 단 한 번》, 장영희

처음 글쓰기를 시도하는 사람이 대개 그러하듯이 수필가의 길을 걸었던 장영희 교수도 자신을 표현하기가 힘들었다고 고백한다. 하지만 포기하지 않고 자신의 삶을 이야기했다. 용기를 내 자기 삶을 표현하고 나서는 더욱 왕성한 집필 활동을 이어갔다. 그럼으로써 자기 삶을 이해하게 된 것은 물론 다른 이들에게 감동과 희망을 불어넣을 수 있었다. 가슴 아픈 과거에 집착하기보다 희망을 품고 전진하게 한 것이다. 글을 쓰고 나타난 위대한 변화였다. 장영희 교수가 글을 쓰지 않았더라면 가슴에 맺힌 한과 상처를 어떻게 해결했을지 궁금하기까지 하다.

당신도 하고 싶은 이야기 형식에 얽매이지 말고 마음대로 써보면 된다. 단 진정성 있는 글을 써야 한다. 진실만을 적겠다는 마음으로 펜을 들어야 한다. 삶의 단상을 짤막한 글로 적어보아도 된다. 책으로 펴내고 싶다면 전체적인 글의 주제를 설정하고 한 꼭지 한 꼭지 삶의 실타래를 풀어가 보라. 혹시 아는가? 자신이 제2의 장영희 같은 명수필가가 될지. 시도하고 써보지 않고는 누구도 모른다. 오직 펜을 들고 글을 쓰는 자만이 주인공이 될 자격을 얻는다. 그때 삶의 변화를 기대할 수 있다.

: 자서전, 과거를 비춰 미래를 밝히다 :

삶의 변화를 이루기 위해서는 자신의 삶을 들여다보아야 한다. 그래야 문제가 발견되고 나아갈 방향을 설정할 수 있다. 그 과정에서 삶이 이해되고 치유가 일어나고 관계가 회복된다. 자신이 전하고자 하는 삶의 메시지와 소중한 가치유산도 전해줄 수 있다. 이 모든 장점이 담겨 있는 글이 자서전이다. 자서전은 작가 자신의 일대기를 쓴 글을 말한다. 지금까지 삶을 되돌아보면서 회고하며 쓴 글이다. 살아온 삶의 모든 과정을 되짚어보기 때문에 성찰과 반성을 할 수 있다.

자서전이 가지는 위대한 특성을 잘 알기 때문에 나는 주변 사람들에게 자서전 쓸 것을 강조한다. 진솔한 자서전을 쓸 마음으로 산다면 허투루 살지 않을 것이기 때문이다. 좋은 일은 물론이고, 슬프거나 아픈 과거사도 모두 글로 적어야 한다는 마음을 가지면 더 진실하고 성실하게 살 것이 분명하다. 하다못해 이십대 청년에게도 자서전을 쓰라고 한다. 청소년과 함께하며 '미래자서전' 쓰기를 해보았기에 그 효능을 안다. 그래서 더 적극적으로 덤빈다.

이럴 때마다 들려오는 소리는 한결같다. 아직 젊은데 무슨 자서전이냐는 것이다. 보통 자서전이라면 나이가 지긋한 노년에 쓰는 것이라 여긴다. 또 사회적으로 내세울 만한 업적이나 성과물이 있어야 쓸 자격이 있다고 생각한다. 평범한 삶을 산 사람에게 자서전이 가당키나 한 것이냐는 고정관념이 있다.

나는 그런 선입견에 강력하게 반대한다. 자서전의 특성이 삶을 성찰하는 과정에서 잘못된 점이 보이면 사과하고 인정하고 새로운 관계를 정립하는 것이다. 그런데 삶을 마감하는 시점에 쓴다고 생각해보라. 잘못이 보인다 해도 글로 '미안하다'는 말을 남길 수밖에 없다. "내가 이런 잘못을 했으니 용서해주라"라고 쓰고 세상을 떠나버리면 너무 허무하지 않은가. 잘못을 용서받고 돌이키고 회복할 기회가 없다. 그래서 자서전은 젊은 나이에 써야 한다. 젊었을 때 삶을 되돌아보며 잘잘못을 따져보고 새로운 삶을 추구하는 것이다.

더 좋은 것은 시기별로 업그레이드하는 것이다. 사십대에 썼다면 오십대에 업그레이드하고, 오십대에 썼다면 육십대에 다시 쓰며 삶을 관조하면서 새로운 전환점으로 삼는 것이다. 나는 가끔 생각한다. 어떤 형태로든 모든 사람이 자서전을 쓰는 사회를. 그렇다면 누구도 오늘 하루의 삶을 허투루 살지 않을 것이 분명하기 때문이다.

앞에서 이야기한 빌 클린턴의 이야기를 다시 해보자. 그는《빌 클린턴 마이 라이프》를 출간하는 과정에서 삶을 되돌아보며 자신이 행동하고 선택한 결과들의 원인을 알게 되었다고 고백한다. 그는 대통령으로서 나라를 다스렸지만 개인적인 면에서는 이따금 파멸적인 행동을 했다고 밝힌다. 그 원인을 그는 알코올 중독자였던 아버지에서 찾았다.

빌 클린턴은 두 번째 아버지를 맞이하면서 내내 폭력에 시달렸다. 두 번째 아버지와 어머니 관계가 원만하지 않아 그에 따른 고통도 심했다. 보통 사람들도 자신의 치부를 드러내는 것을 꺼리는데, 그는 전직 대통령임에도 자신의 과거를 진솔하게 고백했다. 자신과 어머니에게 모질게 행동했던 아버지였지만 결국 그를 용서할 수밖에 없었다는 이야기를 절절하게 풀어냈다. 자신의 성을 두 번째 아버지의 성으로 바꾼 과정도 자세히 기록했다. 빌 클린턴이 가족사를 모두 이야기했다는 것은 그 모든 것을 용서하고 받아들였다는 증거다. 더는 과거에 얽매이지 않고 깨끗하게 치유받고 새로운 삶을 살고 있다는 의미다. 이것이 자서전에서 얻을 수 있는 최대의 장점이다.

빌 클린턴처럼 우리도 어렸을 때의 트라우마를 가지고 있다. 그것을 제대로 인식하지 못할 뿐이지 트라우마는 누구에게나 존재한다. 때로는 한 사람의 인생을 망치기도 하고 왜곡된 자아상을 갖게 할 수도 있다. 삐뚤어진 성격이나 인격을 형성하게 하는 원인이 되기도 한다. 자서전을 쓰면 좋은 것은 자신도 모르게 간직하게 된 트라우마를 글을 쓰는 과정에서 발견할 수 있다는 것이다. 트라우마가 형성된 사건이나 계기를 인식하고 솔직하게 표현할 때 아픈 상처도 치유된다.

자기경영 분야의 일인자인 공병호 박사는 쉰 살에 자서전 《나는 탁월함에 미쳤다》를 쓴다. 그는 자신의 이야기를 쓰는 목적 가운데 하나가 "젊은 날부터 중년기에 이르기까지 질풍노도처럼 뛰어온 아버지 삶에서 무언가 자녀들이 배울 수 있기를 소망하는 마음도 있다"고 밝혔다. 아직 살아갈 날이 많지만 자녀가 더 성장하기 전에 전해줄 소중한 메시지가 있었던 것이다.

꼴찌에서 6개월 만에 1등으로 올라선 삶의 스토리로 일약 스타덤에 오른 박철범. 그는 지금까지 삶의 과정을 《하루라도 공부만 할 수 있다면》에 담아냈다. 자서전이라는 명칭만 없을 뿐이지 그의 글은 자서전의 형태를 띠고 있다. 이십대 후반의 비교적 젊은 나이에 쓰였지만 굴곡진 삶의 여정은 이십대의 삶이라 믿기지 않을 정도였다. 그는 인생의 목표를 발견한 후 공부에 매진했지만 쉽지 않았다. 부모님의 이혼과 가난한 환경 때문에 하루도 마음 놓고 공부할 수 없었다. 그런 삶의 여정을 책에 진솔하게 담아내 독자의 마음을 움직였다. 박철범은 이 책 한 권으로 일약 스타가 되었고 그 뒤로 많은 책을 펴냈다. 책 한 권으로 완전히 새로운 삶으로 바뀌었다.

어느 시기를 살든 자신의 삶을 글로 표현해보아야 한다. '내 이야기가 어떻게 책이 되겠어'라는 생각은 잠시 접어두자. 이미 많은 사람이 그런 생각을 뒤로하고 글로 써 삶의 변화를 이루었다. 자서전은 써도 되고 안 써도 되는 것이 아니다. 무조건 써보아야 한다. 자서전에 숨겨진 놀라운 비밀은 써본 사람만 알 수 있다. 그 효과를 지금 글을 읽고 있는 그대가 톡톡히 누리길 원한다.

: 자기계발서, 경험을 나누다 :

살아온 경험이나 성공 스토리를 글로 표현하려면 자기계발 서적이 좋다. 부단한 노력 끝에 이룬 성공 경험은 누군가에게는 삶을 뒤

흔드는 모티브가 된다. 삶을 변화시키는 참고서 같은 것이다. 인생을 바꾸는 좋은 참고서가 있다면 얼마나 좋겠는가.

자기계발서를 쓰려면 사랑의 마음을 품는 것이 중요하다. 자신의 경험으로 누군가를 돕는 것이기에 그렇다. 노하우를 교묘히 숨기기보다 모든 것을 아낌없이 나누려는 마음으로 접근해야 한다. 내 삶으로 남을 돕는 일이기 때문이다.

예전에는 자기계발서를 쓰려면 거창한 업적이나 연구결과가 있어야 한다고 생각했다. 하지만 요즘에는 신분이나 업적의 경계선을 뛰어넘고 있다. 누구나 자신의 삶에서 자그마한 성공을 거두면 책으로 써내 그 경험을 나눈다. 장르도 세분화되고 있다. 메모, 정리, 청소, 휴식, 생각의 변화, 꿈을 이룬 여러 가지 방법, 습관, 바람직한 성품 소유 방법 등. 무궁무진한 이야기가 소재가 되고 있다. 어떤 경험이든 글로 표현할 수 있다는 이야기다.

한때 우리나라에 자기계발의 열풍을 일으켰던 책은 스티븐 코비의 《성공하는 사람들의 7가지 습관》이다. 개인과 조직, 사회가 효과적으로 자신의 역량을 발휘할 수 있도록 돕는 책이다. 책에 적힌 내용을 그대로 실천하며 노력한 많은 사람이 삶을 바꾸었다. 국내 저자로서는 구본형이 《익숙한 것과의 결별》로 큰 반향을 일으켰다. 구본형은 당시 책을 쓸 때 평범한 직장이었다. 하지만 이 책을 통해 1인 기업가가 되었다.

이지성의 《꿈꾸는 다락방》은 꿈이 이루어지는 과정을 자세히 서술했다. 이 책으로 꿈을 이루는 방법의 대중화가 이루어졌다고 해도 과언이 아니다. 누구나 생생하게 꿈을 품고 노력하면 이루어질 수 있다는 사실을 알게 되었다. 많은 사람이 이 책에 쓰인 대로 실행하고 삶을 바꾸었다. 이 책은 출간될 때부터 지금까지 인기가 식을 줄 모른다.

열여덟의 나이에 무작정 서울로 올라온 뒤 구두를 향한 열정 하나로 꿈을 이뤄낸 안토니㈜의 김원길 대표. 그는 자신이 구두를 만나게 된 과정부터 회사를 일군 스토리를 글로 적었다. 회사의 가치관과 더불어 나눔을 실천하는 이야기를 글로 적자 더 많은 사람이 회사 제품을 찾았다. 회사의 이미지와 제품 판매에 도움이 된 것이다. 꿈다운 꿈이 없는 청춘들에게 그가 무엇보다 강조하는 것은 가슴 터질 듯이 흥분되는 일을 찾고 나아가라는 것이다. 배움이 부족한 자신도 꿈에 대한 열정으로 살고 있으니 모두 자신만의 꿈을 찾고 나아가라고 목소리를 높인다.

내가 쓰고 있는 글의 장르도 자기계발 쪽이다. 처음 쓴 책이 《미래자서전으로 꿈을 디자인하라》였다. 미래자서전이라는 도구로 인생을 설계하라는 메시지를 담고 있다. 학창 시절에 자신의 꿈을 찾고, 그 꿈이 이루어지는 과정을 스토리화하라고 주문한 것이다. 스토리로 적다 보면 자신의 미래를 구체적으로 들여다볼 수 있어 시행착오를 줄일 수 있기 때문이다. 이미 학교 현장에서 미래자서전이라는 글을 쓰고 있기에 학문적으로 접근하면 좋을 것 같다는 생각으로 썼다. 책이 출간 된 지 2년여가 지났지만 여전히 독자의 사랑을 받고 있어 저자로서 보람을 느낀다. 그 책은 나를 작가라는 직업인으로 새롭게 거듭날 수 있도록 도왔다.

평범한 사람이 자기 삶의 경험을 쓰고 사람들의 시선을 끈 경우는 일일이 열거할 수 없을 정도로 많다. 그들은 각자 영역에서 두각을 드러내고 있다. 홍보는 자동으로 된다. 책을 쓰지 않는 사람보다 브랜딩에서 앞서 간다. 자신을 알리는 것을 넘어 강연가로 영역을 확장해나가는 기회도 확보된다. 더 많은 기회의 문이 열리는 것이다.

몸에서 암세포가 발견된 후 죽기 전에 이루고 싶은 73가지를 쓰고 그 과정을 글로 적은 김수영이 있다. 그녀는《멈추지 마, 다시 꿈부터 써봐》를 쓴 후 인생이 달라졌다. 평범한 직장인에서 이제는 대한민국 드림 멘토로 거듭났다. 많은 사람이 그녀의 꿈에 대한 스토리에 관심을 가진다. 그 뒤로 쓴 책마다 베스트셀러가 되었고, 지금도 그녀는 자신의 꿈에 도전하며 삶을 변화시켜나가고 있다. 이것이 자기계발서를 쓴 후 나타난 긍정적인 변화다.

자기 삶의 스토리를 그냥 묻어두지 말고 반드시 글로 적어야 한다. 내 경험이 누군가의 삶에 변화의 물결을 일으킨다면 그보다 멋진 일은 없지 않겠는가. 더불어 자신의 삶도 바꿀 수 있으니 그야말로 일석이조 아닌가. 내 이야기가 책이 되겠는가에 대해 반신반의 하느라 시간을 낭비하지 말고, 무엇을 쓸 것인지 생각하고 도전하라. 쓰지 않으면 기회는 없다.

: 실용서, 나만의 경쟁력을 드러내다 :

실용서는 말 그대로 실생활에 유용한 장르를 모은 책이다. 건강, 취미, 요리, 인테리어와 자신만의 특별한 재능들이 이에 해당한다. 실생활에서 이용되는 잡다한 재능들이 책으로 탄생할 수 있다. 주변 사람들에게 아까운 재주를 가졌다는 이야기를 자주 듣는다면 무조건 책을 써야 한다. 책을 쓰다 보면 전문적인 지식과 경험을 체계화할 수 있다. 설령 책이 출간되지 않더라도 자신의 재능을 매뉴얼로 정리할 수 있고, 주변 사람들에게 가르칠 기회가 왔을 때 교재로 활용할 수 있다.

학창 시절 종이학 천 마리를 접는 것이 유행이었다. 천 마리를 접으면 소원이 이루어진다는 이야기 때문이었다. 대부분 소원을 이성 친구를 사귀는 데 사용하긴 했지만, 아무튼 열정만큼은 대단했다. 그런데 무심코 지나칠 수 있는 종이접기를 글로 써 책으로 만든 사람이 있다. 다양한 종이접기 세계를 책으로 알기 쉽게 알려준 것이다. 그러자 종이접기가 하나의 사업 아이템이 되었다. 그 책을 처음 쓴 사람은 종이접기 분야에서 앞서 가는 사람이 되었다. 어린이 교육방송 프로그램에 출연하고 종이접기 강좌까지 열며 영역을 넓혀갔다. 지금은 거대한 시장을 형성할 만큼 규모가 커졌다. 서점에 가보면 종이접기 책이 얼마나 많은지 모른다. 문화센터 강좌에도 종이접기가 빠지지 않는다. 누구는 종이접기를 취미로 즐겼지만 어떤 사람은 그것을 책으로 써 전문가 칭호를 들으며 앞서 나가고 있다.

요리의 세계 역시 소재가 무궁무진하다. 자취생이 만들어 먹는 요리부터 최근 유행인 캠핑족에게 인기인 요리까지 한계가 없다. 총각이 간단하게 만들어 먹는 요리라는 책이 선풍적인 인기를 끈 적도 있다. 총각도 쉽게 요리한다는 콘셉트가 쉽게 요리를 배우고 싶어 하는 사람들의 호기심을 자극했다. 요리 하면 주부나 전문적인 요리 선생님의 영역이라는 고정관념을 깬 것이다. 요리는 자신만의 독특한 노하우만 있다면 얼마든지 도전해볼 만한 장르다.

음식으로 암을 극복한 것이라든지, 다이어트 비법, 매력적인 몸 만들기도 관심을 가질 만하다. 몸짱 아줌마로 알려진 정다연은 인생역전의 주인공이다. 그녀는 아이를 낳고 나서 산후 비만과 허리 통증 때문에 운동을 시작했다. 그것이 계기가 되어 〈딴지일보〉에 건강 칼럼 '니들에게 봄날을 돌려주마'를 연재했다. 이 칼럼으로 세상의 주목을 받으면서 일약 스타덤에 올랐다. 지금은 사십대 후반이 되었지만 여전히 왕성한 활동을 이어가고 있다. 연 매출이 1천억 원이 넘을 정도다. 우리나라를 넘어 중국, 일본에서도 놀라울 정도로 인기가 많다. 그 시작이 칼럼 연재였다는 점은 글을 쓰려고 하는 사람은 깊이 생각할 문제다. 많은 사람이 지금도 운동을 하지만 글로 쓴 사람과 쓰지 않은 사람의 차이가 여기에 있다.

이효재는 한복 디자이너이지만 지금은 대한민국 '살림의 여왕'으로 불린다. 자연에 있는 것들을 그대로 살림의 도구와 재료로 활용한 것으로 유명하다. 그녀는 '자연주의 살림꾼'으로도 이름이 높다. 자기 삶의 스타일을 살림에 적용한 것이 성공비결이다. 거기에 자신의 노하우를 함께 나눈다. 생활 잡지에 자연주의 살림법을 연재하고 책으로 펴내 많은 사람과 소중한 삶의 가치를 공유해왔다.

이 외에도 다양한 장점이나 취미를 글로 써서 삶을 바꾼 예는 많다. 자신의 장점이나 취미에 대해서 '이 정도는 누구나 할 수 있는 것 아닐까?'라고 생각하지 말아야 한다. 그 생각을 멋지게 포장하고 다듬으면 하나의 상품이 된다. 책으로 나오면 그 분야의 선구자가 된다. 많은 사람이 그 분야에 종사하지만 책을 쓴 사람이 전문가로 인정받는다.

당신이 가진 장점이나 독특한 취미, 건강법이 있는가? 그렇다면 망설이지 말고 글로 써서 함께 나누어라. 블로그도 좋다. 많은 사람이 찾다 보면 오히려 책으로 펴냈을 때 사랑받을 확률이 높다. 망설이지 마라. 망설이는 동안 내가 할 이야기를 누군가 먼저 해버린다. 지금 당장 나만의 장점을 글로 써나가야 한다.

: 전문서, 벽을 낮추다 :

인문 고전이 일부 계층의 전유물이던 시절이 있었다. 시대를 아우르는 통찰과 인간 본연의 모습을 꿰뚫는 지혜가 담겨 있어 아무에게나 알려줄 수 없었다. 그 비법을 모든 사람이 아는 순간 자신들만의 세계가 사라진다고 여겼다. 조선 시대 세종대왕이 한글을 만들어 널리 전파하려 했지만 그것을 반대한 이들의 속내도 이와 같았다. 많은 백성이 자신들이 알고 있는 지식을 아는 순간 혼돈이 올 것이라 생각한 것이다.

서양에서는 양피지가 만들어지면서 성서가 보편화되었다. 성직자들의 전유물이 일반인에게까지 전파된 것이다. 그때부터 사회가 변모하기 시작했다. 꼭 알아야 할 것들을 모든 사람이 함께 공유하면서 삶이 변화하기 시작한 것이다.

지금은 인간 본연의 모습을 꿰뚫는 책들을 쉽게 접할 수 있다. 분야도 다양하다. 경제 개념을 알기 쉽게 알리는 책, 고전들을 쉽게 풀어놓은 책이 있는가 하면 자신만의 독특한 자녀교육법과 독서법도 인기가 있다. 학자들의 전유물이던 전문 분야를 이제는 일반인도 쉽게 접근할 수 있다. 물론 그 분야에 대한 탁월한 통찰과 지혜와 분석력이 뒷받침되어야 하지만 말이다.

시골의사라는 필명으로 알려진 박경철은 경제 전문가로 유명하다. 그는 경제 서적을 탐독하며 쌓은 자신만의 노하우를 글로 썼다. 주식투자를 쉽게 하는 법과 부자가 되기 위해 알아야 할 경제 개념을 책으로 풀어냈다. 경제와 관련된 방송도 하며 경제 전문가의 길을 걸었다. 하지만 그의 본래 직업은 의사다. 이는 다른 영역에 깊게 파고들면 비전문가도 얼마든지 일가를 이룰 수 있다는 것을 알게 해준다.

심리학 교수들이 전문지식으로 삶을 바꾸는 비법들을 글로 쓴 것은 어제오늘 이야기가 아니다. 심리학과 관련된 다양한 이야기가 독자의 시선을 끈다. 심리상담이나 의학과 관련된 영역도 성역의 벽이 허물어지고 일반화되어가고 있다. 일반 독자들이 편안하고 건강한 삶을 살 수 있도록 돕기 위한 노력의 흔적이다. 대표적인 예가 황수관 박사다. 그는 의대 교수임에도 자기 삶의 철학을 글로 펴내 독자들의 많은 사랑을 받았다. 전문적인 의학 지식을 알기 쉽게 풀어내 삶의 변화를 이끈 것이 성공 이유다.

자신이 어떤 분야에 대해 글로 써보겠다고 생각하면 분명 길은 있다. 지금까지 나온 책들을 보면 쓸 수 있는 영역이 없을 것 같지만 그렇지 않다. 잘게 쪼개고 나누고 분석하다 보면 분명 틈새가 보인다. 그것을 좀 더 깊이 있게 바라보면 쓸 수 있는 것들이 드러난다. 하지만 그것은 보려고 하는 사람의 눈에만 보인다는 것이다.

자신이 가진 전문적인 지식 중 함께 나눌 수 있는 것이 무엇인지 현미경으로 들여다보자. 자신과 관련된 분야의 책들을 살펴보는 것도 잊지 말아야 한다. 세심하게 들여다보면 그 책들에서도 허점이 보이고 보완할 문제가 발견된다. 그것을 아이템으로 삼아 접근하면 된다. 이 세상에 안 되는 것은 없다. 어느 시기든 수많은 책이 있었다. 어떤 사람은 쓸 만한 책은 다 나왔다고 포기했지만 어떤 사람은 그 안에서 자신이 쓸 거리를 찾고 생각하며 풀어냈다. 그리고 지금도 수많은 책이 하루가 멀다고 쏟아지고 있다. 그러니 관점을 바꾸어야 한다. 안 된다고 하지 말고 될 수밖에 없다는 생각으로 무장하고 찾아보라. 반드시 쓸 것이 보인다. 그것을 집중적으로 공략해 쓰면 된다.

: 종교서, 희망을 껴안게 하다 :

종교적인 체험과 깨달음도 글로 쓸 수 있다. 특정 종교에 국한된다고 해서 어렵게 여기면 안 된다. 사람들은 오히려 더 궁금해한다. 고민스럽고 해결되지 않는 것들에 대해 늘 관심을 두기 때문이다.

스물세 살 꽃다운 나이에 불의의 사고로 삶의 기로에 선 사람이 있었다. 음주운전자가 낸 7중 추돌 사고로 전신 55퍼센트에 3도 화상을 입어 삶의 희망을 찾을 수조차 없었다. 의료진도 포기한 상황이었지만 그녀는 신앙의 힘으로 일어선다. 서른 번이 넘는 수술과 재활치료를 이겨내고 그녀는 새로운 삶을 살고 있다. 그 삶의 스토리는 이미 방송을 통해서 많은 사람에게 희망을 선물했다. 그녀가 바로《지선아 사랑해》의 저자 이지선이다.

그녀는 책에서 자신과 함께하는 하나님께 감사하며 이렇게 말한다.

짧아진 여덟 개의 손가락을 쓰면서 사람에게 손톱이 얼마나 중요한 것인지 알게 되었고, 1인 10역을 해내는 엄지손가락으로 생활하고 글을 쓰면서는 엄지손가락을 온전히 남겨주신 하나님께 감사했습니다. (…) 몸은 이렇지만 누구보다 건강한 마음임을 자부하며, 이런 몸이라도 전혀 부끄러운 마음을 품지 않게 해주신 하나님을 찬양하며, 이런

몸이라도 사랑하고 써주시려는 하나님의 계획에 감사드리며… 저는
이렇게 삽니다. 누구보다 행복하게 살고 있습니다.

- 《지선아 사랑해》, 이지선

신앙적인 이야기가 주를 이루지만 신앙이 없는 사람들에게도 많
은 사랑을 받았다. 불평과 원망으로 살 수밖에 없는 상황이었지만
믿음의 힘으로 감사하며 사는 그녀의 삶에 잔잔한 감동이 있기 때
문이리라.

태어난 지 사흘 만에, 딸이라고 아버지가 만취 상태에서 집어던
져 척추를 다친 사람이 있다. 그 때문에 키가 134센티미터에 멈춰
평생 장애인으로 살아야 했다. 하지만 그녀는 신앙의 힘으로 우뚝
섰다. 《숨지 마, 네 인생이잖아》의 저자 김해영이 그 주인공이다.
그녀는 삶을 포기하려는 순간이 있었지만 하나님을 만나고 '자신은
이 세상 무엇과도 바꿀 수 없는 소중한 존재다'라는 것을 깨닫는다.
그때부터 가슴이 반응한 일을 따라 살았다. 지금은 국제 사회복지
사가 되어 영향력 있는 사람으로 살고 있다. 그녀는 오히려 꿈이 없
는 사람들에게 가슴 뛰는 일을 찾으라고 조언한다.

스님들의 예도 있다. 법륜 스님의 인생 통찰은 대한민국을 움직
이고 있다. 혜민 스님의 《멈추면, 비로소 보이는 것들》은 베스트셀
러가 되었다. 혜민 스님의 마음 바라보기에 대한 묵상에 많은 사람

이 공감한 것이다. 무작정 앞만 보고 달리지 말라고 다독이는 말은 마음에 위로가 되었다.

차동엽 신부의 이야기에도 많은 사람이 고개를 끄덕였다. 신앙을 바탕으로 삶의 변화를 이끌라고 조언한 《무지개 원리》는 국민들의 사랑을 받기에 부족함이 없었다. 희망을 잃고 방황하는 사람들에게 희망 전도자가 된 것이다. 희망을 부르면 희망이 오고, 하는 일마다 잘되리라며 잔잔하게 메시지를 전하는 것은 신앙의 통찰로부터 우러나오는 진국이었다.

책으로 크게 성공한 사람들의 이야기를 적었지만, 우리 주변에도 자신의 신앙 체험담을 이야기한 사람이 많다. 용기를 내 자신의 신앙 경험을 이야기해보라. 받은 은혜와 깨달음을 함께 나누며 사랑을 노래해야 한다. 사랑만이 세상을 변화시킬 수 있다. 바로 당신의 펜 끝에서 시작되는 것이다.

: 시, 압축과 은유로 고백하다 :

시는 압축된 언어로 표현하는 장르다. 때로는 비유와 은유로 풀어내기도 한다. 시인은 하고 싶은 이야기를 압축과 생략, 비유와 상징, 운율과 심상 등 여러 시적 장치로 표현한다. 이러한 여러 장치 때문에 독자가 글쓴이의 의도를 파악하기가 쉽지 않다. 어떤 시인은 "시는 삶을 역광으로 비추는 빛"이라고 표현했다. 다른 관점으로 보면 자신의 속마음을 독자에게 들키지 않고 표현할 수 있다는 장점이 된다.

시가 가지는 특성이 함축과 은유이기는 하지만 무조건 자신의 의도를 이런 장치에 숨길 필요는 없다. 가장 좋은 글이란 본디 자기 내면을 가장 솔직하게 표현하는 글이다. 하고 싶은 이야기를 솔직하게 털어놓은 글이 좋은 글의 첫 번째 요건이다. 물론 문학성을 따지기도 하지만 문학성이란 근본적으로 인간의 내면을 잘 표현하는 것에 기인한다. 그러니 솔직하게 자신의 감정을 표현한 글이라면 문학성에 대해 걱정하지 않아도 될 듯하다.

긴 글보다는 짧고 간결한 문체로 자신의 삶을 표현하고자 하는 이들이 선택하면 좋을 장르가 시다. 보이면 보이는 대로, 아니면 비유를 통해 에둘러서 자신이 말하고자 하는 메시지를 전달하면 된다. 형식의 제약이 비교적 없는 편이므로 초보자라도 겁내지 말고 도전하면 좋다. 자신의 삶을 있는 그대로 바라보고 짧은 글로 함축해서 쓰면 된다.

모든 글은 글감이 중요하다. 좋은 글감이 좋은 글을 쓰게 해주기 때문이다. 글감을 찾을 때 가장 좋은 방법은 자신 안에서 찾는 것이다. 자신의 삶을 되돌아보고 내면을 탐구하다 보면 자연스럽게 쓸 거리가 생긴다. 글쓰기 전문가들은 "자기 삶에서 일어난 인과관계를 찾다 보면 좋은 글을 쓸 수 있다"고 조언한다. 그러니 삶의 변화를 일으키는 시를 쓰기 위해서는 자기 내면을 돋보기로 들여다보며 세포 하나하나의 움직임까지 세밀하게 관찰할 필요가 있다. 그 안에서 풍성한 소재가 쏟아져 나오기 때문이다.

청송(靑松)이라는 가명으로 시를 적어 아시아문예지에 당선된 사람이 있다. 이분은 순간의 실수로 죄를 지어 교도소 수감생활을 하던 중 시를 썼다. 아름다운 시적 표현이나 이미지를 형상화하는 작업을 대신해 자신이 처한 상황을 가감 없이 표현했다. 지난날을 후회하며 앞으로 새로운 삶을 살겠다는 진솔한 자전적 고백이 시의 전부다. 담백하면서도 결의에 찬 마음을 표현한 것이다. 그는 앞으로 새로운 삶을 이어갈 것이라 확신한다. 이미 시라는 장르를 통해 자신의 삶을 이해하고 새로운 삶에 대한 갈망을 이야기했기 때문이다. 심사위원들도 시인의 내면 깊숙한 곳에서 묻어난 진솔함에 마음이 움직였으리라 느껴진다.

일생 동안 단 한 번도 좌절이 없었고
이별은 있었지만 진실한 사랑은 해보지 못했다
삼천 번 말 해봐도 바보처럼 살았다
사발면 살 돈이 없어 거지처럼 살기도 했다

오죽하면 훔쳐 먹고 부모님 가슴에 비를 내리게 했는가

육 년 전 나의 삶은 그런대로 잘 살았다

칠 년 후의 삶도 이대로일까 두려워 밤을 새워도

팔팔했던 젊음을 돌아보지 말고 앞날을 찾기로 했다.

- '삶의 숫자', 靑松

어려서부터 자폐증으로 정신발달 장애를 갖고 있던 박기종 군. 박 군은 고등학교 3학년 때 자신이 써놓은 시를 묶어 〈마음의 항아리〉라는 시집을 출간했다. 어머니가 자폐증 치료수단으로 어려서부터 동시를 읽어준 것이 계기가 되어 시와 친숙해졌다. 자라면서도 그는 계속 시를 읽었고 드디어 자신이 직접 시를 쓰기까지 했다.

내 마음은 꽃이 핀다

인생은 꽃핀 인생

화분에 물을 주고

마지막을 위해

꽃을 준비한다….

- '꽃 핀 인생', 박기종

고등학생이, 더군다나 자폐를 앓고 있는 사람이 썼다고 보기 어려울 정도로 멋진 시다. 박 군에게 시는 장애와 고통을 이겨내는 통로였다. 사실 자폐를 앓고 있으면 다른 사람의 마음을 이해하는 데 어려움이 있다. 그런데 박 군은 시를 통해 자신만의 세계에서 벗어나 서서히 세상을 향해 마음의 문을 열게 되었다.

내 주변에도 매주 모여 시를 나누는 사람들이 있다. 문학 동인지를 개간해 일 년에 한 권씩 시를 모아 책으로 펴낸다. 시를 통해 삶을 나누고 친목을 도모한다. 서로 위로하며 때로는 조언자가 되어 함께 손잡고 나아간다. 시인의 눈으로 세상을 바라보므로 예사롭지 않은 성찰이 담겨 있다. 그들의 삶은 풍요롭다. 시로 이미 치유와 성찰이 이루어졌기 때문이다.

시는 지나온 삶을 이해하게 하고, 더 나아가 삶의 전환점을 가져다준다. 소설이나 수필처럼 긴 글을 써야 한다는 부담감도 없다. 자신의 아픈 과거나 고백할 거리들을 간결하게 풀어내 보자. 그것이 시인이 되는 첫걸음이다.

: 자전적 소설, 삶에 허구를 버무리다 :

자전적 소설은 작가의 개인적 경험을 바탕으로 한 허구적 서사물이다. 허구적인 이야기에 자신의 경험과 메시지를 담아 풀어내는 것이다. 허구적인 부분이 가미되기는 하지만 작가 개인의 생애를 다루는 형식이므로 자신의 삶을 이해하는 데 좋은 장르다.

현실에서 다루지 못한 이야기를 자전적 소설에서는 풀어낼 수 있다. 마음 깊숙이 숨겨놓은 이야기를 풀어낸다 해도 들킬 염려가 없다. 어디까지가 진실이고 허구인지 독자는 구분하지 못하기 때문이다. 그런 과정에서 작가는 삶의 장단점을 훤히 꿰뚫을 수 있다. 자신의 경험을 허구적으로 풀어가면서 부족한 부분을 발견할 수 있다. 부족한 부분이 보이면 그것을 보완할 방법도 보이기 마련이다. 자신의 삶을 살필 수 있으니 앞으로 살아갈 인생도 디자인할 수 있다. 자연스럽게 비전도 발견된다. 대표적인 예가 무라카미 하루키다.

《상실의 시대》를 쓴 작가로 일본뿐만 아니라 세계적으로 명성을 떨치고 있는 소설가 무라카미 하루키. 그는 특히 우리나라에서 유난히 사랑받는 작가다. 그의 소설에 등장하는 주인공은 모두 자기와 자기를 둘러싼 사물과의 관계를 확인시켜주는 역할을 한다. 어찌 보면 삶의 경험에 대한 해석을 소설로 풀어낸 것이라 생각한다. 그런 과정에서 그 역시 자신을 이해하고 미래를 내다볼 수 있었다.

그의 첫 장편소설 《바람의 노래를 들어라》 또한 자신의 삶을 바라보는 관점으로 풀어낸 작품이다. 소설을 통해 자신이 어떤 글을 써야 하는지, 살고 싶은 삶의 방향은 무엇인지를 잘 축약해서 녹여

냈다. 문학평론가들은 너나없이 '젊은 날의 격정적인 시간을 보낸 뒤 밀려든 허무감과 깊은 상실감, 그리고 그것을 극복하고 재생하고자 하는 젊은이의 여정을 그려냈다'고 평가했다. 그 소설을 통해 평론가뿐만 아니라 많은 사람이 그의 청춘을 이해할 수 있었으리라 생각된다. 자신뿐만 아니라 독자들도 이해시킨 셈이다.

《엄마를 부탁해》로 세계적인 작가의 반열에 오른 신경숙은 《외딴방》이라는 자전적 소설을 썼다. 그 작품을 통해 자신의 삶을 대중들에게 오롯이 내보였다. 열여섯 나이에 일을 하며 학교에 다녔던 때를 회상하면서 쓴 글이라 그렇다. 사실 신경숙은 유년과 성년 사이의 삶을 드러내 보이고 싶지 않았다고 한다. 하지만 자전적 소설이라는 장르를 통해 숨기고 싶은 과거를 풀어냈다. 전체적인 이야기가 작가 자신의 삶을 이야기하는 것이지만, 독자들은 어디까지가 진실이고 어디서부터 허구로 봐야 하는지 알 수 없다. 다만 작가만이 알 수 있을 뿐이다. 그녀는 그 글을 쓰는 과정에서 자신의 잃어버렸던 열여섯에서 스무 살까지의 삶을 고스란히 되찾을 수 있었다. 도저히 드러내 보이고 싶지 않은 과거였지만 소설을 통해 꺼내놓은 이야기들은 이제 아름다운 추억으로 장식되었다. 그 장식이 밑거름이 되어 더 아름다운 문학작품을 집필하는 계기로 작용했음은 물론이다.

한국 문학계의 거목 박완서야말로 자전적 소설의 대가라 할 수 있다. 그녀는 유년 시절의 배경으로 《그 많던 싱아는 누가 다 먹었을까》를 썼다. 그 후의 삶은 《그 산이 정말 거기 있었을까》로 풀어냈다. 《그 남자네 집》은 첫사랑의 기억을 담은 자전적 장편소설이다. 박완서는 자신의 삶을 솔직하게 이야기함으로써 그 안에서 자아를 발견하고 당시 받았던 아픔을 스스로 치유해나갔다.

그녀는 자신의 삶을 소설로 쓰면서 이렇게 이야기한다. "나는 그 이야기가 하고 싶어 정말 미칠 것 같았다. 나는 아직도 그 이야길 쏟아놓길 단념하지 못하고 있다."

박완서는 자신의 삶을 글로 풀어내면서 그 시절의 가슴 아픈 기억들을 제거했다. 기억의 파편들이 하나씩 제거되는 순간 상처가 치유되는 경험을 했다. 그러니 그 시절의 이야기를 토해내고 싶은 유혹을 떨치기 어려웠던 것이다. 자신의 내밀한 부분까지는 보여주지 않으면서도 삶의 이야기를 풀어내기에는 자전적 소설이 안성맞춤이다.

처음 자전적 소설을 쓰려는 사람들은 너나없이 이야기한다. 자신은 글쓰기 능력이 없다는 것이다. 자전적 소설은 문학성이 있어야 한다고도 말한다. 그렇지만 아직 써보지도 않았는데 미리 걱정부터 하지는 말아야 한다. 무라카미 하루키처럼 대문호가 될 필요는 없다는 생각으로 쓰다 보면 뜻밖의 결과도 얻을 수 있다. 너무 문학성에 집중하다 보면 자신의 삶을 오롯이 표현하기 힘들다. 문학성을 염두에 두면 펜을 들 용기조차 생기지 않는다. 하지만 자신의 삶을 이해하고 변화를 추구할 목적으로 접근한다면 어떤 결과가 뒤따르더라도 상관없다. 그래서 훨씬 더 쉽게 시작할 수 있다.

많이 읽어라_
생각의 물꼬를 터라_
순간의 생각을 붙들어라_
세상을 들여다봐라_
베껴 쓰고 베껴 써라_
요약해서 내 것으로 만들어라_
연결하고 통합하고 조직해라_
내 삶에서 스토리를 건져라_
일단 써라_
법칙에 연연하지 마라_
이야기하듯이 써라_
툭툭 던져라_
잘 읽히게 써라_
쉽게 써라_
흉내 내고 따라 해라_
날마다 꾸준히 써라_
기어이 마침표를 찍어라_
그림처럼 생생하게 보여줘라_
대상의 속성을 정확히 끄집어내라_
문장도 날씬한 게 좋다_
겉돌지 않고 파고들도록 써라_
고치고, 고치고, 고쳐라_
남김없이 발가벗어라_

PART 2

어떻게

쓸까

4장

먼저 **몸에**
익혀야 할 것들

: 많이 읽어라 :

글을 잘 쓰고 싶다면 먼저 잘 읽어야 한다. 잘 읽지 않으면 잘 쓸 수 없다. 읽기를 통해 새로운 지식이 유입되면서 이미 가진 지식과 융합해 새로운 지식을 만들어낸다. 읽기는 단순히 문자를 인지하는 것이 아니기 때문이다. 제대로 된 읽기는 문자에서 의미하는 속뜻을 이해하고 그 너머의 보이지 않는 것까지 유추해내는 것이다. 해석하고 분석하며 통찰을 얻는 것까지 선행되어야 한다. 나아가 그것을 내 삶에 적용하는 행위까지가 제대로 된 읽기라 할 수 있다.

얼마나 많이 읽었느냐보다 얼마나 제대로 읽었느냐가 중요하다. 많이 읽고도 내면에 아무런 변화를 일으키지 않는다면, 그런 읽기는 의미가 없다. 그러므로 얼마나 깊이 있게 사고하고 읽었느냐가 중요하다. 인문학 독서를 통해 광고를 하는 박웅현도 같은 말을 한다.

다독은 중요하지 않습니다. 많이 읽었어도 불행한 사람들도 많으니까요. 《안나 카레니나》에서 톨스토이가 말한 것처럼 기계적인 지식만을 위해 책을 읽는 사람도 있거든요. 그러니 다독 콤플렉스에서 벗어나시길 바랍니다. 다시 카프카로 돌아가면 책이 얼어붙은 내 머리의 감수성을 깨는 도끼가 되어야 합니다. 그냥 읽었다고 얘기하기 위해 읽는 건 의미가 없어요. 단 한 권을 읽어도 머릿속의 감수성이 다 깨졌다면 그것으로 충분한 겁니다.

- 《책은 도끼다》, 박웅현

단 한 권을 읽어도 깊이 있는 사고를 하는 독서가 필요하다는 이야기다. 깊이 있는 사고를 하려면 책을 읽는 가운데 생각과 질문이 끊임없이 반복되어야 한다. 책에는 저자가 전하고자 하는 핵심 질문들이 숨겨져 있다. 그 질문을 찾아내고 스스로 답을 찾아봐야 한다. 이런 과정에서 자연스럽게 생각하는 힘이 키워진다. 책에서 전하는 핵심 메시지도 파악할 수 있다. 마음에 울림이 있어야 삶의 변화도 일어난다. 마음의 울림 없는 책 읽기는 의미가 없다.

성공한 많은 사람이 인문학 서적이 힘이 되었다고 말한다. 왜 인문학 서적을 읽은 사람들이 성공할 수 있었을까. 인문학은 답이 무엇인지 직접 알려주지 않기 때문이다. 답을 알려주지 않고 오히려 질문을 던지므로 읽는 사람들이 스스로 질문하고 답을 찾으면서 깊이 있는 사고를 할 수 있게 한다. 사물을 바라보고 이해하고 생각하는 능력을 키우는 하나의 도구인 셈이다. 인문학적인 사고로 무장된 사람이 성공적인 인생을 사는 것은 당연한 이치다.

책을 읽는 가운데 그와 연동되어 떠오르는 생각은 바로 메모를 해야 한다. 내면에서 체화되고 깊이 있는 독서를 하기 위해 꼭 필요한 것이 메모다. 글을 읽다 보면 순간순간 어떤 감정을 느끼고 번뜩이는 아이디어가 떠오르곤 한다. 이것들을 글로 붙잡아두지 않으면 바람에 날리는 낙엽처럼 어느새 달아나버린다. 책을 읽고 난 후 정리해야지라고 생각하면 이미 때는 늦다.

책을 읽으면 사색을 해야 한다. 그렇게 하면 얻는 게 있다. 그러나 만일 사색하지 않으면 얻는 것도 없다. 사색한 것은 글로 기록해야 한다. 그러지 않으면 사라지기 때문이다. 사색하고 기록한 뒤 다시 사색하고 해석하다 보면 깨닫고 알게 되어 언행이 두루 통하게 된다. 만일 이 과

정을 거치지 않는다면 설령 깨닫고 알게 됨을 얻었더라도 도로 잃게
된다.

- 《리딩으로 리드하라》, 이지성

이지성 작가의 책에 등장하는 조선 시대 천재 성리학자 윤호의
말이다.

책을 읽으면서 떠오르는 생각은 책의 여백이나 노트, 컴퓨터에
바로바로 정리해두면 좋다. 그리고 독서가 끝난 후 메모를 바탕으
로 자기 생각을 정리해서 한 편의 글로 완성하면 자신만의 사고체
계가 완성되고 깨달음이 생긴다. 그것을 삶에서 실천하면 삶의 변
화가 저절로 따라온다. 역사 속 인물과 책을 통해 교감하고 그들이
전하려는 비법을 삶에 적용하고 있으니 성공적인 인생을 살 수밖
에 없다.

나도 책 읽기를 할 때 이와 같은 방법으로 한다. 관련되어 떠오르
는 생각은 문장에 밑줄을 긋고 적어놓는다. 노란색 형광펜으로 죽
죽 밑줄을 그어놓기도 하고 귀퉁이를 접어두기도 한다. 다음에 책
을 다시 펼쳤을 때 쉽게 찾기 위해서다. 마음에 드는 구절이나 인
용하고 싶은 대목은 바로 컴퓨터에 저장해둔다. 저장할 때는 두 가
지 방법을 동원한다. 직접 인용할 수 있는 글은 주석을 달 수 있도
록 저장하고, 내용을 윤색하거나 나만의 언어로 만들어 재사용해

야 할 때는 다른 폴더에 넣어둔다. 그리고 그것을 토대로 나만의 글을 다시 써본다.

빌려온 책은 밑줄을 치기 어렵다. 메모도 할 수 없기에 더 많이 베껴 써둔다. 그래서 책은 사서 봐야 한다. 돈이 아까워서 읽기도 하지만 떠오르는 생각을 바로 적어놓을 수 있고, 글을 쓰다 필요한 자료를 바로 찾아 활용할 수 있기 때문이다.

나는 책을 쓰려는 콘셉트가 정해지면 그와 관련된 책을 읽는다. 그러면 집중도 더 잘 되고 좋은 자료를 많이 발견하게 된다. 내가 쓰려는 주제와 어떻게 다른지 꼼꼼히 따져볼 수도 있다. 그렇게 집중해서 독서를 하다 보면 다양한 글이 한 가지 주제로 통합되어 내 생각을 펼칠 수 있게 해준다.

깊이 있는 사고로 읽는 것 못지않게 중요한 것이 독서 후 과정이다. 독서를 한 후 책에서 배운 것은 내면화 과정을 거쳐야 한다. 지식이 내면에서 체화되어야 비로소 자신의 것이 된다. 그리고 체화된 지식을 발효시킨 것이 지혜. 지식을 다루는 능력이 곧 지혜인 것이다. 지혜가 있어야 삶을 꿰뚫어보는 능력이 생기고 삶을 바꿀 수 있다.

생각하고, 생각하고 또 생각하라. 그러면 귀신도 통할 것이다. 그러나 이는 귀신의 힘이 아니라 정신의 극치다.

- 《리딩으로 리드하라》, 이지성

관중(管仲)이 이야기한 독서 후 사색의 중요성이다. 같은 책에서
존 로크의 말도 발견할 수 있다.

독서는 단지 지식의 재료를 얻는 것에 불과하다. 그 지식을 자기 것으
로 만드는 것은 오직 사색의 힘으로만 가능하다.

- 《리딩으로 리드하라》, 이지성

박경철 역시 자신이 책을 쓰고 삶이 변화할 수 있었던 근원의 8
할은 독서라고 강조한다.

완독, 다독보다 중요한 것은 독서 후의 사유다. 한 권의 책을 읽으면
그 책을 읽는 데 투자한 시간 이상 책에 대해 생각하는 것이 중요하다.
독서는 지식을 체화하고 사유의 폭을 넓히는 수단이다. 성찰의 실마리
를 던져주지 못한 책은 시간을 파먹는 좀벌레에 불과하다. (…) 한 권
의 책을 읽더라도 저자의 사상을 이해하고 그것을 나에게로 끌어들여
내 생각을 교정해냈느냐가 중요하다는 것을 기억하자.

- 《시골의사 박경철의 자기혁명》, 박경철

김병완 작가는 3년 동안 1만 3천여 권의 책을 읽자 내면이 폭발하듯이 글이 써졌다고 한다. 그는 2년 동안 무려 40여 권의 책을 펴냈다. 《리딩으로 리드하라》로 인문 고전 독서의 불을 지핀 이지성은 자기계발 분야에서 독보적인 존재다. 그는 자기계발 도서만 2천여 권을 읽었다고 한다. 그중 새뮤얼 스마일즈의 《자조론》에서 꿈을 이루는 구체적인 행동방법을 배울 수 있었다고 한다. 그렇게 해서 탄생한 이론이 'R=VD', 즉 '생생하게(Vivid) 꿈꾸면(Dream) 이루어진다(Realization)'는 것이다. 신경숙 역시 출간된 책은 거의 다 읽어본다고 말할 정도로 많은 책을 읽는다.

이쯤 되면 책을 읽지 않고는 좋은 글을 쓸 수 없다는 것을 깨달았을 것이다. 글을 쓰고 싶다면 먼저 읽어야 한다. 읽어야 잘 쓸 수 있다. 단 책의 내용을 내면화하고 삶을 변화시키는 방법을 동원해 제대로 읽어야 한다. 말초신경만을 자극하는 독서는 시간을 빼앗는 좀벌레에 불과하다.

: 생각의 물꼬를 터라 :

글을 쓰고 싶다는 마음이 드는 것은 쓸 거리가 생겼다는 말이다. 머릿속에서 생각이 떠오르고, 하고 싶은 말이 생긴 것이다. 이야깃거리가 생겨 그것을 글로 풀어내고 싶은 욕망이 끓고 있다는 증거다.

반면에 글쓰기가 어렵고 잘 써지지 않는다고 투정하는 사람은 쓸 거리가 없다는 이야기다. 쓸 거리가 머릿속에 없으므로 써야 한다는 부담감에 힘들어지고 피하고 싶은 마음이 드는 것이다. 그래서 글을 써서 삶을 변화시키기를 원한다면 쓸 거리를 확보하는 데 노력을 기울여야 한다. 글로 풀어낼 이야깃거리를 찾고 그것을 생각으로 정리하는 노력이 글을 잘 쓸 수 있는 비법이다. 독서가 중요한 이유도 쓸 거리가 생기고 사고의 과정에서 문리(文理)가 트이기 때문이다.

> 훌륭한 작가가 훌륭한 것은 단순히 우아한 문장을 교묘하게 다듬을 줄 알기 때문이 아니다. 그들이 훌륭한 것은 그들에게 할 말이 있고, 할 말을 바탕으로 독자와 적절한 관계를 형성할 줄 알기 때문이다. (…) 결국 말할 내용이 없다면 글쓰기는 아주 어려운 작업이 될 수밖에 없다.
>
> - 《하버드 글쓰기 강의》, 바버라 베이그

하버드에서 글쓰기를 가르쳐온 바버라 베이그의 말이다. 할 말이 있어야 쓸 수 있다는 뜻이다.

신우성의 《미국처럼 쓰고 일본처럼 읽어라》에서는 글 잘 쓰는 사람과 그렇지 못한 사람의 차이를 밝힌 내용이 나온다. 하버드대학교 낸시 서머스 교수는 박사 논문을 쓰는 사람들을 대상으로 글을 잘 쓰는 사람과 그렇지 못한 사람과의 차이가 어디에서 기인하는지를 연구했다. 그 결과 글을 잘 쓰지 못하는 사람은 대부분 문장을 꾸미고 고치는 것에 집중했다고 나타났단다. 하지만 글을 잘 쓰는 사람은 글을 써야 하는 이유에 대해 깊이 생각했다고 한다. 글을 읽을 사람은 누구인지, 글의 구성은 어떻게 할 것인지에 대해 깊이 생각한 것이다. 어떻게 써야 하는지에 대한 깊이 있는 사고 과정에서 글을 잘 쓸 수밖에 없는 능력이 나왔다고 한다. 즉, 글에 대해 어떤 생각을 하느냐에 따라 글 쓰는 능력이 달라진 것이다. 글을 잘 쓰고 싶으면 그들처럼 깊이 생각하는 훈련을 해야 한다는 얘기다.

글쓰기를 가르치는 대부분의 사람이 일단 많이 써보라고 이야기한다. 글을 쓰다 보면 생각이 저절로 폭발하는 것을 경험했기 때문이다. 이상하게도 글을 시작하기 전에는 아무런 생각이 나지 않다가도 한 문장을 시작하면 꼬리에 꼬리를 물고 쓸 거리가 생긴다. 나도 그런 경험을 했다. 세 시간을 앉아 어떻게 쓸 것인가만 고민하다 하나의 문장을 쓰고 지우고만 반복한 적이 있다. 끝내 단 한 줄도 못 쓰고 컴퓨터를 꺼야 했다. 쓰지는 않고 무엇을 쓸 것인지에 대해 잡다한 생각만 했기 때문이다. 이 말은 생각 없이 쓰라는 말이 아니다. 충분히 쓸 거리를 생각하고 준비했다면 거침없이 써내려갈 수 있다는 이야기다. 무수히 많은 생각으로 단련한 다음 쓰기 시작할 때 누에고치에서 실이 나오듯 쓸 거리가 흘러나오기 때문이다. 이 역시 생각의 힘으로 글감을 벼려낸 결과물이다.

생각의 물꼬를 트려면 사색하는 힘을 길러야 한다. 다산 정약용은 책을 읽고 사색하지 않으면 백 번을 읽어도 무용지물이라는 것을 알았다. 책을 읽으면 반드시 사색을 과정을 거쳤다. 어느 날 새벽, 그는 《퇴계집》에 실린 한 편의 편지를 읽었다. 그리고 내용이 깨달아질 때까지 음미하며 사색을 했다. 깨달음으로 얻은 지식은 곧바로 그 내용을 자세히 기록해두었다가 책으로 펴냈다. 그렇게 해서 《도산 사숙론》이라는 책이 탄생했다. 누가 가르쳐주지도 않았지만 정약용은 스스로 독서의 이치를 깨닫고 사색의 과정을 거쳐야 한다는 것을 알았다. 그래야만 쓸 거리가 생긴다는 것을 터득한 것이다. 그래서인지 모르지만 유배지에 있는 18년 동안 그가 쓴 책이 500여 권에 달한다.

생각의 물꼬를 트는 데 질문만큼 유용한 도구는 없다. 이 세상 모든 진보는 질문에서 비롯되었다. 답을 찾고야 말겠다는 집념으로 무장한 질문이 과학을 발전시키고 인간의 삶의 질을 높였다.

글을 쓸 때도 다를 바 없다. 자신이 써야 하는, 쓰고 싶어 하는 주제에 만족스러운 답을 얻을 때까지 집요하게 질문을 던져야 한다. 단, 적절한 질문을 적재적소에 던져야 한다. 괴테는 "현명한 대답을 원한다면 합리적인 질문을 하라"고 질문의 중요성을 강조한다. 엉뚱한 질문을 쏟아낸다면 효과적인 답을 구할 수 없다. 문제를 꿰뚫는 질문에 답을 구할 때 생각의 물꼬가 트이고 쓸 거리가 생긴다. 질문을 할 때는 최대한 세분화해야 한다. 잘게 쪼개고 쪼개는 질문을 던질 때 생각의 빅뱅이 이뤄진다. 큰 덩어리로 접근할 때는 쓸 거리가 생각나지 않다가도 잘게 쪼개며 파고들 때 쓸 내용이 봇물처럼 쏟아진다.

> 남들이 보는 시각과 똑같은 시각으로 사물을 바라보는 습관을 버려라. 그래야만 남들이 미처 발견하지 못했던 것들을 발견하고 남들이 미처 깨닫지 못했던 것들을 깨달을 수 있다.
> - 《글쓰기의 공중부양》, 이외수

관점을 바꿀 때도 생각의 물꼬가 트인다. 이외수의 말처럼 생각이 답보 상태일 때는 바라보는 각도와 장소를 달리해볼 필요가 있다. 자신이 쓰려는 장르와 전혀 다른 장르의 글을 읽는 것도 도움이 된다. 논리적인 글을 쓰는 사람은 시를 읽다 보면 새로운 생각이 생성된다. 감성적인 에세이도 도움이 된다. 인문학과 관련된 책도 좋다. 인문학은 다양한 장르를 아우르는 통찰의 보고라 할 만하다. 그 속에서 인간의 내면 심리를 바라보고 느낄 수 있다. 무엇이든지 근본 이치를 깨달아야 변형도 조합도 가능하다. 예술적인 체험도 생각의 물꼬를 트는 데 도움이 된다. 전혀 다른 관점으로 대상을 만나기에는 음악이나 미술이 제격이다. 음악이나 미술에는 정답이 없다. 작곡가나 화가가 던지는 물음에 스스로 답을 찾아야 하므로 생각의 물꼬를 트는 데 그만이다. 전시회나 음악회를 직접 가지 못한다면 책과 음반을 통해서도 얼마든지 접근할 수 있다. 생각의 물꼬를 트기 위해서는 적극적인 사고방식이 필요하다. 변화되는 글을 쓰고야 말겠다는 의지가 동반되어야 한다.

여행을 떠나는 것도 하나의 방법이다. 여행은 다양한 삶을 체험할 수 있는 기회다. 여행을 통해 천차만별의 사람을 접하며 그 사람들 속에서 나를 볼 수 있다. 수많은 군상을 만나면서 새로운 시각이 열리고 발상의 전환이 이루어지는 것이다.

새로운 환경으로 들어가면 상상의 나래가 펼쳐진다. 자신이 있던 공간과 비교되며 생각다운 생각이 펼쳐진다. 그런 경험을 많이 하면 할수록 생각이 다양해지고 제자리걸음만 하던 생각에 물꼬를 틀 수 있다. 대표적인 예가 김훈 작가다. 그는 자전거 여행 예찬론자다. 여행을 통해 삶을 이해하고 자연의 숭고함을 나눈다. 그의 글에는 사물을 꿰뚫는 능력이 있다. 자연 속에서 펼쳐진 현상에서 가장 아름다운 언어를 창출해낸다. 아마도 여행을 통해 얻은 결과물일 것이다.

다른 각도에서 바라보고 생각하려면 다른 자극이 필요하다. 그런 것이 자신에게 무엇이 있는지 살피며 생각을 바꾸려는 시도를 끊임없이 해야 한다. 생각의 힘이라는 근력 없이 글 쓰는 근육과 힘은 만들어지지 않는다. 글을 쓰는 생각의 물꼬를 트려면 반드시 생각하고, 생각하고 또 생각해야 한다. 그 생각에서 쓸 거리가 생겨난다.

: 순간의 생각을 붙들어라 :

글을 읽다 보면 순간순간 아이디어가 떠오른다. 읽는 내용과 관련되어 무수한 생각의 파편들이 쏟아진다. 순식간에 떠오른 생각의 파편은 메모로 붙잡아두어야 한다. 메모로 붙잡지 않으면 빛의 속도로 사라져버린다. '조금만 더 읽다가 적어둬야지…'라며 읽기를 계속하다 다시 그 생각을 들춰보려고 할 때는 이미 늦다. 이미 기억 속에서 자취를 감추었기 때문이다. 이런 우를 범하지 않으려면 바로바로 메모하는 습관을 들여야 한다. 기록은 기억을 지배한다는 말도 있지 않은가. 기록을 해두면 순간순간의 생각을 붙잡아 글 쓰는 자료로 활용할 수 있다.

애플의 창업자 스티브 잡스가 참여한 픽사는 1993년 디즈니와 세계
최초의 3D 애니메이션 영화를 만들기로 했다. 본격적인 시나리오 구
상이 시작되자 픽사의 복도에는 온통 스토리보드 판이 걸렸다. 스토리
작가들과 애니메이터들은 아이디어가 떠오를 때마다 즉석에서 메모하
고 스케치하여 스토리보드 판에 붙였다. 그렇게 해서 3억 5,800만 달
러의 수익을 기록한 〈토이 스토리〉가 탄생했다. 스토리 작가들과 애니
메이터들이 스토리 판에 붙인 것이 '메모'였고 그러한 메모로 완성된
토이 스토리가 한 편의 '기록'이다. (…) 메모는 임시로 그리는 크로키
와 같고, 기록은 하나의 완성된 그림인 스케치와 같다.

- 《유귀훈의 기록 노트》, 유귀훈

메모가 얼마나 중요한지 말해주는 대목이다. 픽사 직원들은 스쳐
지나가는 아이디어들을 붙잡아 메모했다. 작은 메모가 한 편의 거
대한 스토리를 완성하는 데 모티브가 된 것이다.

GE의 CEO 잭 웰치는 식당에서 우연히 떠오른 아이디어를 냅킨
에 메모했다. 그것은 세 개의 원이었다. 잭 웰치는 복잡한 사업 부
서를 세 개의 원에 넣기 위해 분류했다. 장래성이 있는 사업은 원
안에 적어놓고 그렇지 않은 부서는 원 밖으로 꺼내놓고 매각 대상
으로 삼았다. 순간적으로 떠오른 생각을 냅킨에 적은 것이 쓰러져
가는 GE를 일으켜 세운 아이디어로 거듭났다. 이 세 개의 원 개념

을 얼마나 소중히 여기는지 그의 말을 들어보면 알 수 있다.

메모는 완성된 작품이 아니기에 적는 데 아무런 부담이 없다. 시간도 많이 걸리지 않는다. 잊지 않기 위해 간략하게 정리한 글일 뿐이다. 메모를 소홀히 하면 번뜩이는 생각의 조각들을 놓치고 만다. 그래서 글을 쓰려면 메모하는 습관을 길러야 한다. 유명한 작가들의 주머니에는 항상 메모지가 들어 있다. 순간순간 스쳐 지나가는 글감이나 아이디어, 글로 썼으면 좋겠다는 생각들을 메모하기 위해서다.

사업이든 영화든 글쓰기든 메모는 매우 중요하다는 사실을 기억해야 한다. 책을 읽다가 떠오른 생각이 있으면 메모를 해야 한다. 책의 여백도 좋고 따로 노트를 장만해도 좋은데, 다만 중요한 것은 생각이 사라지기 전에 붙들어야 한다는 것이다. 그렇게 만들어진 메모들은 누구도 흉내 낼 수 없는 나만의 소중한 글감이 된다. 그 생각을 붙잡고 자료를 찾아 생각을 덧입히면 한 편의 글이 완성된다. 그런 작은 메모들이 쌓이다 보면 한 권의 책으로 발전된다. 이제부터 메모에 열정을 바쳐야 한다. 메모에서 삶을 변화시키는 위대한 작품이 탄생할 수 있다.

: 세상을 들여다봐라 :

글을 잘 쓰려면 관찰력이 있어야 한다. 사람의 심리와 사물의 이치를 꿰뚫는 글은 관찰의 힘에서 비롯된다. 묘사를 잘하는 글은 생동감이 있다. 살아 움직이는 글도 관찰에서 생긴다. 스물세 살에 쓴 《왜 나는 너를 사랑하는가》로 베스트셀러 작가가 된 알랭 드 보통은 관찰을 매우 강조한다.

두 사람이 산책을 나간다. 한 사람은 스케치를 잘하는 사람이고, 또 한 사람은 그런 데는 취미가 없는 사람이다. 두 사람이 지각하는 경치에는 큰 차이가 있다. 한 사람은 길과 나무를 본다. 그는 나무가 녹색임을 지각하지만, 그것에 대해 아무 생각도 하지 않는다. 그는 태양이 빛나는 것을 보고, 기분이 좋다고 느낀다. 하지만 그것이 전부다!

반면 스케치를 하는 사람은 무엇을 볼까? 그의 눈은 아름다움의 원인을 찾고, 예쁜 것의 가장 세밀한 부분까지 꿰뚫어 보는 데 익숙하다. 그는 고개를 들어 햇빛이 소나기처럼 잘게 나뉘어 머리 위에서 은은한

빛을 발하는 잎들 사이로 흩어지고, 마침내 공기가 에메랄드빛으로 가
득 차는 모습을 관찰한다.

- 《여행의 기술》, 알랭 드 보통

　그의 작품은 출간되기가 무섭게 팔린다. 특히 우리나라에서는 그
의 인기가 하늘을 찌른다. 그는 자연을 바라볼 때 스케치를 하려는
사람처럼 자세하게 꿰뚫어 봐야 한다고 이야기한다. 자연을 관찰
하여 마치 스케치를 하듯 묘사한 그의 글은 읽기만 해도 한 폭의 그
림이 연상될 정도다. 단어를 연결해 그림을 보듯이 표현하는 힘은
관찰에서 비롯된다.
　《보봐리 부인》의 저자이자 프랑스 3대 작가로 꼽히는 귀스타브
플로베르. 그는 관찰로 이야기를 풀어낸다. "나는 파리의 등적부에
적힌 숫자만큼 내 인물을 창조해낼 수 있다"고 말한 적이 있을 정
도로, 아무리 등장인물이 많아도 각각의 인물을 창조해낼 수 있다
고 단언한다. 그렇게 자신 있게 이야기할 수 있는 이유는 인간을 관
찰하는 데 심혈을 기울이기 때문이다. 그는 "나는 파리 시내의 모
든 사람이 내 소설의 주인공이 될 수 있도록 언제나 뚫어지게 관찰
한다"고 말했다. 관찰력으로 인물의 특징을 잡아내는 것이다.

　봄에 대해서 쓰고 싶다면, 이번 봄에 무엇을 느꼈는지 말하지 말고, 무

슨 일을 했는지 말하세요. 사랑에 대해서 쓰지 말고, 사랑했을 때 연인과 함께 걸었던 길, 먹었던 음식, 봤던 영화에 대해서 쓰세요. 감정은 절대로 직접 전달되지 않는다는 것을 기억하세요. 전달되는 건 오직 우리가 형식적이라고 부를 만한 것들이에요. 이 사실이 이해된다면 앞으로는 봄이면 시간을 내어서 어떤 특정한 꽃을 보러 다니시고, 애인과 함께 어떤 음식을 먹었는지, 그 맛은 어땠는지, 그날의 날씨는 어땠는지 그런 것들을 기억하려고 애쓰세요.

－《어떻게 쓸 것인가》, 임정섭

임정섭이 인용한 소설가 김연수의 말이다. 김연수는 소설을 잘 쓰려면 본 것을 써야 한다고 이야기한다. 더불어 직접 체험하고 느낀 것도 덧붙여야 한다고 말한다. 직접 보고 느낀 것에서 살아 있는 글이 나온다는 이야기다.

관찰을 제대로 하기 위해서는 표면적으로 드러나는 것을 잘 봐야 한다. 세밀하게 바라봐야 아주 작은 것까지 찾고 발견할 수 있다. 자세히 볼 수 있어야 자세히 쓸 수 있다. 하지만 그보다 더 중요한 것이 있다. 관찰하려는 대상의 속까지 꿰뚫어 볼 수 있어야 한다는 것이다. 즉, 속성까지 볼 수 있는 안목을 길러야 한다.

소설가 이외수는 단어를 맛깔스럽게 표현하기 위해서는 그 속성을 찾아내야 한다고 말한다.

속성은 사전적으로 어떤 사물의 특징이나 주요 성질을 말한다. 한 단어는 여러 가지 속성을 가지고 있다. 효과적으로 글을 쓰려면 겉으로 판단되는 속성은 물론이고 보다 내면적인 속성을 찾아내는 일을 게을리 하면 안 된다. 그것을 사물에 대한 사유의 힘을 키우는 가장 기본적인 자세이다.

- 《글쓰기의 공중부양》, 이외수

표현하려는 사물의 현상이나 단어, 소리, 냄새 등 모든 것의 속성까지 파악할 수 있어야 한다고 목소리를 높인다. 그래서인지 모르지만 이외수는 짧은 글 속에서도 핵심을 꿰뚫는 매력을 발휘한다.

자신만의 현미경과 엑스레이를 동원해 관찰해보라. 관찰의 능력에서 새로운 세상을 보는 힘이 생긴다. 남들이 보지 못하는 새로운 세상에서 나만의 언어가 창조된다. 아무도 흉내 낼 수 없는 자신만의 언어가 풍성한 글을 쓰게 한다. 보아야 쓸 수 있다. 많이, 자세히 볼수록 쓸 거리는 많아진다. 이제부터 두 눈 부릅뜨고 관찰하라. 그러면 글을 쓰는 새로운 지평이 열릴 것이다. 그 힘이 글을 잘 쓸 수 있도록 돕는다.

: 베껴 쓰고 베껴 써라 :

글쓰기 초보자가 필력을 키우기에 가장 좋은 방법은 베껴 쓰기다. 베껴 쓰기만큼 효과적인 도구는 없다고 단언해도 될 만큼이다. 그만큼 강력하다. 이미 많은 작가가 베껴 쓰기를 통해 필력을 다듬고 스토리 구성 능력을 배웠다.

앞에서도 이야기했듯이 신경숙은 고등학교 시절 조세희의 《난장이가 쏘아올린 작은 공》을 베껴 썼다. 안도현 시인은 백석 시인의 시를 베껴 썼다. 대학 시절부터 시를 베껴 쓰며 감각을 익혔다. 안도현이 베껴 쓰기를 강조한 것은 〈한겨레〉에 연재했던 칼럼을 통해서도 알 수 있다.

> 시의 앞날이 잘 보이지 않을 때, 어쩌다 눈에 번쩍 띄는 시를 한 편 만났을 때, 짝사랑하고 싶은 시인이 생겼을 때, 당신은 꼭 필사하는 일을 주저하지 마라. 그러면 시집이라는 알 속에 갇혀 있던 시가 날개를 달고 당신의 가슴 한쪽으로 날아올 것이다.
>
> - 칼럼 '안도현의 시와 연애하는 법', 〈한겨레〉, 2008년 6월 20일 자

안도현은 가르치는 학생들에게 학기마다 100~200여 편의 시를 베껴 써오라는 과제를 내 준다. 베껴 쓰기를 통해 작가의 숨결을 느

끼고 배우라는 뜻이다.

웹툰《미생》의 작가 윤태호는 만화가가 되기 위해 그림공부에 열중했다. 하지만 이내 스토리가 빈약하다는 것을 깨닫고 베껴 쓰기에 돌입한다. 그때의 심정을 이렇게 말한다.

> 만화가가 되겠다고 한 뒤로도 스토리 걱정은 하지 않았다. 소설이나 열심히 읽으면 스토리는 잘 쓰게 될 것이라고 믿었다. 그런데 아니었다. 그때부터 집에 있는 만화책을 모두 버리고 글로 된 책을 무조건 필사하기 시작했다. 드라마 〈모래시계〉 대본, 최인호의 《시나리오 전집》 등을 모두 베껴 썼다.
>
> - 〈시사 IN〉, 2013년 5월 24일 자

스토리 구성을 베껴 쓰기로 배운 후 그의 만화는 인기가도를 달리기 시작했다.

박경철 역시 베껴 쓰기로 필력을 키웠다. 〈조선일보〉에 연재된 '이규태 코너' 칼럼을 베껴 쓰며 언어를 다루는 능력을 배웠다고 한다.

독서전도사와 작가로 맹활약하는 이석연 변호사. 《책, 인생을 사로잡다》에서 이야기한 바로는, '베껴 쓰고, 다시 쓰고, 고쳐 쓰고, 외우고' 무려 네 가지를 반복하는 힘이 그의 원동력이다. 베껴 쓰고 암기한 것이 독서 전도사의 비결인 셈이다.

화가는 그림을 베끼고 작곡가는 악보를 베낀다. 실력을 키우기 위해 모든 분야에서 베껴 쓰기는 통용된다. 그러니 글쓰기로 필력을 키우려면, 삶의 변화를 꾀하려면 베껴 쓰기를 해야 한다. 이것은 선택이 아니라 필수다. 대한민국 책 쓰기 컨설팅 1호라는 닉네임으로 유명한 송숙희는 《최고의 글쓰기 연습법 베껴쓰기》에서 글쓰기는 가르칠 수 없으니 베껴 쓰기로 배우라고 목소리를 높인다. 그녀는 10년 넘게 베껴 쓰기를 코칭하고 강의하면서 그 효과를 톡톡히 보고 있다. 베껴 쓰기를 실행하지 않고는 어떤 코칭도 진행하지 않으니 베껴 쓰기에 대한 신뢰가 대단하다.

나는 책 다섯 권을 쓰는 동안 제대로 된 베껴 쓰기를 하지 않았다고 생각했다. 베껴 쓰기를 한 사람들은 책 한 권을 베껴 쓴 것은 보통이다. 하지만 나는 처음 글을 쓸 때 베껴 쓰기에 대한 개념조차 갖고 있지 않았다. 마음먹고 베껴 써야겠다는 생각도 하지 못했다.

그런데 가만히 되돌아보니 난 자연스러운 베껴 쓰기를 하고 있었다. 책을 읽다가 마음에 드는 구절이 나오면 그 페이지 전체를 베껴 써서 저장해두었다. 좋은 강의는 강사의 말을 토씨 하나 놓치지 않고 받아 적었다. 읽은 책마다 마음을 울리는 장면은 수십 페이지가 되어도 상관없이 베껴두었다. 어떤 책은 거의 절반 가까이를 베껴 쓴 적도 있다. 첫 책 《미래자서전으로 꿈을 디자인하라》와 관련된 내용이었다.

그렇게 베껴 쓰다 보니 어떤 형식으로 글을 풀어내야 하는지 감이 잡혔다. 한 번 뇌리에 입력된 글의 문체로 원고지 900매가 넘은 글을 어렵지 않게 써냈다. 물론 그 과정에서 수없이 많은 고치기가 병행되어야 했다. 하지만 글을 쓰는 과정에서 자연스레 베껴 쓰기를 할 수 있었으니 다행으로 여긴다.

베껴 쓰기는 쓰기에서 그치지 않는다. 베껴 쓰는 동안 읽기도 함께 배우게 된다. 제대로 읽어야 글을 이해하고 베껴 쓸 수 있다. 기계처럼 베껴 쓰는 것은 의미가 없기에 베껴 쓰는 동안 한 단어, 한 문장을 곱씹지 않을 수 없다. 그 과정에서 제대로 된 읽기가 이뤄지는 것이다.

베껴 쓰기를 할 때는 전하고자 하는 메시지를 저자가 문장에 어떻게 담아내는지를 살펴야 한다. 무의식적인 베껴 쓰기는 에너지 낭비다. 그럴 바에는 차라리 복사하는 것이 낫다. 베껴 쓸 때는 반드시 글쓴이의 의도를 찾고 문장과 의미를 분석하며 해야 한다. 베껴 쓰는 동안 글의 문체가 체득되어 나도 모르게 그의 문장을 흉내 내게 될 정도까지는 해야 한다. 이 작업을 수없이 반복하다 보면 어느 순간 문체가 내 안에 동화되어가는 것을 느낄 수 있다. 새로운 글을 써보면 베끼고 있는 것과 비슷한 글이 써지는 것을 알 수 있다. 베껴 쓰기를 통해 모델이 되는 글대로 문장을 펼쳐나간다. 글쓰기의 핵심은 문장력인데 베껴 쓰기를 통해 문장을 어떻게 구성하고 사용하는지를 깨달아 알기에 그렇다.

베껴 쓰기로 문장과 생각을 펼쳐가는 방법을 터득했다면 자신의 언어로 새롭게 고쳐 써봐야 한다. 필사 대상 글에서 보완이 필요하다고 생각한 대목을 집중적으로 다듬어보는 것이다. 과감히 삭제해야 할 것 같은 대목이라면 삭제하고 다른 내용을 첨가하며 적어보라. 그런 과정에서 문장을 구성하는 능력이 배가된다. 같은 메시지를 새로운 형태로 접근하는 것도 괜찮다. 이때는 원작보다 낫다는 마음이 들 때까지 고칠 필요가 있다.

마지막으로 베껴 쓰고 고쳐 쓴 것을 바탕으로 자신만의 글을 써봐야 한다. 베껴 썼던 문체와 글 전개 방식을 토대로 한 가지 주제를 선정하여 글을 써보는 것이다. 처음부터 잘 쓰겠다고 생각하기보다 고쳐 쓰기를 반복하면서 좋은 글이 될 때까지 써야 한다. 이런 방법을 반복해서 행하다 보면 좋은 문체를 습득하게 되고 나만의 문체까지 완성할 수 있다. 이런 방법을 수없이 반복할 때 어느새 전문가 못지않은 문장력을 뽐낼 수 있다.

베껴 쓰기를 할 때는 자신이 쓰려는 장르의 글을 베껴 쓰는 것이 효과적이다. 논리적인 글을 쓰려면 칼럼을 베껴 쓰면 좋다. 자기계발 서적이나 전문서를 생각하고 있다면 반드시 1,000자 칼럼을 베껴 쓰며 훈련해야 한다. 논리적인 사고가 어떻게 확장되는지 배우기에는 칼럼만큼 효과적인 것이 없다. 소설을 쓰고 싶다면 소설을,

자서전을 쓰고 싶다면 자서전을 베껴 쓰면 된다. 감성적인 필체를 원한다면 시나 에세이도 좋다. 어떤 글이든 부단히 베껴 쓰다 보면 전문가적인 필력을 소유할 날이 반드시 올 것이다. 그날을 바라보며 베껴 쓰기에 돌입하자.

베껴 쓴다고 무식하다는 생각은 버려라. 그대가 그렇게 머릿속에서 재단하고 있을 때 많은 사람은 베껴 쓰기를 하면서 치열하게 필력을 키운다. 그들은 머지않은 장래에 멋진 글을 쓰는 저자로, 칼럼니스트로, 기고가로 활동할 것이다. 삶의 변화가 눈앞에 펼쳐지는 것이다.

: 요약해서 내 것으로 만들어라 :

베껴 쓰기만 잘 해도 필력을 높일 수 있다. 여기에 요약 능력을 덧붙이면 금상첨화다. 요약은 읽은 자료를 자신의 것으로 만들어가는 중요한 기술이다. 글쓰기의 8할이 자료라고 할 만큼 자료 활용은 무척 중요하다. 풍성한 자료일수록 메시지 전달 효과를 극대화할 수 있다. 자료를 그대로 인용하는 것도 괜찮지만, 더 풍성하고 창의적인 글을 쓰려면 요약하기를 통해 자신만의 언어로 풀어내는 능력이 필요하다.

대입논술에서도 요약은 가장 중요한 덕목이다. 요약이 안 되면 글의 비교와 분석, 비판을 할 수 없을뿐더러 자기 생각을 논리적인 근거로 풀어갈 수 없다. 회사 업무에서도 요약이 되어야 보고서나 기획안을 쓸 수 있다.

요약을 단순히 내용을 압축하는 것으로 오해하는 사람이 많다. 아니다. 요약은 압축하는 것을 넘어 글에서 전하는 메시지를 자신의 언어로 재창조하는 것이다. 글에서 전하는 핵심 메시지를 이해하고 자신의 언어로 고쳐 쓰는 것이다. 요약하는 능력이 출중하면 수많은 자료를 자유자재로 활용하고 재생산할 수 있게 된다. 그래서 글을 쓰는 사람에게 요약 능력은 꼭 습득해야 할 능력인 것이다.

요약을 하려면 글에서 전하는 핵심 메시지를 파악하는 것이 우선이다. 글을 이해하지 못하면 요약할 수 없다. 책 한 권을 원하는 글자 수로 줄이려면 책에서 전하는 핵심을 파악해야 가능하다. 정해진 분량의 글도 마찬가지다. 글을 쓴 사람의 의도를 간파하는 글 읽기가 돼야 요약할 수 있다. 요약의 성패는 제대로 된 읽기에서 좌우된다.

요약을 할 때는 긴 글을 옆 사람에게 짧게 전달하듯이 먼저 말로 해보는 것이 하나의 방법이다. 말로 간추리다 보면 아무리 긴 글도 짧게 만들 수 있다. 책을 한 권 읽었다면 그 책을 가까운 지인에게 소개한다는 개념으로 말을 해보라. 그리고 말한 것을 토대로 글로 옮겨보는 것이다.

두 번째는 원문을 줄여나가는 것이다. 자신이 쓰려는 분량의 두 배로 줄여보고 거기서 반으로 줄이는 식으로 점차 원하는 글자 수에 맞게 압축해나가는 것이다. 이때도 원문의 내용을 그대로 가져오기보다 자신의 언어로 간추리며 정리해야 한다. 요약이 재창조의 의미를 담고 있기 때문이다.

나는 책뿐만 아니라 수많은 강의를 요약했다. TV에서 듣고 싶은 강연이 있으면 꼭 내려받는다. 그리고 조용한 시간에 책상에 앉아 강의를 본다. 처음에는 전체적인 흐름을 방해하지 않게 본다. 두 번째 볼 때부터는 일시정지를 수도 없이 누르며 나름대로 요약을 한다. 첫 요약은 분량이 제법 되지만 계속 줄여가며 핵심 메시지만 남긴다. 그렇게 모아둔 자료는 책을 쓸 때 유용하게 사용한다.

처음 글쓰기를 할 때는 자기 생각을 표현하는 것도 중요하지만 현상이나 자료를 서술하는 능력이 필요하다. 그런 능력에서 창조력이 나온다. 그 시작이 요약이다. 신문 칼럼을 베껴 쓰며 요약하고, 책 한 권을 읽고 요약해보라. 좋은 강연을 요약하다 보면 자연스레 자료가 수집되고 글쓰기 능력이 향상된다. 그런 노력을 통해 점점 글쓰기 능력이 좋아진다. 노력 없이 이루어지는 것은 없다. 운동선수가 입에서 단내가 날 때까지 훈련하는 것처럼 글쓰기도 그러하다. 손에서 쥐가 날 정도로 훈련하겠다는 다짐으로 요약한다면 머지않아 자신이 원하는 멋진 글을 쓸 수 있다.

: 연결하고 통합하고 조직해라 :

한 꼭지의 멋진 글을 쓰고, 한 권의 책을 쓰려면 연결하고 통합하고 조직화하는 능력을 갖춰야 한다. 자신이 전하려는 메시지를 극대화하는 방법은 연결하고 통합하고 조직화할 때 생긴다. 매일 읽는 신문 사설만 봐도 그렇다. 사회적인 현상을 논하는 글이지만 수많은 다른 이야기와 연결하며 자신이 전하려는 메시지에 힘을 싣는다. 고전이나 저명한 학자의 논문, 문학작품 속 이야기, 명언, 영화, 자연 현상이나 과학적 이론 등을 인용한다. 연결하는 종류도 매우 다양하다. 무엇과 연결해 이야기하느냐에 따라 이해도가 달라진다. 신문기자들도 마찬가지다. 다양한 삶의 이야기를 자신이 가진 무수한 정보와 연결해 메시지를 전달한다. 연결하려는 종류가 다양하면 다양할수록 차별화되는 글을 쓸 수 있다.

연결하는 능력을 배양하기 위해서는 가지고 있는 정보가 많아야 한다. 통합하고 조직화하는 데도 마찬가지다. 내면의 스키마(schema)에 따라 연결하고 통합하고 조직화하는 데서 승부가 갈린다. 결국 내면에 저장된 스키마가 열쇠라는 이야기다.

스키마란 한 사람이 내면에 쌓아놓은 지식이나 경험, 정보 등의 구성체계를 뜻한다. 스키마는 우리의 기억 속에 저장되어 있는 모든 유무형의 경험을 뜻하는 것으로, 세상에 대한 우리 각자의 인식을 형성한다. 즉 경험을 토대로 구축된 사전지식이나 배경지식이 인식의 안에 체계적으로 자리 잡고 있는 것을 스키마라 한다. 스키마 이론에 따르면 스키마에 따라 외부자극이 다양한 결과를 낳는다는 것이다. 글이나 책을 읽을 때 그 의미는 텍스트 안에 있는 게 아니라 읽는 이의 스키마로 이해하는 범위 내에서만 존재한다는 것이다.

- 《성공하는 사람들의 7가지 관찰습관》, 송숙희

송숙희의 설명처럼 글을 잘 쓰고, 더 나아가 연결하고 통합한 것으로 조직화해 하나의 작품을 완성하려면 스키마를 쌓아야 한다. 많이 쌓으면 쌓을수록 유리하다. 그래서 많은 독서와 풍부한 경험이 중요하다. 많이 보고 느끼는 것만큼 연결할 수 있는 것이 많아지기 때문이다.

나는 학생들에게 독후감 한 편을 쓰더라도 꼭 다른 것과 연결지어 써보라고 조언한다. 그런데 연결하는 것을 너무나 어려워하는 학생들이 많다. 공부를 잘하는 것과는 차원이 다른 이야기다. 다양한 책을 읽고 어려서부터 풍부한 경험이 많은 아이들일수록 연결하는 데 능숙했다. 하지만 방안퉁수처럼 지낸 아이들은 연결하는 데 많은 어려움을 느꼈다.

어려서부터 연결하는 능력을 키워야 창의적인 사고가 확장된다. 내면에 풍부한 스키마를 갖춘 아이일수록 다양한 것과 연결해 글을 쓰는 것을 발견했다. 반면 다양한 경험과 풍부한 지식이 없는 아이들은 자그마한 것도 연결하기 힘들어했다. 물론 좋은 글을 쓰지도 못했다. 이것은 비단 청소년의 문제만이 아니다. 성인들도 마찬가지다. 다양한 경험과 풍성한 삶의 이야기에서 연결할 것들이 보이게 된다. 많으면 많을수록 유리하다. 그래서 평소 다양한 지식과 경험을 축적하라고 얘기하는 것이다.

소설가 김훈은 네이버 '지식인의 서재'와 인터뷰 중 연결의 중요성을 이렇게 말했다. "책을 읽더라도, 책 속에 있다는 그 길을 세상의 길과 연결을 시켜서, 책 속의 길을 세상의 길로 뻗어 나오게끔 하지 않는다면 그 독서는 무의미한 거라고 생각해요."

스티브 잡스는 인문학을 IT와 연결했다. 인문학에서 얻은 통찰을 바탕으로 IT 기술과 연결하고 통합하고 조직화했다. 그렇게 해서 I시리즈가 탄생했다. 또 페이스북의 마크 주커버그는 연결하고 통합하는 능력으로 페이스북을 만들어냈다. 그는 컴퓨터과학, 심리학, 고전과 역사, 매체학, 사회학 등을 섭렵했다. 다양한 장르를 서로 통합하고 연결하며 새로운 기술로 발전시켰다. 사람들과 접근하고 연결하는 능력은 사회학과 심리학으로, 기술적인 측면의 접근은 컴퓨터 관련 분야로 해결했다. 그렇게 해서 사람과 사람을 연결해주는 새로운 라이프스타일이 탄생했다.

《시골의사 박경철의 자기혁명》은 고전과 연결지어 자기 생각을 풀어낸 책이다. 인문학으로 사고하는 방법을 청춘들에게 알려주려는 의도였다고 훗날 밝히기도 했다. 이어령의 《젊음의 탄생》은 아홉 개의 도형과 연결지어 젊은이들에게 메시지를 전달했다. 이 시대의 지성답게 참 기발한 아이디어로 접근했다.

이 외에도 작가들은 모두 자신만의 독특한 방법으로 다른 것과 연결지으며 글을 풀어나간다. 어떻게 연결짓고 통합했는지 그 관점으로 책을 한번 읽어보라. 신문 칼럼과 사설을 분석해보라. 신기하게도 메시지를 어떻게 연결해 글을 풀어냈는지가 보일 것이다. 그중에 가장 매력적인 것을 모방하는 것도 글을 잘 쓰는 하나의 방법이다.

연결하는 능력이 있어야 통합과 조직화가 가능하다. 연결된 것을 붙이고 나누는 것이 통합이다. 그렇게 해서 도출된 결론을 자신의 것으로 숙성 발효시켜 새로운 가치와 아이디어를 창출하는 것이 조직화다. 연결하고 통합하고 조직화하는 결정체는 책이다. 자신이 전하려는 메시지에 연결하고 통합하고 이해하기 쉽게 조직화해, 그것을 정리한 것을 바탕으로 글을 쓰면 자연스레 한 권의 책이 만들어진다.

한 권의 책이라니 자신과 너무 먼 이야기라고 생각하면 안 된다. 한 문장의 글을 쓰더라도 자신이 전하려는 메시지에 무엇을 연결하면 좋을지 끊임없이 생각해보는 훈련부터 시작하자. 자신의 삶을 연결할지, 현재 유행하는 사회적인 현상을 연결할지, 고전의 한 대목을 연결할지, 드라마나 영화를 연결할지, 자연적인 이치나 현상을 연결할지 고민에 고민을 거듭해보자. 반드시 연결해 글을 쓰려는 훈련을 해야 한다. 그런 노력에서 멋진 글이 나온다. 그 방법만 터득하면 웬만한 글은 쉽게 쓸 수 있다. 자신만의 글쓰기 공식이 완성되기 때문이다. 그 방법을 터득하고 완성할 때까지 부단히 준비하고 노력하는 것이 글 잘 쓰는 비결이다.

: 내 삶에서 스토리를 건져라 :

삶을 변화시키는 글을 쓰기에 가장 좋은 소재는 자기 이야기다. 자기 이야기를 써야 삶이 보이고 변화의 요소를 찾을 수 있다. 삶의 변화는 차치하고서라도 자기 이야기는 글을 쓸 때 가장 쉽게 접근할 수 있는 것이기도 하다. 소설가 박완서의 글은 대부분이 자신의 삶을 녹여낸 것이다. 공지영 또한 자기 삶의 이야기를 모티브로 글을 쓴다. 2007년에 출간한 《즐거운 나의 집》은 사생활을 모티브로 썼다. 그 때문에 전남편과 홍역을 치러야 했지만 그의 이야기는 많은 독자의 공감을 얻었다.

공지영은 어느 인터뷰에서 소설가의 사생활과 작품의 함수관계에 대한 질문에 이렇게 답했다. "신경숙 씨의 《외딴 방》이나 《엄마를 부탁해》처럼 자기 얘기에서 출발하지 않는 작가가 있을 수 있을까. 그러나 작가는 자신의 얘기가 그 사회에서 얘기될 만한 가치가 있을 때 최대한 소설적 전형성을 살려 쓰는 것이다. 이것이 자기 고백이나 체험적 수기와 다른 점이다. 그러므로 시대 속에서 자기 자신을 객관적으로 바라볼 수 있는, 거리를 유지할 수 있는 '눈'이 필요하다. 내가 했던 행위가 그 시대 속에서 어떤 의미가 있는 것일까 해석하고 글로 구현하는 게 바로 작가의 힘이다. 소설적 진실이란 정확히, 딱 그런 것은 아닐지라도 현실에서 당연히 일어날 수 있는 일이다."

자신뿐 아니라 여느 소설가도 자기 삶을 바탕으로 이야기를 풀어나간다는 말이다. 소설이 이러할진대 다른 장르의 글은 더하면 더했지 덜할 수 없다. 모두 자신의 이야기가 글의 소재가 된다. 한때 선풍적인 인기를 끌었던 장승수의 《공부가 가장 쉬웠어요》나 홍정욱의 《7막 7장 그리고 그 후》 역시 저자 자신의 이야기를 담은 책이다.

〈반지의 제왕〉은 미국 스토리텔링의 '구루(영적인 스승)'로 불리는 캘리포니아대 교수 로버트 매키의 스토리텔링 기법을 이용해 만든 영화다. 영화감독 피터 잭슨의 말이 이를 증명한다. "〈반지의 제왕〉은 매키의 스토리 구성 원칙에 따라 편집한 것일 뿐이었다."

매키 교수는 세계적으로 성공한 스토리는 모두 자기 내면의 스토리로 승부했다고 이야기한다. "많은 이들이 영화 산업에 뛰어들지만 스토리에 대한 사랑이 없어요. 대부분 부와 명예를 생각할 뿐 자기 내면의 예술을 사랑하진 않아요. 스스로 '내 이야기를 아무도 안 읽고, 영화나 드라마로 제작이 안 돼도 계속 쓸 것인가'라고 물었을 때 '예스'라고 답한다면 대성할 가능성이 있는 사람입니다."

스토리텔링의 대가 매키 교수는 자신의 이야기를 활용할 수 있느냐 아니냐가 승부의 열쇠라고 말한다. '누가 내 인생에 관심을 가진단 말인가?'라는 걱정은 할 필요가 없다. 자기 이야기만큼 경쟁력 있는 것은 없다. 세상에 출간된 책들을 보라. 대부분이 자기 삶의 경험을 담은 것들이다.

나의 첫 책 《미래자서전으로 꿈을 디자인하라》는 학생들과 인생을 설계하며 고민한 흔적들을 글로 썼다. '어떻게 하면 글쓰기로 인생을 설계하는 데 도움을 줄 수 있을까'에서 시작된 글이다. 원고를 시작하고 출판사에 보내기까지 책으로 출간되었으면 좋겠다는 소망은 있었다. 하지만 '설마 책으로 나오겠어?'라는 의심도 적지 않았다. 그런데 나의 자그마한 삶의 경험이 책으로 출간될 수 있다는 소식에 나도 놀랐다. 그 첫 경험이 글쓰기에 대한 자신감으로 연결되었다.

《처음부터 다시 시작할 수 있다면》은 내 삶을 관조하며 얻은 깨달음으로 시작되었다. 내 삶의 이야기가 많은 부분을 차지하진 않지만 글을 시작하는 힘은 내 이야기에서 비롯되었다.

당신도 얼마든지 자신의 이야기로 책을 펴낼 수 있다. 지금부터 삶의 이야기를 어떻게 풀어낼지 생각해보라. 삶의 단면을 이야기할지, 전체적인 스토리로 승부할지, 내가 경험한 것들로 어떤 글을 쓸지 분석해보라. 내 삶의 이야기보다 더 강력한 글감은 없다.

5장

초고를 완성하는
아홉 개의 기둥

: 일단 써라 :

삶을 변화시키기 위해 글을 쓸 마음의 준비를 했다. 많이 읽고 생각하기를 쉬지 않았다. 메모하고 좋은 글을 베껴 쓰며 필력을 가다듬었다. 이제 본격적으로 쓰기만 하면 된다. 그런데 막상 글을 쓰려고 앉아도 쉽게 시작하지 못한다. 대부분이 그렇다. 나도 그랬다. 세 시간을 책상에 앉아 미적대다 신경질적으로 뛰쳐나간 적도 있다. 시간이 흐른 후 그 이유를 가만히 생각해보았다. 내가 내린 결론은 생각이 너무 많았다는 것이다. 어떻게 쓸 것인지 머릿속에서 소설 서너 편은 쓴 것 같다. 첫 문장을 쓰고 아닌 것 같아 지우고, 다시 쓰다 보니 뒤에 쓸 문장이 생각나지 않았다. 그렇게 많은 시간을 허비했다.

그렇다면 지금의 나는 어떨까. 그냥 쓴다. 머리로 재지 않고 글이 써지는 대로 나를 맡긴다. 멈출 수 없을 때까지 거침없이 써나간다. 이렇게 쓴다 해서 대문호가 탄생했다고 생각할 것까진 없다. 다만 이렇게 해야 글이 써진다는 것을 터득했을 뿐이다.

로버타 진 브라이언트는 더 무지막지한 말을 한다.

> 글쓰기는 행동이다. 생각하는 것은 글쓰기가 아니다. 글쓰기는 머리가
> 아닌 종이에 낱말을 늘어놓는 것이다.
> - 《누구나 글을 잘 쓸 수 있다》, 로버타 진 브라이언트

숀 코너리가 주연한 영화 〈파인딩 포레스터〉에서도 비슷한 이야기를 한다. 〈파인딩 포레스터〉는 《호밀밭의 파수꾼》의 저자 데이비드 샐린저를 모델로 만든 영화다. 데이비드 샐린저 역의 윌리엄 포레스터는 우연히 자말이라는 아이로부터 문학적 재능을 발견하고 그 소년이 글 쓰는 것을 돕는다.

자말이 글을 쓰지 못하고 쩔쩔매자 포레스터는 이렇게 이야기한

다. "글은 생각하고 쓰는 것이 아니다. 아무 생각 없이 쓰는 것이다. 아무 생각 없이 자판을 두들기다가 마침내 살아남은 단 한 가지의 그 무엇에 대해 쓰면 된다. 작문의 첫 번째 열쇠는 그냥 쓰는 거야. 생각하지 말고."

이 말은 일단 써보라는 것이다. 머리로 너무 고민하지 말고 손이 가는 대로 써내려가면 저절로 쓸 거리가 생긴다는 이야기다.

소설가 루이 라모어도 이 말에 동의한다. "무언가를 쓰기 시작하면 아이디어는 반드시 떠오른다. 물이 나오게 하려면 수도꼭지를 틀어야 한다."

이 말이 이상하게 들릴지 모르지만 나는 안다. 이 말이 진실이라는 것을. 큰 틀 안에서 주제와 쓸 거리를 준비한 후 일단 시작하면 그다음 문장이 자동으로 생각나고 자동으로 써진다. 이게 전부다. 어느 광고 카피처럼 '어떻게 설명할 방법'이 없다.

세계적인 글쓰기 전도사 나탈리 골드버그도 멈추지 말고 써나가라고 목소리를 높인다. 《뼛속까지 내려가서 써라》에서 그녀가 제시한 다섯 가지 조언을 나는 이렇게 정리했다.

- 첫째, 머리에 떠오른 첫 생각을 쓴다. 무조건 생각나는 것을 써보는 것이다. 일단 쓰다 보면 쓸 거리들이 꼬리에 꼬리를 물고 나타나게 되어 있다.

- 둘째, 펜을 놓지 않고 계속 쓴다. 방금 쓴 글을 읽기 위해 손을 멈추지 말라는 것이다. 그렇게 되면 지금 쓰는 글을 조절하려고 머뭇거리게 된다.
- 셋째, 편집하지 않고 떠오르는 대로 쓴다. 쓸 의도가 없는 글을 쓰고 있더라도 그대로 밀고 나가라는 것이다.
- 넷째, 오·탈자나 문법에 얽매이지 않는다.
- 다섯째, 마음을 통제하지 말고 마음 가는 대로 내버려두어라. 일단 쓰는 것이 목적이다.

죽이 되든 밥이 되든 걱정 말고 일단 쓰면 된다. 고민하지 말고 펜이 가는 대로 따라가라. 이때는 펜이 주인이다. 내 손은 하인일 뿐이다. 멈추지 말아야 한다. 자료를 찾고 생각을 정리하는 순간 쓸 거리는 순식간에 사라지고 만다. 참 놀라운 일이다. 야속하게도 깨끗하게 자취를 감춘다. 그러니 절대 뒤를 돌아봐서는 안 된다. 뒤를 돌아보는 순간 내 글은 소금기둥이 되고 만다.

: 법칙에 연연하지 마라 :

처음 글을 쓰다 보면 어휘 선택에 고민이 많다. 자기 생각을 제대로 전달하기 위해 어떤 단어를 선택해야 할지, 내가 쓰는 글이 맞춤법은 맞는지 온갖 잡념에 혼란스럽다. 특히 맞춤법을 틀려 부끄러움을 당할까 봐 걱정하는 사람도 많다. 맞춤법이나 띄어쓰기를 잘못하면 무식하다는 소리를 들을 것 같기 때문이다.

하지만 삶을 변화시키려는 의도로 글쓰기에 도전한다면 이런 부담에서 벗어나야 한다. 문법, 맞춤법, 띄어쓰기에 연연하다 보면 자기 생각을 펼쳐나갈 수 없다. 글은 흐름이다. 흐름을 놓치면 글을 이어갈 수 없다. 그래서 유명한 작가들도 초고는 후루룩 써버린다. 흐름을 놓치지 않기 위해서다.

1,000만 관객을 동원한 박찬욱 감독이 이에 속한다. 〈할리우드 리포트〉지와의 인터뷰에서 그는 이렇게 말했다. "나는 줄거리를 순식간에 만든다. 일단 이야기의 윤곽이 잡히면 가능한 한 빨리 시나리오 초안을 써내려 애쓴다. 뒤에 가서 어려운 장면이 생기면 시나리오를 다시 정리할 수 있겠지만 어쨌든 빨리 초안을 끝내는 것이 중요하다. 〈복수는 나의 것〉은 단 스무 시간 만에 초안을 완성했다. 다음 단계로 시나리오는 몇 달 동안 손질을 거친다."

스무 시간 만에 120분 분량의 시나리오를 완성하려면 문법, 맞춤법, 띄어쓰기에 신경 쓸 겨를이 없다. 그런 것에 신경 쓰다 보면 꼬리를 물고 이어지는 대사와 장면들을 놓칠 수밖에 없다. 어찌 됐든 펜을 들었다면 일방통행이다. 흐름에 나를 맡겨야 한다. 절대 뒤돌아보지 말아야 한다. 돌아갈 수 없는 강을 건넌 것이다. 그러니 앞만 보고 달려야 한다.

나는 사십대 초반에 《러브 스토리》라는 자서전을 썼다. 국문과나 문예창작과와는 거리가 멀었기에 애초부터 문법이나 맞춤법, 띄어쓰기에는 얽매이지 않음을 외치고 썼다. 오직 삶을 되돌아보고 그 안에서 의미를 발견하려는 의도만 생각했다. 270페이지에 달하는 글을 쓰는 동안 편안했다. 책으로 만들어 가족과 지인들에게 나누어주었는데, 그때 맞춤법과 띄어쓰기가 제대로 되지 않은 게 눈에 띄었다.

하지만 주변 사람들은 그것에 별 신경을 쓰지 않았다. 내 삶의 이야기에만 관심을 가질 뿐이었다. 간혹 출간된 책을 읽다 보면 오·탈자가 눈에 띈다. 그래도 독자들은 그것에 목숨 걸고 이의를 제기하지 않는다. 책에서 전하는 메시지에 집중하기 때문이다.

문법, 맞춤법, 띄어쓰기의 부담에서 벗어나는 방법이 있다. 내가 쓴 글을 소리 내 읽어봤을 때 크게 어색하지 않을 정도면 크게 문제가 없다고 보면 된다. 소설가 신경숙은 소설 한 편을 쓰고 나면 반드시 처음부터 끝까지 작중 인물이 되어 큰 소리로 읽어본다고 한다. 그러다 보면 극중 인물에 감정이 이입되고 고쳐야 할 부분들이 발견된다고 한다. 소리 내 읽을 때 잘 읽히지 않는 글이 있다. 그런 글은 다시 점검하며 고치면 된다는 마음 정도만 품으면 될 것 같다. 다음 글을 큰 소리로 외쳐보고 글쓰기에 돌입하라.

"나는 문법, 맞춤법, 띄어쓰기보다 내가 쓰려는 글에 더 집중할
것이다. 나는 자유롭다."

: 이야기하듯이 써라 :

글을 쓰기 전에 누가 읽을 것인가를 점검해야 한다. 난 자서전을
쓸 때 두 아들에게 내 삶과 아이들의 조부모님에 대한 삶을 이야기
해주려는 마음으로 썼다. 당시 큰아들이 초등학교 3학년이었기 때
문에 쉽게 풀어내는 데 많은 신경을 썼다. 애써 글을 썼는데 아이들
이 읽지 않으면 아무런 의미가 없기 때문이다. 그래서 아이들이 옆
에 있다고 생각하고 이야기를 들려준다는 개념으로 풀어냈다. 할
머니가 어떻게 살았는지 이야기를 들려주는 것처럼 말이다. 그랬
더니 처음 쓰는 글이었는데도 어렵지 않았다. 잘 써야 한다는 부담
이나 고급스러운 단어를 선택해야겠다는 생각도 들지 않았다.

독립적이고 자유로운 저술가라는 뜻의 인디라이터로 불리는 명
로진은 글을 말하듯이 쓰라고 조언한다. 그는 배우이지만 글쓰기
전도사로 더 이름을 날리고 있다. 그의 글은 유쾌하다. 글쓰기라는
쉽지 않은 주제를 옆 친구에게 농담을 던지는 것처럼 재기발랄하

게 풀어낸다. 그는 말하듯이 쓰면 어색한 문장을 고치기 쉽고 자연스럽게 풀어낼 수 있다고 이야기한다.

> "순수미술을 전공하고 패션 관련 일을 하고 싶어 하는 스물다섯 살의 나는 조급한 성격은 아니지만 큰일에 담담하고 작은 일에 소심한 성격을 가져서 사람들이 의외라며 놀라기도 한다."
>
> 이렇게 말하는 사람이 있을까? 어색한 부분을 다음과 같이 자연스럽게 고쳐보자.
>
> "나는 순수 미술을 전공했다. 나이는 스물다섯 살이며 패션 관련 일을 하고 싶다. 나는 조급한 성격은 아니다. 큰일에 담담하고 작은 일에 소심한 성격을 가졌다. 그래서 사람들이 의외라며 놀라기도 한다."
>
> — 《베껴 쓰기로 연습하는 글쓰기 책》, 명로진

고쳐 쓴 글을 보면 마치 누군가에게 이야기하고 있다는 착각이 든다. 대상에게 이야기하듯이 쓴다는 것은 이렇게 하는 것이다. 마음을 차분히 하고 읽을 대상을 생각하며 이야기하듯이 메시지를 풀어내 보라. 그렇게 하면 어렵지 않게 글을 써나갈 수 있다.

: 툭툭 던져라 :

처음 글을 쓰는 사람들의 공통점은 문장이 길다는 것이다. 문장이 끝날 것 같다가도 이어지며 쉬어갈 틈을 주지 않는다. 이런 글을 읽으면 숨이 멎어버릴 것만 같다. 꼬리에 꼬리를 물고 늘어져 도대체 끝이 보이지 않는다. 무슨 말을 써놓았는지 이해하기 힘들다. 읽어도 무슨 내용인지 알 수 없고, 읽고 싶은 마음조차 들지 않는다.

문장은 짧게 써야 한다. 이야기를 툭툭 던지듯이 쓰는 것이다. 간결하면 간결할수록 좋다. 메시지를 명쾌하게 전달하려면 짧게 쓰는 것이 답이다.

처음 글을 쓰는 사람들이 착각하는 것이 있다. 온갖 미사여구로 덧입힌 글이 잘 쓴 것이라고 여기는 것이다. 물론 미사여구를 적절히 활용하면 아름다운 글이 되기는 한다. 하지만 초보자가 미사여구를 동원해 매끄러운 글을 써내기란 여간 어려운 일이 아니다. 미사여구는 어느 정도 필력이 붙었을 때 동원해도 늦지 않다. 처음부터 아름다운 글을 써야 한다는 부담에 사로잡히면 망한다. 그래서 이런 착각에서 벗어나야 한다. 반드시 문장은 짧게 써야 한다는 개념을 마음에 새겨야 한다.

이외수도 처음부터 문장을 꾸미지 말라고 조언한다. 문장을 꾸미려는 욕심이 앞서면 글이 산만해지기 때문이란다.

나는 사방에서 매미들이 주변의 나무들이 진저리를 칠 정도로 목청을 다해서 발악적으로 시끄럽게 울어대는, 맞은편에서 사람이 오면 비켜설 자리가 없을 정도로 비좁은 오솔길을 혼자 쓸쓸히 걷고 있었다.

- 《글쓰기의 공중부양》, 이외수

문장에서 무엇을 묘사하고 있는지, 저자가 이 글을 통해 무슨 말을 하고 있는지 머릿속에서 잘 그려지는가? 글을 쓴 사람이 무슨 이야기를 하고 싶은지 짐작할 수는 있지만 쉽게 읽히지 않는다. 미사여구가 너무 많기 때문이다. 이런 글을 짧은 문장으로 고쳐주면 이해도 쉽고 읽기도 편하다.

다음은 이를 툭툭 던지는 듯한 간결한 문장으로 바꾼 것이다. 두 글을 소리 내 읽어보고 어떤 차이점이 있는지 생각해보라.

나는 오솔길을 걷고 있었다. 혼자였다. 오솔길은 비좁아 보였다. 맞은편에서 오는 사람과 마주치면 비켜설 자리가 없을 정도였다. 매미들이 시끄럽게 울어대고 있었다. 발악적이었다. 주변의 나무들이 진저리를 치고 있었다.

- 《글쓰기의 공중부양》, 이외수

어떤가? 이제부터 문장을 짧게 쓰는 훈련을 해야 한다. 나는 글쓰기를 함께하는 사람들에게 2·3·4법칙을 활용하라고 한다. 두 문장이나 세 문장은 짧게 쓰고 한 문장은 호흡을 길게 가져가는 것이다. 그러면 단문만을 늘어놓는 것보다 훨씬 읽기 편하고 쓰기 쉽다.

글을 잘 쓰기로 소문난 한비야의 글을 보자. 자신이 글을 쓰기 위해 어떤 노력을 기울이는지에 대한 이야기다. 그녀는 글을 짧게 짧게 가다 길게 늘어놓는다. 그리고 다시 짧게 끊어친다.

> 두 번째 몸부림은 몰두다. 내 글이 술술 읽히니까 쓸 때도 일필휘지로 쓰는 줄 안다. 아니다. 내가 말도 빠르고 걸음도 빠르고 밥도 빨리 먹지만 글은 한없이 느리게 쓴다. 날밤을 새우고 또 새운다. 밤을 새워서 좋은 글이 나온다면 한 달이라도 새우겠다. 밤을 새울 때마다 머리를 쥐어뜯으며 도대체 이렇게밖에 못하면서 무슨 글을 쓴다고 나섰느냐며 자학까지 한다.
>
> - 《그건 사랑이었네》, 한비야

쉽게 읽히고 이해도 쉽다. 역시 글 잘 쓰는 이로 인정받을 만한 노력과 필력이다. 이외수의 글도 주로 단문으로 이어지다 한두 문장은 호흡이 길어진다. 역시 잘 읽힌다.

연가시라는 생물이 있다. 일급수 이상에만 서식한다. 철사벌레라고도 한다. 실같이 단순한 모양을 가지고 있다. 일정 기간 곤충의 몸속에 기생하다가 성충이 되면 곤충의 뇌를 조정해서 곤충이 물에 뛰어들어 자살토록 만드는 생물이다. 때로는 인간들도 욕망을 제어하지 못하고 쾌락의 늪에 뛰어들어 자멸해버리는 경우가 있는데 혹시 의식 속에 이성을 마비시키는 허욕의 연가시가 기생하고 있는 것은 아닐까.

- 《하악하악》, 이외수

이제부터 문장은 아주 짧게 써야겠다는 생각으로 써보라. 그러면 미사여구를 활용해 잘 써야 한다는 부담에서 벗어날 수 있다. 문장을 짧게 쓰려면 한 문장이 두 줄을 넘지 않도록 쓰면 좋다. 또한 하나의 문장에는 하나의 이야기만 해야 한다. 한 문장에 많은 이야기를 담으려고 하면 길어질 수밖에 없다. 문장이 너무 길어지면 허리를 끊어 나누어야 한다. 잘게 나누면 쉽게 읽힌다. 간결한 문장이 잘 쓴 글이고 잘 읽힌다.

아무쪼록 덤덤하게 툭툭 던지듯이 쓰다 보면 어느새 글에 대한 부담도 줄고 일필휘지하는 자신을 발견하게 될 것이다.

: 잘 읽히게 써라 :

잘 읽히게 쓰는 가장 기본적인 방법이 문단을 잘 배치하는 것이다. 문단이란 문장들이 모여 이루어진 생각 덩어리다. 사전적인 정의는 '글을 내용이나 형식을 중심으로 크게 끊어 나눈 단위'다. 하나의 문단에 같은 성격의 생각 덩어리만 있어야 한다는 이야기다. 영화로 치면 주인공이 한 명이어야 한다는 말이다. 주인공이 두 명이면 스토리가 혼란스럽다. 누구에게 초점을 맞춰 스토리를 풀어 나가야 할지 알 수 없다. 글도 다르지 않다. 하나의 문단에 주인공은 하나여야 하고 나머지는 주인공을 빛나게 해줄 조연으로 두어야 한다.

처음 글을 쓰는 사람은 하나의 문단에 여러 가지 내용을 담아 서술하는 경우가 많다. 그러면 쓰는 사람이나 읽는 사람 모두 그 글에서 전하고자 하는 메시지를 이해하기가 힘들다. 쉽게 읽히지도 않는다. 글은 상대방에 대한 배려이기에 잘 읽도록 해주는 것도 필요하다. 잘 읽히도록 하려면 문단을 적절히 나눠줘야 한다.

문단이 구분되는 것은 행갈이를 할 때다. 줄을 바꾸어 한 칸 들여쓰기를 하는 것이다. 들여쓰기를 했다는 것은 이제부터 조금 다른 이야기를 펼쳐간다는 뜻이다. 다른 생각 덩어리로, 다른 주인공을 내세워 이야기를 펼쳐간다는 것이다. 그러면 독자는 '앞 내용과 다른 이야기가 전개되는구나'라고 이해하게 된다. 쉽게 읽히기도 한다.

다음은 내 책《처음부터 다시 시작할 수 있다면》의 도입부다.

"어디로 가는지 모르면 결국 가고 싶지 않은 곳으로 가게 된다." 뉴욕 양키스의 전설적인 포수 요기 베라가 한 말입니다. 심장을 찌르는 한마디에 저는 아무런 대답도 내놓을 수가 없었습니다. 한편으로는 한눈팔지 않고 나름 치열한 삶을 살았다고 자부합니다. 주어진 삶에 최선을 다했습니다. 그런데도 삶을 관조할 때면 어김없이 인생 여정에 대한 의문은 떨칠 수 없었습니다. '도대체 내가 지금 가고 있는 길은 어디일까?' 살면서 저는 하고 싶은 일을 아무 걱정 없이 해보고 싶었습니다. 그러나 그렇게 할 수 없었습니다. 가난한 집안 형편 때문에 원하는 삶의 항로를 설정할 수 없었습니다. 형편과 처지에 맞게 선택과 결정을 내려야 하기에 늘 마음이 불편했습니다. 당연히 선택의 폭은 좁았습니다. 인생의 큰 그림을 그릴 여유를 가진다는 건 사치처럼 느껴졌습니다. 눈앞의 난관을 헤쳐나가는 것이 먼저였기 때문입니다. 그러니 제가 어디로 가야 하는지, 어디로 가고 싶은지 알 수 없었고 갈 수도 없었습니다. 원하는 길을 걷지 못한 삶에는 막연한 기대감만 있을 뿐이었습니다. '언젠가는 좋은 일이 일어날 거야'라며 언제일지 모르는 그때를 바라보며 최선을 다해 살았습니다. 그러나 그 '언젠가'는 찾아오지 않았습니다.

잘 읽히는가, 아니면 신경질이 나는가. 이걸 글이라고 써놓은 거냐
는 생각이 들지는 않았는가. 그렇다면 다음 글을 읽어보도록 하자.

"어디로 가는지 모르면 결국 가고 싶지 않은 곳으로 가게 된다."

　뉴욕 양키스의 전설적인 포수 요기 베라가 한 말입니다. 심장을 찌
르는 한마디에 저는 아무런 대답도 내놓을 수가 없었습니다. 한편으로
는 한눈팔지 않고 나름 치열한 삶을 살았다고 자부합니다. 주어진 삶
에 최선을 다했습니다. 그런데도 삶을 관조할 때면 어김없이 인생 여
정에 대한 의문은 떨칠 수 없었습니다.

　'도대체 내가 지금 가고 있는 길은 어디일까?'

　살면서 저는 하고 싶은 일을 아무 걱정 없이 해보고 싶었습니다. 그
러나 그렇게 할 수 없었습니다. 가난한 집안 형편 때문에 원하는 삶의
항로를 설정할 수 없었습니다. 형편과 처지에 맞게 선택과 결정을 내
려야 하기에 늘 마음이 불편했습니다.

　당연히 선택의 폭은 좁았습니다. 인생의 큰 그림을 그릴 여유를 가
진다는 건 사치처럼 느껴졌습니다. 눈앞의 난관을 헤쳐나가는 것이 먼
저였기 때문입니다. 그러니 제가 어디로 가야 하는지, 어디로 가고 싶
은지 알 수 없었고 갈 수도 없었습니다.

원하는 길을 걷지 못한 삶에는 막연한 기대감만 있을 뿐이었습니다. '언젠가는 좋은 일이 일어날 거야'라며 언제일지 모르는 그때를 바라보며 최선을 다해 살았습니다. 그러나 그 '언젠가'는 찾아오지 않았습니다.

첫 번째보다 두 번째 글이 한눈에 들어올 것이다. 잘 읽히는 것은 물론 숨통도 트인다. 첫 번째 글은 답답하다. 숨 쉴 틈이 없다. 감옥 같다. 문단이 나뉘지 않아서 그렇다.

문단을 나누면 앞에서 했던 이야기를 반복하지 않게 된다. 그렇지 않으면 했던 이야기를 되돌이표를 돌린 것처럼 반복할 수 있다. 하지만 문단으로 나누어버리면 다른 이야기를 펼쳐야 하므로 이런 우를 범하지 않는다. 그러니 반드시 문단을 나눠서 써야 한다는 생각으로 접근해야 한다. 문단은 쉽게 글을 풀어가는 방법일 뿐 아니라 잘 읽히는 글을 쓰게 해준다.

: 쉽게 써라 :

글을 쓰다 보면 잘 써야 한다는 부담이 항상 따라다닌다. 조금이라도 멋진 표현으로 독자를 유혹하고 싶은 마음, 때로는 자신의 지식을 뽐내고 싶어 하는 마음이 도사리고 있어서다. 자칫 마음을 가다듬지 못하면 어려운 단어나 나만이 알고 있는 어휘로 뽐내려 한다. 하지만 글은 쉽게 써야 한다.

글쓰기의 대가로 불리는 스티븐 킹의 이야기를 들어보자.

> 글쓰기에서 정말 심각한 잘못은 낱말을 화려하게 치장하려고 하는 것이다. 쉬운 낱말을 쓰면 어쩐지 좀 창피해서 굳이 어려운 낱말을 찾는 사람들이 있다. 그런 짓은 애완동물에게 야회복을 입히는 것과 마찬가지다. 애완동물도 부끄러워하겠지만 그렇게 쓸데없는 짓을 하는 사람은 더욱 부끄러워해야 한다.
>
> 그러므로 지금 이 자리에서 엄숙히 맹세하기 바란다. '평발'이라는 말을 두고 '편평족'이라고 쓰지 않겠다고, '존은 하던 일을 멈추고 똥을 누었다' 대신에 '존은 하던 일을 멈추고 생리 현상을 해결했다'고 쓰는 일은 절대로 없을 것이라고.
>
> —《유혹하는 글쓰기》, 스티븐 킹

글은 쉽게 써야 한다. 쉬운 글이 잘 읽히고 이해도 쉽다. 사실 어렵게 쓰기보다 쉽게 쓰기가 더 어렵기는 하다. 노벨상 작가 헤밍웨이도 "읽기에 쉬운 글이 쓰기 어렵다"고 말한다. 쉽게 쓰려면 어려운 용어나 개념도 쉽게 풀어내야 한다. 그런 능력을 갖추기란 말처럼 쉬운 일이 아니다.

워런 버핏은 투자 실력 못지않게 글쓰기 실력도 탁월하다. 많은 사람이 어렵게 느끼는 경제 관련 이야기를 쉽게 풀어낸다. 어려운 용어와 개념을 쉽게 풀어쓰는 그만의 비결이 있다. 바로 이야기를 들려준다는 생각으로 글을 쓰는 것이다.

그는 "나는 누이동생들에게 이야기를 들려준다고 생각하면서 글을 쓴다. 누이에게 말하듯 쉽게 써라. 누이가 없다면 내 누이를 빌려주겠다"라고 말했다. 누이를 빌려줄 테니 쉽게 써라, 참 강한 말이다.

《홍길동전》의 저자 허균은 이렇게 말했다. "어렵고 교묘한 말로 글을 꾸미는 건 문장의 재앙이다." 재앙이라고까지 하다니. 정말 글은 쉽게 써야겠다는 생각이 든다. 그는 또 "글이란 자신의 마음과 뜻을 다른 사람에게 제대로 전할 수 있도록 쉽고 간략하게 짓는 것"이라고 했다.

《꿈꾸는 다락방》의 저자 이지성 역시 최대한 쉽게 쓰려 한다고 말한다. 아무리 어려운 책일지라도 중학생이 이해할 수 있을 정도의 문체로 풀어내려 한단다. 그런 노력의 결과일까. 이지성의 글은 쉽게 읽힌다. 하나같이 이해하기 힘들어하는 인문, 고전도 그가 쓰면 술술 읽힌다. 그의 글에는 절제미가 있다. 깊이 있는 내용을 어렵지 않게 풀어내기에 그렇다.

자신의 글을 중학생이 읽어도 이해할 수 있을 정도로 쓰겠다고 다짐해야 한다. 그렇지 않으면 뽐내고 싶다는 욕심이 마음을 온통 사로잡아버린다. 벼는 익을수록 고개를 숙인다. 성장으로 그치면 고개를 숙일 수 없다. 성숙해야 스스로 낮출 줄 안다. 쉽게 쓴다는 것은 성숙하다는 의미다. 설익으면 빳빳하다. 완전히 성장해야 성숙으로 이어진다. 글에도 이와 같은 공식이 적용된다. 성숙한 마음 바탕에서 쉽게 쓰겠다는 생각이 솟아난다. 쉽게 써야 쉽게 읽히고 이해하기도 쉽다. 그런 글이 잘 쓴 글이고 좋은 글이다. 어떤 어려운 글이라도 쉽게 풀어쓰려는 노력을 기울여야 한다. 워런 버핏에게 누이라도 빌려와서 쓰겠다는 의지로 다가서라.

: 흉내 내고 따라 해라 :

'모방은 창조의 어머니'라는 말이 있다. 창조를 하기 위해서는 모방이 필요하다는 의미다. 어떤 사람은 글은 자신만의 문체로 써야 한다고 강조한다. 그래야 창의적인 글을 쓸 수 있다는 것이다. 모방하면 창의적으로 쓸 수 없다는 말을 우회적으로 드러내는 말이다. 전적으로 공감한다. 자신만의 독특한 문체가 있어야 한다.

그러나 그것은 전문가들에게나 해당하는 말이다. 초보자가 처음

부터 자신만의 문체로 글을 쓴다는 것은 쉽지 않은 일이다. 하버드
대 학생들도 제일 배우고 싶어 하는 능력이 글쓰기라는데, 하물며
초보자가 처음부터 자신만의 문체로 글을 쓴다는 것은 어불성설(語
不成說)이 아닐까.

초보자는 모방에서부터 시작해야 한다. 피카소는 세잔의 〈목욕
하는 여인들〉에서 아이디어를 얻어 〈아비뇽의 처녀들〉을 그렸다.
피카소는 어렸을 때부터 수없는 모방을 했다. 미술을 가르친 아버
지의 영향이었다. 피카소의 아버지는 아들에게 비둘기 발만 반복
해서 그리게 했다. 그 일은 무려 열다섯 살까지 계속되었다.

> 열다섯 살이 되자 나는 사람의 얼굴, 몸체 등도 다 그릴 수 있게 되었
> 다. 그동안 비둘기 발밖에 그리지 않았지만.
> - 《생각의 탄생》, 로버트 루트번스타인 · 미셸 루트번스타인

천재 화가가 모방에서 탄생했다는 것을 알 수 있다. 모차르트는
하이든의 〈레퀴엠 다단조〉를 모방해 〈레퀴엠 라단조〉를 완성했다.
프랑스의 철학자 알랭은 "모방하지 않는 사람은 창조하지 못한다"
라는 말을 했다.

모방을 잘하기 위해서는 다른 사람의 글을 잘 읽어봐야 한다. 작
가가 전하려는 메시지를 어떻게 풀어냈는지를 살피는 것이다. 그

렇게 글을 읽다가 '나도 이 사람처럼 써볼까?'라는 마음의 울림이 생길 때 그와 같은 방식으로 글을 풀어내는 것이다. 표현형식을 베끼는 것이 아니라 생각을 풀어내는 방식을 모방하는 것이다.

자신이 모방하고 싶은 글이 있다면 그것을 토대로 창의적으로 가공해야 한다. 그러면 예전에 있던 것도 다른 새로운 것이 된다. 이때는 연결하고 통합하는 방법을 동원하면 좋다. 창의적으로 글을 풀어가려면 다른 무엇과 연결지어야 한다. 나는 이런 능력을 기르기 위해 학생들과 재미있는 퀴즈 풀기를 한다. 예를 들어 벽돌과 냉장고, 홍시와 고양이의 공통점을 생각하게 한다. 전혀 다른 것들에서 공통점을 발견하도록 재미있게 다가간다. 전혀 예상치 못한 답들이 쏟아져 나오고, 기발한 공통점이 보인다.

모방할 때는 좋은 글을 본보기로 삼아야 한다. 아무 글이나 모방하면 안 된다. 입력되는 대로 출력되기 때문이다. 잘 읽히고 감동이 있고 사회적으로 인정받는 사람의 글이면 괜찮다. 모방의 시작도 베껴 쓰기다. 베껴 쓰면서 작가의 숨소리까지 듣겠다는 각오로 몰입해 모방해보라. 머지않은 장래에 그 작가를 넘어서는 필력을 갖출 수 있을 것이다.

: 날마다 꾸준히 써라 :

"우리 삶이 일정한 형태를 띠는 한, 그것은 습관 덩어리에 불과하다."

미국의 심리학자 윌리엄 제임스의 말이다. 우리 삶이 습관의 산물이라는 뜻이다. 매일매일 반복되는 생활 속에서 습관이 만들어진다. 그러므로 글을 쓰고 삶의 변화를 일으키려고 마음먹었다면 그것이 습관이 되도록 해야 승리할 수 있다. 습관으로 만들지 않고 글을 쓰려 한다면 시작할 때마다 사투를 벌여야 할지 모른다. 다시 글을 쓰는 습관을 만들어야 하니까. 뇌가 글을 쓰려는 모드로 전환되어야 하기에 그렇다. 매일 꾸준히 써야 한다고 말하는 이유가 바로 이 때문이다.

매일 글을 쓰면 뇌가 그것을 인식한다. 별다른 준비 없이도 글쓰기에 돌입할 수 있다. 정해진 시간에 쓰는 것도 하나의 방법이다. 작가로 이름을 날리는 사람들은 정해진 시간에 글을 쓴다. 자기경영의 대가이자 이미 100여 권의 책을 집필한 공병호가 대표적이다. 그는 새벽 5시면 어김없이 글 쓰는 자리에 앉는다고 말한다. 연간 200회에서 300회 정도의 강연을 다니면서도 수많은 책을 집필하는데, 그 동력이 바로 그것이었다. 그런 습관이 있기에 다작과 더불어 베스트셀러를 쓰는 것이다.

《나의 문화유산 답사기》시리즈로 밀리언셀러를 기록한 유홍준. 그도 매일 글을 쓴다. 5시만 되면 어김없이 글을 쓴다고 한다. 문화유산을 답사하고 연구한 내용을 토대로 매일 글을 써야 하는데 시간이 부족했다. 그래서 새벽을 택한 것이다. 그 힘으로 다작을 넘어 300만 부가 넘게 팔리는 베스트셀러 작가가 되었다.

베스트셀러 작가라는 칭호보다 스타강사로 더 알려진 김미경. 그녀는 지난 7년여 세월을 4시 30분이면 어김없이 일어나 글을 쓰고 강연 준비에 매진했다고 한다. 두 시간 강의를 위해 A4용지 30장에 달하는 원고를 쓴단다. 그리고 뇌세포에 완전히 전달될 때까지 외우고 수십 번의 리허설까지 마친 후에야 강단에 선다.

프로들이 이렇게 정해진 시간에 글을 쓰는 것은 글에 대한 감각을 잃어버리지 않기 위해서다. 물론 써야 할 내용이 많아서이기도 하지만 대부분은 글의 촉을 유지하기 위함이다.

나도 잘 쓰는 글은 아니지만 매일 쓴다. 꼭 책이 아니더라도 하루도 빠짐없이 뭔가를 쓴다. 그렇게 쓴 것이 어느덧 4년의 세월이 흘렀다. 공대를 나오고, 글쓰기 수업을 한 번도 받지 않았지만 매일 쓴 것이 자산이 되어 저자로 거듭난 것이라 여긴다.

글쓰기는 단번에 습득되는 능력이 아니다. 부단한 노력과 훈련으로 만들어가는 것이다. 뇌가 글에 대한 감각을 잃어버리지 않도록 매일 읽고 쓰며 훈련해야 한다. 저절로 인식되어 습관이 될 때까지 계속해야만 한다. 그런 노력의 결과로 좋은 글이 탄생한다.

매일 써야 하는 또 하나의 이유는 많이 써야 글이 늘기 때문이다. 이와 같은 논리는 도예를 하는 학생들을 대상으로 실험한 결과를 보면 알 수 있다. 《예술가여, 무엇이 두려운가!》에 소개된 이야기가 있다.

도예 선생님은 두 조로 나누어 과제를 내주면서 한쪽은 양으로 한쪽은 질로 평가할 것이라 선언했다. 양으로 평가하기로 한 조에는 작품의 무게를 달아 점수를 줄 것이니 많이 만들어 올수록 점수가 높다고 했다. 반면 질로 평가하기로 한 조에는 완벽한 작품 하나만 제출하면 된다고 했다. 결과가 어땠을까? 뜻밖에도 양으로 평가받는 집단에서 훌륭한 작품들이 쏟아져 나왔다. 많이 만들어보면서 어떻게 만들면 좋은 작품을 만들 수 있는지를 스스로 터득했기 때문이다. 하지만 질로 평가받으려는 집단은 완벽한 작품을 만들 궁리만 하다가 내보일 만한 작품 하나 제대로 만들지 못했다.

글쓰기도 이와 다르지 않다. 스스로 많이 써보면서 터득해나가는 게 가장 좋은 방법이다. 많이 써볼수록 더 유리한 것은 도예가와 다르지 않다. 손이 마비될 때까지 써보라. 그러고 나서 안 된다면 펜을 부러뜨려라. 그러면 글쓰기에 대한 여한은 없을 것이다.

: 기어이 마침표를 찍어라 :

처음 글을 초고라 한다. 책을 쓴다면 첫 꼭지부터 마지막 꼭지의 마침표를 찍는 처음 글이 초고다. 어떤 글이든 초고는 있기 마련이다. 그래서 초고에 대한 바른 생각이 정립되어야 한다. 초고가 어떤 글인지 알아야 오해하지 않는다. 초고에 대한 생각을 제대로 정립하지 못하면 한 번 쓰고 포기할지도 모른다.

대부분의 사람은 처음 쓴 글로 평가받으려 한다. 조금이라도 고쳐보라고 하면 인상이 달라진다. 형편없는 글이라는 평가를 받았다고 단정 짓기 때문이다. 이제는 그런 오해에서 벗어나야 한다.

헤밍웨이는 "초고는 걸레다"라고 말한다. 걸레처럼 형편없는 글이란다. 초고는 초고일 뿐이다. 초고를 얼마나 많이 고쳐서 좋은 글로 거듭나게 하느냐가 관건이다. 그러니 처음 쓴 글로 '다시는 글을 안 쓰겠다'라거나 '이런 글을 쓰려고 시작했나'라는 생각은 하지 말아야 한다.

구겐하임 문학상 수상자이기도 한 앤 라모트 역시 헤밍웨이와 비슷한 이야기를 한다.

이제 짧은 글 한 편 쓰기보다 실질적으로 훨씬 더 효과적인 아이디어를 소개하겠다. 그것은 바로 '조잡한 초고'라는 개념이다. 모든 훌륭한 작가들이 그런 초고를 쓴다. 이것은 그들이 훌륭한 두 번째 원고를 쓸 수 있도록 이끄는 비결이다. 사람들은 성공한 작가들, 즉 책을 출판하는 일로 경제적인 안정을 얻는 작가들을 바라볼 때 그들이 매일 아침 백만장자처럼 느끼면서 자기 작업대에 앉아 있을 거라고 생각하는 경향이 있다. (…) 그러나 이것은 미경험자의 환상일 뿐이다.

— 《글쓰기 수업》, 앤 라모트

글을 써보지 않은 사람은 작가들이 한 번 펜을 잡으면 일필휘지로 써내려가는 줄 안다는 것이다. 천만의 말씀이다. 이 세상의 모든 작가는 조잡한 초고를 수없는 수정을 거쳐 완벽한 원고로 만들 뿐이다. 그것을 잊지 말아야 한다.

영화 〈파인딩 포레스터〉에도 이런 대사가 있다. "초고는 가슴으로 쓰고, 재고는 머리로 써야 한다." 초고는 가슴으로 느끼는 것을 후루룩 써야 한다는 것이고, 그다음 머리로 분석하며 꼼꼼히 고치는 작업으로 이어져야 한다는 의미다.

처음 쓴 글은 생각에 따라 멈추지 않고 써야 한다. 생각을 제어하면 안 된다. 생각해보라. 생각을 제어하지 않고 쓴 글이 얼마나 좋은 글일지. 초고는 그저 흐름에 따라 쓴 글이지 최종적인 글이 아니다. 그래서 초고는 써야 한다는 것에만 초점을 맞춰야 한다. 잘 쓰였는지 아닌지는 그다음 문제다. 포기하지 않고 마침표를 찍는 것이 초고의 임무다.

스펜서 존스의 《선물》은 세대와 국적을 초월해 사랑을 받은 책이다. 우리나라에서도 100만 부 이상이 팔릴 정도로 독자의 사랑을 받았다. 길지 않은 글에 소중한 삶의 메시지가 담겨 있어 누구나 좋아한다. 출간된 지 10년이 넘었지만 지금까지도 그 사랑이 식지 않는다.

그런데 이 책이 만들어진 과정을 보면 흥미로운 점이 하나 있다. 초고가 1978년에 쓰였다는 것이다. 초고가 어떤 글이었는지 모르지만 스펜서 존스는 20년이 넘는 시간을 들여 원고를 고쳤다. 초고를 써놓고 그 글만으로 판단했다면 세계적으로 사랑받는 책은 탄생하지 못했을 것이다.

내가 쓴 초고도 다시 읽어보면 피가 거꾸로 솟는다. 파일 전체를 삭제해버리고 싶을 정도로 형편없다. 그럴 때면 눈을 감고 써도 이것보다 잘 쓰겠다고 농담 삼아 이야기하지만, 마음은 참담하다.

한 출판사에서 쓰고 있는 원고를 보여줄 수 있느냐고 물어왔던 적이 있다. 차례를 완성하고 7개 파트에서 두 번째 파트 정도를 쓰고 있을 때였다. 아직 초고도 완성하기 전이라 조심스러워서 안 되겠다고 이야기했다. 그래도 완곡히 부탁하기에 마지못해 쓰고 있는 글을 보여주었다. 메일을 보낸 후 출판사에서는 어떤 답도 해주지 않았다. 나는 조금은 실망했지만 그래도 포기하지 않고 초고를 완성했다. 수정 보완을 거듭해 7개 파트를 4개 파트로 나누며 글을 다듬었다. 결론적으로 말하면 그 글은 이미 출간이 되었다. 그 후로도 다른 출판사의 러브콜을 받았다. 초고만으로 실망스러워 포기했다면 소중한 원고가 세상의 빛을 보지 못했을 것이다.

초고는 완성본이 아니라는 것을 기억해야 한다. 초고는 일단 마침표를 찍는 것이 목표다. 그것을 향해 펜을 쉬지 않으면 된다.

6장

세련된 원고로 완성하는
여섯 가지 비법

: 그림처럼 생생하게 보여줘라 :

글쓰기에 관련된 오랜 속담이 하나 있다. '말하지 말고 보여주라'는 말이다. 무슨 뜻인가? 이것은 이를테면 분노라는 단어를 사용하지 않고서, 무엇이 당신을 분노하게 만드는지 보여주라는 뜻이다. 당신 글을 읽는 사람이 분노를 느끼게 하는 글을 쓰라는 뜻이다. 다시 말해 독자들에게 당신의 감정을 강요하지 말고, 상황 속에서 생생하게 살아 있는 감정의 모습을 그냥 보여주라는 말이다.

- 《뼛속까지 내려가서 써라》, 나탈리 골드버그

세계적으로 글쓰기 붐을 일으켰다고 이야기되는 나탈리 골드버그의 말이다. 여기서 보여주라는 건 묘사하라는 의미다. 그런 의도를 그녀는 명확하게 다시 한 번 강조한다. "사진을 들여다보듯 하나하나 선명하고 분명한 어휘로 써야 한다." 선명하고 분명한 어휘로 보이도록 묘사하란다. 분명한 어휘로 묘사하지 않으면 지리멸렬한 글이 되고 만다.

> 형상화하기 위하여 묘사적인 서술을 한답시고 글을 지리멸렬하게 써서는 안 된다. 모든 글은 속도감 있고 긴박하고 재미있지 않으면 안 된다. 창조적이어야 하고 진리가 담겨 있어야 한다.
> - 《한승원의 글쓰기 비법 108가지》, 한승원

40년 넘게 글을 써온 한승원은 어설픈 묘사를 경계했다. 정확한 묘사를 하지 못하면 차라리 속도감 있는 글을 쓰는 것이 낫다고 말한다. 지리멸렬한 묘사보다 재미와 속도감이 있는 글이 독자의 마음을 사로잡는 데 훨씬 도움이 된다. 그러니 묘사를 할 때는 신중하게 해야 한다. 그렇지 않으면 조잡한 글이 된다.

글쓰기 초보를 벗어나는 길은 묘사의 능력에 달렸다. 자신이 전하려는 메시지를 극대화하는 방법이 곧 묘사다. 어휘를 다루는 기술의 정점이다. 묘사의 정도에 따라 그저 그런 글인지, 생동감이 넘치는 글인지 결판이 난다.

무엇을 쓰든 짧게 쓰라. 그러면 읽힐 것이다.
명료하게 쓰라. 그러면 이해될 것이다.
그림같이 쓰라. 그러면 기억 속에 머물 것이다.

언론계의 노벨상이라 불리는 퓰리처상을 만든 퓰리처의 말이다. 쓰고 있는 글이 독자의 기억 속에 머물게 하려면 그림 같이 쓰라는 것이다. 그림같이 쓰라는 것은 곧 묘사하라는 의미다. 장면이 떠오르고 연상이 되어 기억 속에 머물 정도로 말이다.

묘사는 글에 생명력을 불어넣는다. 단어를 조합하여 생생하게 이미지화하는 작업이다. 글만 읽어도 장면이 고스란히 그려질 수 있도록 하는 것이 묘사의 묘미다.

묘사의 정수로 불리는 책은 단연 성경이다. 성경은 묘사와 비유로 풀어낸 글이다. 전하려는 핵심 메시지를 다양한 비유로 전한다. 특히 신약 성경은 정점을 찍는다. 비유로 풀어낸 글을 읽으면 무슨 말을 하려는지 저절로 이해가 된다. 깊고 오묘한 진리에 부연 설명이 필요 없을 정도다. 성경의 한 대목을 살펴보자. 다음 글을 읽으면 무엇을 말하려는지 금방 알아차릴 것이다.

> 손에 키를 들고 자기의 타작마당을 정하게 하사 알곡은 모아 곳간에
> 들이고 쭉정이는 꺼지지 않는 불에 태우시리라.
>
> - 마태복음 3:12

　추수하는 과정을 비유로 들어 성경의 핵심인 천국과 지옥을 이야기한다. 그 핵심이 무엇인지 저절로 머릿속에 그려진다. 직설적인 표현을 하지 않고 에둘러 이야기하면 그 뜻을 더 쉽게 알아차린다. 성경을 읽으며 묘사를 배우는 것도 하나의 방법이다.

　묘사는 사진을 찍듯이 드러내 보이는 글을 쓸 수 있고, 있는 그대로를 그림 그리듯이 표현할 수도 있다. 수사법을 동원해 좀 더 그럴듯하게 비유하며 쉽게 이미지가 떠오를 수 있도록 묘사할 수도 있다. 묘사의 정도에 따라 맛깔스러운 글이 되기도 하고 조잡스러운 글이 되기도 한다. 파닥파닥 살아 있는 글이 되거나 마구잡이로 갖다 붙인 까마귀의 깃털이 될 수도 있다. 그만큼 글쓰기에서 묘사는 중요하다.

　묘사는 풍경으로 한정되지 않는다. 인물이나 사물, 내면의 생각이나 성격까지 묘사가 필요하다. 묘사를 해야 글쓴이는 자신의 의도를 명확히 전달할 수 있고, 독자는 글을 이미지화해서 쉽게 이해

할 수 있다.

묘사의 교본으로 통하는 이효석의 〈메밀꽃 필 무렵〉 한 대목을 보자.

밤중을 지난 무렵인지 죽은 듯이 고요한 속에서 짐승 같은 숨소리가 손에 잡힐 듯이 들리며 콩포기와 옥수수 잎새가 한층 달에 푸르게 젖었다. 산허리는 온통 메밀밭이어서 피기 시작한 꽃이 소금을 뿌린 듯이 흐뭇한 달빛에 숨이 막힐 지경이다. 붉은 대궁이 향기같이 애잔하고 나귀들의 걸음도 시원하다.

- 〈메밀꽃 필 무렵〉, 이효석

어떤가. 이효석은 간단한 묘사를 통해 노랗고, 붉고, 푸르고, 하얀 색깔이 대비되는 강렬한 색채를 표현했다. 한 폭의 풍경화를 보는 듯하다. 시각, 촉각, 청각을 다양하게 활용해 썼다. 사건보다 배경을 중심에 두고 묘사했다. 이 글을 읽으면 허생원이 달밤에 메밀밭을 지나가는 장면이 눈에 선하게 그려진다. 메밀밭을 모르는 독자들도 소금을 뿌려놓은 것을 연상하면 달빛에 비친 메밀밭을 연상할 수 있다. 이것이 묘사의 힘이다.

있는 그대로 사진 찍듯이 표현하는 묘사도 있다. 개성보다는 사실을 중요시하는 묘사 방법이다. 유홍준의 《나의 문화유산 답사기》

에 나오는 대목이 그렇다.

> 전통 한옥의 지붕 모양에는 맞배지붕, 우진각지붕, 팔작지붕 세 가지
> 의 기본형이 있다. 맞배지붕은 지붕의 앞면과 뒷면을 사람 인(人)자 모
> 양으로 배를 맞댄 모양이고, 우진각지붕은 양 측면을 다시 삼각형
> 모양으로 끌어내려 추녀가 4면에 고르게 만들어져 흔히 우리가 함
> 석지붕에서 보는 바의 형식이다. 이에 반해 팔작지붕은 우진각지붕
> 의 세모꼴 측면에 다시 여덟 팔(八)자의 모양을 덧붙여 마치 부챗살
> 이 퍼지는 듯한 형상이 되었다고 해서 합작지붕이라고도 한다.
>
> - 《나의 문화유산 답사기》, 유홍준

유홍준은 글만으로도 머릿속에 문화재를 떠올릴 수 있도록 쓴다.
사진이 필요 없을 정도다. 그가 쓴 문화유산 답사기는 2012년까지
300만 부가 넘게 팔렸다. 문화재를 이해하고 역사를 아는 것뿐만
아니라 묘사 능력이 탁월했기에 가능한 일이었다. 그의 글을 보면
묘사를 통한 글쓰기의 위력을 실감할 수 있다.

: 대상의 속성을 정확히 *끄집어내라* :

묘사를 잘하려면 관찰이 중요하다. 묘사하려는 대상의 속성과 내면까지 볼 수 있을 정도의 관찰력이 필요하다. 이외수는 자신의 문장비법을《글쓰기의 공중부양》에 담아냈다. 그런데 그 책에는 문장력을 기르는 내용보다 훨씬 많은 분량을 사물의 속성과 본성 찾기에 할애한다. 사물의 속성과 본성을 제대로 알지 못하고는 좋은 글을 쓸 수 없다고 강조한다. 그러면서 잘못된 묘사의 전형들을 가감 없이 보여준다.

거북이처럼 머뭇거린다.
깃털처럼 높이 날아오른다.

위의 문장들은 문법적으로 틀린 부분은 없지만 직유법을 적절하게 활용한 문장들이 아니다. 거북이의 대표 속성이 '머뭇거리다'가 아니고 깃털의 대표 속성이 '높이 날아오르다'가 아니기 때문이다.
'거북이처럼 머뭇거린다'는 앞에 '방향감각을 상실한'이라는 단서가 붙어야 적절해지고 '깃털처럼 높이 날아오른다'는 '높이'라는 부사어를 '가볍게'라는 부사어로 바꾸어야 적절해진다.

- 《글쓰기의 공중부양》, 이외수

그는 사물의 속성과 본성을 제대로 파악하지 않고 묘사를 하는 것은 죄악에 가깝다고 열변을 토한다. 맞는 말이다. 묘사를 제대로 하려면 사물의 특성을 예리하게 파악해 끄집어내야 한다. 그런 능력이 좋은 묘사로 연결된다.

묘사는 연결 능력에 따라 승부가 갈린다. 묘사하려는 대상과 비유할 만한 대상을 제대로 연결해야 빛을 발한다. 자신이 묘사하려는 대상을 어떤 것과 연결해 표현하면 좋을지 끊임없이 생각해야 한다. 그렇게 하려면 단어의 속성을 꿰뚫을 수 있어야 한다. 메밀꽃을 소금과 연결지어서 표현하는 것처럼 말이다.

연결짓는 방법을 훈련할 때 자주 사용하는 방법은 서로 다른 사물을 놓고 공통점을 찾는 것이다. 여러 가지 사물의 단어를 나열하고 그것들이 가지는 표면적인 특징과 속성들을 살펴보며 공통점을 찾는 훈련을 해보라. 뜻밖에 다양한 연결점이 생기는 것을 알 수 있다.

묘사를 할 때는 남에게 자세히 이야기해준다는 생각으로 해야 한다. 되도록 단문을 사용해야 한다는 것도 잊어서는 안 된다. 속성과 본성을 제대로 파악하지 않고 구사하는 미사여구보다 자신이 알고 있는 어휘 안에서 풀어내는 것도 필요하다. 그렇지 않으면 묘사라는 핵심은 빠뜨리고 아름답게만 장식하려는 마음이 앞선다. 어설픈 묘사는 하지 않는 것이 낫다. 묘사하지 않아도 될 것은 과감히 버려야 한다. 자신이 표현하려는 핵심만 묘사하면 된다는 생각으로 접근하는 것이 옳다.

묘사할 때 명상을 활용하는 것도 좋다. 명상은 마음을 차분히 하고 내면을 꿰뚫어 보게 하는 효과가 있다. 글쓰기 전 명상은 복잡한 머릿속을 진정시키고 마음을 안정시킨다. 그래서 내가 서술하려는 대상을 유심히 관찰할 수 있다.

명상을 통해 묘사를 하려면 다음과 같은 순서를 참고하면 좋다.

❶ 눈을 감고 심호흡을 하여 마음을 가다듬는다. 이것을 반복한다.

❷ 묘사하고자 하는 대상에 집중한다.

❸ 대상의 외면과 내면을 깊이 관찰하며 생각과 이미지가 떠오르도록 한다.

❹ 서술하고자 하는 중심 내용과 연관 지어 이미지가 또렷하게 생성될 때까지 조용히 생각해본다.

❺ 마음이 준비되면 눈을 뜨고 묘사를 시작한다. 이때는 생각하지 말고 오직 떠오른 이미지에 집중하며 쏜살같이 적어야 한다.

여러 가지 사건을 묘사하려면 영화 기법을 이용하면 효과적이다. 먼저 내가 극장 안에 앉아 있다고 상상하는 것이다. 스크린에 내가 쓰려고 하는 장면의 영화가 상영되고 있다고 생각해본다. 그때 지나가는 이미지를 잘 살피며 묘사하려는 장면에서 영상을 정지시킨다. 정지된 화면에 집중하며 묘사하면 된다.

묘사에 왕도는 없다. 여러 가지 방법을 시도해보며 자신에게 가장 잘 맞는 방법을 찾아 해보면 된다. 묘사는 한두 번 써본다고 해서 쉽게 되지 않는다. 그러므로 좋은 글이 될 때까지 무한 반복해서 써보겠다는 마음으로 접근해야 한다.

: 문장도 날씬한 게 좋다 :

어렸을 때 아버지께서는 약주를 드시면 일장 연설을 하곤 하셨다. 5남매를 앉혀두고 삶에 교훈이 될 만한 말씀을 들려주셨다. 때로는 혹독한 꾸지람으로 눈물을 쏙 빼놓을 때도 있었다. 그래도 훈계가 빨리 끝나면 잠깐의 고통은 어느새 사라졌다. 어떤 날은 날이 새도록 끝날 줄 모르는 때가 있었다. 다양한 삶의 이야기를 전해주면 좋으련만, 그런 날은 했던 말이 또 이어지고 한없이 반복되었다. 안 들어도 무슨 이야기인 줄 다 알지만 꼼짝없이 앉아 그 이야기를 다 들어야 했던 고역은 아직도 잊히지 않는다.

아무리 좋은 이야기도 계속해서 들으면 싫증이 나는 것처럼 글도 마찬가지다. 같은 이야기를 한 문장에 반복해서 쓰는 것은 한 이야기 또 하는 것과 같은 이치다. 그러면 지루해진다. 술 취한 사람이 횡설수설하는 것을 맨정신으로 듣는 것과 비슷하다. 그러므로 글을 쓸 때는 의미나 단어, 구절이 반복되지 않도록 신경 써야 한다.

처음 글을 쓰다 보면 중복된 표현을 자신도 모르게 쓰게 된다. 그러면 세련미가 없어질뿐더러 읽기에도 불편하다. 더 멋진 글을 쓰려면 중복된 표현을 쓰지 않는 훈련을 해야 한다. 대부분 습관적인 면이 크기에 조금만 신경 쓰면 얼마든지 고칠 수 있다.

가장 많이 범하는 실수가 단어의 중복이다. 같은 단어를 한 문장에 남발하는 경우다.

> 미래자서전을 제대로 쓰려면 미래자서전에서 이야기하는 장점을 잘 살펴 서술해야 멋진 미래자서전을 만들 수 있다.

미래자서전이라는 말이 세 번이나 반복된다. 이때는 같은 의미로 쓰이는 다른 단어를 찾거나 삭제해야 한다.

> 미래자서전을 제대로 쓰려면 장점을 잘 살펴 서술해야 멋지게 만들 수 있다.

문단에서의 반복도 줄여야 한다. 앞 문장에서 했던 말을 이어서 똑같이 이야기하는 경우다. 이럴 때는 같은 의미를 지닌 다른 어휘로 바꾸어 쓰면 좋다. 불필요하다면 과감히 삭제하는 것이 낫다.

> 회사에 입사해 3년 정도 지나면 서서히 싫증이 난다. 누구나 3년 차가 되면 다른 회사를 기웃거린다.

뒤 문장에서 '3년 차'를 이렇게 수정해보자.

> 회사에 입사해 3년 정도 지나면 서서히 싫증이 난다. 이때쯤이면 누구나 다른 회사를 기웃거린다.

같은 의미의 말이 반복되고 있는지도 살펴야 한다. 단어가 같지 않더라도 의미가 같으면 반복이다. 이럴 때도 다른 단어로 대체하거나 삭제하면 된다. 중복을 피해서 써야 세련된 글이 된다는 것을 잊지 말자.

> 그는 보기와는 다르게 밤새도록 인터넷 서핑을 즐기느라 날 새는 줄 모른다는 말을 들었다.

앞의 글에서 중복된 단어가 무엇인지 발견했는가? 소설가 이외수의 설명인데 '밤새도록'과 '날 새는'이 중복이다. 여기선 '밤새도록'을 빼는 것이 좋다.

그는 보기와는 다르게 인터넷 서핑을 즐기느라 날 새는 줄 모른다는 말을 들었다.

처음 글을 쓰는 사람은 대부분 앞에 했던 말을 이어가려는 습성이 있다. 접속사를 남발하는 것이 그 증거다. 또한 '것', '도', '등'의 조사도 빈번하게 사용한다. 자신이 쓴 글에서 접속사와 '것', '도', '등'을 모두 제거해보라. 그리고 나서 읽어보라. 그래도 충분히 말이 되고 멋진 글이 되지 않는가?

: 겉돌지 않고 파고들도록 써라 :

앞에서 툭툭 던지듯 간결한 문장을 쓰면 좋다고 이야기했다. 여기서 한 가지 짚고 넘어가야 할 것이 있다. 간결하다는 것이 자세하지 않다는 의미는 아니라는 것이다. 간결하게 쓰되 읽는 이가 이해할 수 있도록 구체적으로 써야 한다. 글만 읽어도 묘사하는 장면이 머릿속에 그려질 정도면 좋다. 글쓴이가 전하려는 메시지가 또렷이 떠오를 정도로 자세하게 써야 한다.

글쓰기란 독자에 대한 배려에서 출발한다. 글쓰기를 함께하는 학생들에게 마르고 닳도록 이야기하는 것이 이 부분이다. 배려하는 글쓰기를 해야 독자가 글을 읽고 이미지를 또렷이 연상할 수 있다. 글만으로도 저자의 메시지를 명확하게 이해하고 꿰뚫을 수 있도록 해야 한다. 그런 글이 배려하는 마음으로 쓴 글이다.

배려는 상대방에 초점을 맞춰야 할 수 있다. 자기 입장에서 바라보면 온전한 배려를 할 수 없다. 예컨대 소와 사자가 결혼을 했다고 하자. 둘은 서로 사랑했다. 소는 사자를 너무나 사랑해 자신이 좋아하는 풀을 매일 주었다. 얼마 지나지 않아 사자는 영양실조에 걸리고 말았다. 사자도 소를 사랑했다. 자신이 세상에서 제일 좋아하는 고기를 소에게 매일 주었다. 둘의 사랑은 얼마 못 가 파경에 이르고 말았다. 제대로 먹지 못한 까닭이다. 이런 배려는 오히려 독이다.

배려는 상대방 관점으로 보아야 한다. 배려하는 마음으로 글을 쓴다는 것은 읽는 사람이 쉽게 이해하고 상상의 나래를 펼 수 있도록 쓴다는 것이다. 그래서 구체적으로 써야 한다. 구체적이지 않으면 이해하기 힘들다.

예를 들어 '어느 날 시골에서 생긴 일이다'라는 표현을 하려면 어떻게 해야 할까? 그러면 그날이 어떤 날인지 자세히 표현하는 것이다. 봄인지 가을인지, 비가 오는 날인지 바람 부는 날인지, 시골로 여행을 갔을 때인지, 자기 집인지 할아버지 댁인지. 그리고 어떤 일이 있었는지 구체적으로 적어야 한다. 구체적으로 쓴다는 것은 읽는 이로 하여금 이미지가 떠오를 수 있도록 쓰는 것을 말한다. 시골 풍경에 대하여 쓴다면 글을 읽는 사람의 머릿속에 시골 이미지가 그려져야 한다.

> '**잘 만든** 테이블 위에 **사랑스러운** 깔개가 놓여 있다.'는 식으로 쓰지 말라. 굵은 글씨로 쓴 두 단어는 글쓴이의 의견일 뿐이다. 그저 온전하게 원래의 모습을 충실히 묘사하라. '포마이카 테이블 위에 흰색 깔개가 놓여 있다. 방금 무릎까지 올라오는 양말을 신을 여자가 지나갔다. 그녀는 윗입술 위에 검은 점이 있고 길게 땋은 머리는 가죽 허리띠를 스친다.'
>
> – 《글쓰며 사는 삶》, 나탈리 골드버그

잘 만든 테이블은 어떤 테이블인지, 사랑스러운 깔개는 어떤 깔개인지를 적는 것이다. 이렇게 자세하게 표현해야 읽는 이도 어떤 내용인지 쉽게 이해할 수 있다.

자신의 삶을 이야기할 때에도 같은 규칙이 적용된다. 표현하려는 인물이 있다면 그 사람에 대해 자세히 표현해야 한다. 인물의 외형적인 묘사뿐만 아니라 성격, 가치관, 인생관도 자세히 표현하도록 신경 써야 한다. 그 인물이 나의 삶에 어떤 영향을 끼쳤는지까지 표현하면 더 의미가 있다. 그래야 나의 삶이 이해되고 글을 읽는 사람은 저자의 전체적인 삶을 이해할 수 있다.

만약 성격을 표현한다면 '아버지는 성격이 대쪽 같았다'라고 끝내지 말고, 아버지 성격이 대쪽 같았던 사건이나 에피소드를 스토리로 풀어가는 것이 훨씬 효과적이다. 이렇게 구체적으로 글을 썼을 때 독자는 저자가 전하는 메시지를 이해할 수 있다. 이렇게 쓴 글이 배려의 마음이 녹아 있는 글이다.

박적골엔 이렇게 두 양반집과 열여섯인가 열일곱 호의 양반 아닌 집이 있었지만 지주와 소작인으로 나누어져 있진 않았다. 바위라고는 하나도 없이 능선이 부드럽고 밋밋한 동산이 두 팔을 벌려 얼싸안은 듯한 동네는 앞이 탁 트이고 벌이 넓었다. 넓은 벌 한가운데를 개울이 흐르고, 정지용의 시 말마따나 '옛 이야기 지줄대는 실개천'은 아무 데나 있었다. 우리 집에서 뒷간에 가려도 실개천을 건너야 했다. 실개천은 흐르다가 논을 만나면 곧잘 웅덩이를 만들곤 했는데 우리는 그걸 군우물이라고 해서 먹는 우물과 구별했다. 지금 생각하니 소규모의 저수지가 아니었던가 싶다. 거의 흉년이 들지 않는 넓은 농지는 다 우리 마을 사람들 소유였다.

- 《그 많던 싱아는 누가 다 먹었을까》, 박완서

저자가 열여덟 살까지 살았던 마을을 표현한 내용이다. 짧은 글이지만 실감 나는 묘사와 더불어 마을의 특성까지 잘 표현하고 있다. 이렇게 구체적으로 표현하면 글을 읽는 사람은 저자가 의도한 것을 잘 이해하게 된다.

간결하게 쓰되 구체적인 표현을 하도록 신경 써야 한다. 자신만 아는 이기적인 글에는 이제 그만 작별을 고하자. 누구나 읽어도 쉽게 이해할 수 있도록 배려하는 마음으로 쓰자. 그런 글을 쓸 때 혹시 아는가? 우리나라를 뒤흔드는 작가가 될 수 있을지.

: 고치고, 고치고, 고쳐라 :

좋은 글이란 고쳐 쓰기가 좌우한다. 살아 있는 글, 완성도 있는 글, 좋은 글은 얼마나 심혈을 기울여 고쳐 썼느냐에 따라 달라진다. 헤밍웨이가 "초고는 걸레다"라고 말한 것도 글은 고쳐야 한다는 의미다. 처음 글은 걸레 같으니 이제는 깨끗하게 세탁해 말끔하게 정리해야 한다는 뜻이다. 헤밍웨이는 자신의 말에 책임을 졌다.

《노인과 바다》를 200번이나 고쳤으니 목소리를 높일 만하다. 그리고 노벨상도 타지 않았는가 말이다.

모든 작가는 고쳐 쓰기를 강조한다. 《갈매기의 꿈》을 쓴 리처드 바크의 말이다. "내 최고의 작품은 반복적으로 쓰고 다듬어서 만들어진다. 나는 글을 쓰면서 단번에 좋은 작품을 쓰려는 욕심을 버린다."

《글쓰기 생각쓰기》의 저자 윌리엄 진서는 더 강력한 말을 던진다. "글쓰기가 단번에 완성되는 '생산품'이 아니라 점점 발전해가는 '과정'이라는 것을 이해하기 전까지는 글을 잘 쓸 수 없다."

고쳐 쓰는 과정에서 글이 발전한다는 사실을 기억해야 한다. 딱! 고쳐 쓰는 데 정성을 들인 만큼이다. 그 이상도 이하도 아니다.

고쳐 쓰기를 하려면 원고를 세심하게 들여다보아야 한다. 초고는 후루룩 썼다면, 고쳐 쓰기에서는 꼼꼼히 따지고 살펴야 한다. 소설가 안정효의 말을 들으면 더 이해하기 쉽다.

> 실내장식은 터 닦기나 골격 만들기보다 조금도 쉽지 않다. 장식하기에는 짓기보다 오히려 더 많은 정성과 세심한 공이 들어간다.
> - 《글쓰기 만보》, 안정효

고쳐 쓰기는 실내장식과 같다는 것이다. 아주 작은 것까지 세심하게 살펴야 한다는 뜻이다.

어떻게 하면 좋은 글로 거듭나게 고쳐 쓸 수 있을까? 먼저 숙성의 시간을 가져야 한다. 최소한 사흘 정도는 묵혀둘 필요가 있다. 왜냐하면 사고하는 방식과 바라보는 시점에 변화가 일어나야 하기 때문이다. 숙성의 시간 없이 원고를 고치려 하면 고칠 것이 잘 보이지 않는다. 글을 쓸 때와 생각에 차이가 없어서 그렇다. 숙성의 시간을 가져야 의식의 변화가 생긴다. 그래야 고칠 부분이 발견된다.

소리 내어 읽어보며 원고를 고쳐보는 것도 좋다. 소리 내어 읽으면 원고를 천천히 꼼꼼하게 볼 수밖에 없다. 그러다 보면 맞춤법이나 문법적으로 어색한 문장이 발견된다. 미흡한 내용이나 빠뜨린 부분도 보인다. 불필요하게 들어간 문장이나 내용은 과감하게 삭제하면 된다. 중국의 문장가 구양수는 글을 쓴 후 벽에 붙여놓고 틈나는 대로 고쳤다고 한다. 그런데 완성된 어떤 글은 처음 썼던 글 중 단 한자도 남아 있지 않았다는 이야기가 전해진다. 조금이라도 좋은 문장으로 고쳐 쓰기를 반복한 결과이니 분명히 더 좋은 글이 탄생한 것은 자명하다.

긴 문장은 짧게, 같은 이야기 단위로 묶고 해체하는 작업도 필요하다. 주어와 술어가 호응하는지도 살펴야 한다. 많이 고칠수록 좋지만 최소한 세 번 정도는 고칠 마음을 품어야 한다. 첫 번째 글을 고칠 때는 주제에 부합하는지 살피고, 두 번째는 글의 흐름을 살피며 문단을 점검하고, 세 번째는 문장과 단어를 정돈한다. 큰 틀에서 점점 작고 세밀한 점검으로 이어가는 것이 좋다.

컴퓨터로 글쓰기를 하는 사람이라면 고쳐 쓰기를 할 때는 출력해서 보기를 권한다. 모니터로 보는 글과 프린트해서 보는 글은 많이 다르다. 출력해서 보는 글이 훨씬 더 잘 보이고 고쳐 쓰기도 편하다. 주위 사람들에게 원고를 보여주고 의견을 들어보는 방법도 필요하다. 객관적인 입장에서 원고를 보면 더욱 효과적으로 접근할 수 있다. 나는 글을 쓰면 항상 아내에게 보여준다. 아내가 국어교육학과 출신이라 그 덕을 톡톡히 보고 있다. 때로는 과도한 지적으로 사기를 떨어뜨릴 때도 있지만, 예리하게 검토해주니 많은 도움이 된다.

아무리 형편없는 글이라도 고치고 고치면 좋아지지 않을 수가 없다. 그때까지 뼈를 깎는 인내로 고쳐 써라. 좋은 글을 쓰는 왕도는 없지만 조금이라도 좋은 원고로 거듭나게 할 수는 있다. 바로 고쳐 쓰는 것이다.

: 남김없이 발가벗어라 :

활자가 살아 있다면 독자의 마음은 저절로 움직인다. 운동력을 지니고 있기에 심령 골수를 꿰뚫는다. 신경계까지 영향을 끼치므로 삶의 변화는 자연스레 따라온다. 그런 글이 살아 있는 글이다. 글을 쓰는 사람이라면 어떻게 해서든 살아 숨 쉬는 글을 쓰려고 노력해야 한다.

살아 있는 글이란 인공적이지 않은 글을 말한다. 양식이 아니라 자연산이다. 제아무리 환경이 좋은 곳에서 길러도 양식은 양식일 뿐이다. 절대로 자연산을 따라갈 수 없다. 사람들이 회를 먹을 때 비싼 돈을 내고서라도 자연산을 먹으려는 이유가 여기에 있다. 한 입만 먹어도 자연산인지 아닌지 알 수 있다. 맛이 다르기 때문이다.

글도 양식과 자연산이 있다. 양식은 가공된 글이다. 한마디로 진실하지 않은 글, 가면으로 얼룩진 글이다. 이런 글은 살아 움직이지 못한다. 사람들의 마음을 요동치게 하지 못하고 자신도 변화시킬 수 없다. 성공에만 눈이 멀어 글을 쓰면 가식적일 수밖에 없다. 수단과 방법을 가리지 않기에 그렇다. 욕심에 사로잡히면 자신도 모르게 가식적으로 변한다. 그래서 애초부터 가식적인 글은 쓰지 않겠다는 확고한 마음을 품어야 한다.

자연산은 진실한 글이다. 진실이 담긴 글은 힘이 있다. 참된 마음바탕에서 흘러나오는 삶의 진수가 담겨 있기에 그렇다. 어떤 것과 견주어도 경쟁력이 있다. 기교와 필력은 전혀 상관없다. 가식적인 이야기에 제아무리 멋진 어휘와 필력으로 덧입혀도 금세 바닥이 드러난다. 오직 참된 삶의 모습에서 우러나오는 진국만이 변화를 일으킬 수 있다.

진실한 글은 진실한 삶에서 나온다. 그래서 글을 쓰는 사람의 삶이 참되어야 한다. 영혼부터 몸까지 참된 삶을 살도록 힘써야 한다. 참되지 않은 삶에서는 진실한 글이 나오지 않기 때문이다.

자연산은 삶을 솔직하게 표현하는 데서 비롯된다. 발가벗었다는 생각으로 다 보여주는 글이다. 세계적인 글쓰기 강사 나탈리 골드버그는 《뼛속까지 내려가서 써라》에서 "벌거벗은 자만이 진실을 쓸 수 있다"고 말한다. 이 말에 적극 공감한다. 발가벗겨진 기분을 나도 알기에 그렇다.

처음 내 삶의 이야기를 써야겠다고 마음먹고 펜을 들었을 때다. 어린 시절부터 평탄치 않았기에 감추고 싶은 이야기가 많았다. 내세울 만한 학벌이나 경력조차 없어서 모든 이야기를 털어놓기가 쉽지 않았다. 하지만 용기를 냈다. 내 삶의 이야기를 가감 없이 글로 풀어냈다. 그 글을 혼자 읽을 때는 괜찮았다. 하지만 주변 사람들과 독자들에게 전해주고 나니 쥐구멍이라도 있으면 숨고 싶은 심정이 되었다. 정말 발가벗겨진 기분이었다. 그런데 놀라운 것은 다른 사람들은 내 삶에 그다지 관심이 없었다는 점이다. 나는 부끄러워 숨고 싶어지는 대목도 아무렇지 않게 스쳐 지나갔다. 괜스레 나만 호들갑을 떤 꼴이었다. 그 뒤로는 어떤 이야기도 솔직하게 털어놓을 수 있었다. 나는 함께 공부하는 사람들에게 농담처럼 질문을 던진다. "발가벗겨진 것을 본 사람이 부끄러울까, 아니면 발가 벗은 사람이 부끄러울까?"

어느 쪽이라고 생각하는가? 대부분 발가벗은 사람이 부끄러워할 것이라 여기지만 사실은 그렇지 않다. 그것을 본 사람들이 오히려 부끄러워하는 경향이 있다. 그러니 어떤 삶이라도 진실하게 표현 해야 한다. 진실한 삶을 살았다면 더 부끄러워할 필요가 없다. 행 여 지금까지 진실한 삶을 살지 않았다면, 깨끗이 무릎 꿇고 사과하 고 용서를 비는 글을 쓰면 된다. 그리고 남은 삶을 진실하게 살면 된다. 그런 삶에서 살아 있는 글이 나온다.

결국 살아 있는 글이란 참된 삶에서 가감 없이 표현되는 진실함 으로 탄생한다. 무엇보다 진실하게 써야 한다는 생각으로 접근하 면 당신도 살아 숨 쉬는 글의 주인공이 될 수 있다.

작가는 세상을 디자인하는 사람이다_
글쓰기의 이정표, 집필 계획서_
다 아는 얘기는 아무도 읽지 않는다_
읽을 사람의 언어로 쓴다_
경쟁도서보다 한 발 더 나간다_
대부분 독자는 제목을 보고 책을 선택한다_
차례에서 사로잡지 못하면 본문을 읽힐 기회도 없다_
출판사에 프러포즈하기_
호기심보다 센 건 없다_
뒤통수를 쳐라_
도입부, 강력한 훅으로 끌어당겨라_
중간, 흥미진진한 전개로 혼을 빼놓아라_
결말, 울림과 반전의 묘미를 보여줘라_
프롤로그는 안달하게 써라_
에필로그는 포근하게 써라_

PART 3

내
책이
나오다

7장

출판사에 원고를
넘기기까지

: 작가는 세상을 디자인하는 사람이다 :

책 한 권으로 인생이 바뀔 수 있다. 많은 사람이 자신의 저서 한 권으로 인생을 바꾸었다. 하지만 이런 경우는 흔하지 않다. 어떤 저자는 책 한 권 내고 그만인 경우도 있다. 그래서 책을 펴낸 후에도 다양한 후속 조치를 계획하며 나아가야 한다. 지속적으로 책을 쓰는 작업을 이어갈 것인지, 아니면 책을 통해 더 나은 세계를 디자인하고 도전할 것인지 살펴야 한다.

책을 펴내면 강연 의뢰로 이어지는 경우가 많다. 이때 준비된 강연자라면 효과적인 강연으로 이어질 수 있다. 한 번 성공적인 강연을 하고 청중을 사로잡으면 입소문을 타고 강연자의 삶으로 이어질 수 있다. 어떻게 준비하고 대비하느냐에 따라 앞으로 삶이 달라진다.

저서는 하나의 학위와 맞먹는 위력을 가진다. 그러니 강연 시장에 자신의 저서를 가지고 어필하는 것도 필요하다. 강연계의 블루칩 김미경은 처음 강연 시장에 뛰어들 때 자신의 프로필과 강연 원고를 기업의 강연 담당자에게 일일이 보냈다고 한다. 그렇게 해서 강연이 시작되었다. 강연 원고를 쓰고 수도 없이 예행연습을 하며 준비한 결과 지금의 자리에 있게 됐다.

저자가 된 후 독자의 손길을 외면해서도 안 된다. 저자를 만나 책 이야기와 조언을 듣고 싶어 하는 독자가 있다면 만사 제치고 감사한 마음으로 다가가야 한다. 책은 하나의 세계다. 독자는 책을 통해 하나의 세계를 만나고 저자를 통해 그 세계를 더 생생하게 느끼고 싶어 한다. 세상은 단 한 사람이라도 제대로 된 사람이 있으면 변하게 되어 있다. 많은 사람이 세상을 변화시키는 게 아니다. 시대를 앞서 가고 바른 가치관과 투철한 국가관을 가진 한 사람이 필요한 시대다. 그 한 사람이 자신의 책을 읽고 변화를 일으킬 수 있다. 그러니 강연장에 있는 단 한 사람의 변화를 위해서라도 열정을 쏟아 부어야 한다. 한 사람이 변하면 세상이 변한다.

자신의 책을 통해 선한 영향력을 끼쳐야겠다는 생각을 품는 것도 필요하다. 사람은 죽어도 책은 남는다. 시대도 뛰어넘는다. 대대로 이어지는 책이 될 수도 있다. 그런 소중한 책에 선하고 긍정적인 영향을 끼치는 것을 담아내도록 힘써야 한다. 입력된 정보에 따라 사람은 달라진다. 당신의 저서를 통해 세상이 어떤 영향을 받고 변화될지 생각하며 글을 써야 한다. 책 너머의 세계를 바라보며 글을 쓸 때 가치 있는 글을 쓸 수 있다. 단 한 사람과 사회, 나라, 세상을 변화시키는 씨앗이 당신의 펜에 달렸다. 그것을 잊지 마라. 그런 가치 아래 글을 써야 진정한 저자라 불릴 수 있다.

: 글쓰기의 이정표, 집필 계획서 :

책을 쓰겠다는 생각은 있지만, 아무런 계획 없이 무작정 집필에 들어가면 실패할 확률이 높다. 언제 시작하고 언제 끝낼지, 어떤 내용을 어떤 형식으로 할지 구체적인 그림을 그려놓지 않으면 결국엔 지쳐 나가떨어지기 쉽다. 이때 필요한 것이 집필 계획서다.

출간 계획서라고도 불리는 집필을 위한 계획서는 어떻게 만들면 될까? 가장 먼저는 이 책을 어떻게 만들면 좋을지 생각해보아야 한다. 예상 페이지, 책을 어떻게 만들 것인지 제작 방향이나 내용 편집 등을 생각하며 전체적인 흐름을 파악하는 것이다. 보편적으로 집필을 위한 계획서에는 다음과 같은 것들이 포함된다.

첫째, 무슨 이야기를 하고 싶은지 정확하게 적어둔다. 이것이 명확하지 않으면 집필할 때 삼천포로 빠질 확률이 높다. 경쟁도서와 차별화시킬 것과 전체적인 핵심 메시지도 함께 적어놓는다.

둘째, 책의 제목을 정하는 것이다. 제목은 책의 메시지다. 제목이 있으면 책의 흐름을 놓치지 않는다. 이왕이면 책상 앞에 크게 써 붙여놓아라. 물론 저자로서 자기 이름을 써넣는다. 저절로 동기부여가 될 것이다.

셋째, 샘플 원고를 한 편 써넣는다. 샘플 원고는 문체를 확정 짓게 하고 원고의 성격을 알 수 있게 한다. 나는 경어체로 쓸 것인지 아닌지도 이것으로 결정한다. 원고의 성격에 따라 샘플 원고를 쓰다 보면 어떤 글이 어울리는지 발견할 수 있다. 처음부터 쉬지 않고 글을 쓰면 상관없지만 집필 기간이 길어지면 원고의 성격이나 문체가 헷갈릴 수 있으므로 꼭 적어두는 것이 좋다.

넷째, 예상 독자층을 적어둔다. 누가 읽으면 좋을지가 명확해야 그에 따른 원고를 쓸 수 있다.

다섯째, 마감시한을 적어둔다. 마감시한이 없는 집필 계획서는 장전하지 않은 총탄과 같다. 마감시한이 있어야 몰입할 수 있다.

주변 사람들에게 알리는 것도 하나의 방법이다. 다른 사람의 시선 때문에라도 지키려고 힘쓰게 되기 때문이다. 그렇지 않으면 한없이 늘어져 결국에는 펜을 놓고 만다.

여섯째, 책 제작에 대한 아이디어나 방향을 적어두는 것도 좋다. 자신이 원하는 편집 방향이 있으면 꼭지당 원고를 조절할 수 있고 서체도 제안할 수 있다. 출판사와 책 제작을 의논할 때 상당한 도움이 된다. 출판사가 전체적인 책을 만들지만 원고의 성격이나 내용을 저자만큼 잘 아는 사람은 없다. 그러니 자신만의 제작 방향을 미리 생각해봐야 한다.

일곱째, 내가 쓰려는 이야기와 견주어 이겨낼 만한 타깃 도서를 선정하는 것이다. 타깃 도서는 경쟁상대가 되는 책이다. 타깃 도서를 통해 그 책에는 없는 것을 보충하며 차별화한다는 전략으로 접근할 수 있다. 견주어 이겨낼 상대 도서는 자신이 원하는 판매량을 설정할 수 있다는 장점이 있다. 누구나 베스트셀러를 꿈꾸지만 막연한 베스트셀러보다는 경쟁상대가 있으면 더 효과적이고 동기부여가 된다. 세상 어디에도 없는 유일한 책이라면 굳이 타깃 도서를 선정할 필요는 없다.

: 다 아는 얘기는 아무도 읽지 않는다 :

내면의 변화를 넘어 작가에 도전해보겠다고 벼르는 당신. 책을 쓰고 싶다면 먼저 무엇을 쓸 것인가에 대한 명확한 답이 있어야 한다. 책은 쓰고 싶다는 마음만으로는 쓸 수 없다. 제아무리 간절한 소망도 구체적이지 않으면 아무것도 얻을 수 없다. 어디로 가는지도 모른 채 길을 나서면 원치 않는 길로 갈 것은 자명하다. 책 쓰기도 다르지 않다. 자신이 하고 싶은 이야기가 분명해야 시작할 수 있다.

베스트셀러 작가 공지영은 무엇을 쓸 것인지 정하는 것이 중요하다며 이렇게 말한다.

제목을 먼저 정해야 창작이 시작된다. 또 작품의 시작부터 마지막 장면까지가 머릿속에 자막을 곁들인 영상으로 거의 전부 그려진 후에야 글쓰기를 한다. 그래서 구상 시간은 길지만 실제 장편소설 한 편 쓰는 데 소요되는 시간은 3개월이면 충분하다는 것이다.

- 〈주간경향〉, 2008년 5월 6일 자

책 한 권을 펴낸다는 것은 대단한 일이다. 어떤 이는 산고에 비유하기도 한다. 그만큼 고통이 뒤따른다는 이야기다. 반면 책을 쓴 후 얻는 기쁨도 크다. 힘들게 아이를 낳은 후 그 기쁨은 세상 무엇과도 비교할 수 없다. 동시에, 고통의 크기를 알기에 책 쓰기에 쉽게 도전하지 못한다. 하지만 나는 책을 써야겠다는 불타는 열정만 있다면 누구나 쓸 수 있다고 생각한다. 다만 자신의 삶이나 관심 분야, 경험을 가지고 무슨 이야기를 하고 싶은지를 분명하게 찾고 난 후에야 가능하다.

내가 무슨 이야기를 하고 싶은지 알아야 책 쓰기가 시작될 수 있다. 여기서 한 가지 짚고 넘어갈 것이 있다. 매우 중요하다. 과연 그것이 독자의 흥미를 끌 수 있느냐는 것이다. 내가 하고 싶은 이야기가 독자들이 귀를 기울일 만한 이야기인지 살펴야 한다. 나는 재미있고 유익한 이야기라고 목소리를 높이지만 듣는 이가 시큰둥하다면 실패할 확률이 높다. 독자의 시선을 끌지 못할 원고는 그전에 출판사의 까다로운 검열에서 낙오된다. 저자로 거듭나고 싶다면 자신만의 강점이 무엇인지 살펴야 한다. 필살기 하나쯤은 있어야 이목을 끌 수 있다. 다른 사람들도 인정할 만한 것이어야 한다. 그것을 증명하거나 검증할 수도 있어야 한다.

자신이 자영업자라면 차별화된 장사수완이나 성공 과정의 경험담을 들려주는 것이 좋다. 이미 많은 사람이 노점상, 야채가게, 학원 경영 등을 책으로 펴내 성공가도를 달리고 있다. 직장인이라면 자신의 업무나 직장생활에 대한 남다른 시각이나 관점, 노하우를 풀어내는 것도 하나의 방법이다. 직장 내 소통, 연애, 인간관계, 독특한 기획안 등 다양한 분야에 접근할 수 있다. 이 밖에도 전문가, 학생, 주부 등 자신이 몸담거나 관심 있는 분야에서 남다른 통찰력으로 접근하면 차별화된 콘텐츠를 개발할 수 있다.

다음 질문에 답하면서 무슨 이야기를 하고 싶은지 찾아보도록 하자.

- 내가 가진 재능이나 지식, 기술, 경험, 스토리텔링 중 성공적이고 차별화된 능력은 무엇인가?
- 그 능력에 대해 누구도 흉내 낼 수 없는 나만의 필살기는 무엇인가?
- 다른 사람들은 그 능력을 어떻게 평가하고 인정하는가?
- 그 능력이 어떤 면에서 효과적이라고 할 수 있는가?
- 그것을 접하는 사람은 어떤 효과를 누릴 수 있다고 생각하는가?
- 그것을 풀어낼 만한 경험과 지식, 스토리, 자료가 있는가?

이상의 여섯 가지 질문에 자신 있게 답을 내릴 수 있다면 과감히 도전할 만하다. 아직은 그것을 제대로 발견하지 못했지만 그럴만한 잠재 능력이 있다고 여겨도 괜찮다. 정복할 목표가 정해졌으니 차근차근 준비하며 나아가면 되기 때문이다. 조급해하지 말고 하나하나 준비하면 얼마든지 주제를 발견할 수 있다. 주제가 명확해야 준비도 도전도 가능하다.

나의 첫 책 《미래자서전으로 꿈을 디자인하라》는 미래자서전이라는 독특한 솔루션이 있었다. 미래자서전이라는 도구로 미래를 설계해 꿈을 이루어가는 과정을 스토리로 만들어 글로 쓰는 것이었다. 지금까지 살아온 삶을 점검하고, 아직 살지는 않았지만 앞으로의 삶은 자신이 원하는 모습을 상상해 글로 적는 것이다. 태몽부터 유언장까지 쓴다. 유언장을 쓸 때는 철부지들이 숙연해하며 진지하게 삶을 바라보는 것을 느꼈다.

그런 일련의 과정을 경험하면서 책으로 쓰면 충분히 출간될 가능성이 있다고 판단했다. 그때부터 준비가 시작되었다. 미래자서전과 관련된 책과 논문을 찾았다. 국회도서관에 접속해 논문을 일일이 복사해 읽으며 이론의 토대를 쌓았다. 학생들을 가르친 결과물과 과정만으로도 글을 쓸 수 있었지만 좀 더 체계적인 이론으로 접근해야 할 것 같았다. 수많은 자료를 찾고 정리하는 과정에서 탄탄한 스토리를 구성할 수 있었다. 그리고 쓰기 시작했다.

유명세를 타지 않은 상태였지만 과감히 도전한 결과는 놀라웠다. 아무런 배경지식이 없었는데도 책 쓰기와 관련된 책 한 권을 읽고 거기서 알려준 대로 출판사 문을 두드렸다. 메일을 보낸 며칠 후 기적같이 전화벨이 울렸다. 그렇게 첫 책이 탄생했다.

처음에는 '이것이 책으로 출간될 수 있을까?' 반신반의했지만 기우였다. 이 글을 읽는 당신도 세상에 내놓을 만한 이야기가 있다면 도전해보아야 한다. 도전해야 그에 따른 결과물이 나온다. 앞으로 어떤 일이 일어날지는 아무도 모른다. 단 도전하고 시도하는 자에게만 기회가 있다는 것만큼은 분명하다. 산을 올라야 일출을 볼 기회가 있고 슛을 날려야 골을 넣을 기회가 생긴다. 기회를 얻어야 결과물도 얻을 수 있다.

: 읽을 사람의 언어로 쓴다 :

하고 싶은 이야기가 정해졌다면 누구에게 들려줄 것인지 타깃을 분명히 해야 한다. 예상 독자층이 분명하지 않으면 좋은 원고를 쓸 수 없다. 초등학생을 대상으로 하는 책이라면 거기 어울리는 어휘가 필요하다. 초등학생에게 성인들이 쓰는 용어로 접근하면 실패한다.

내 이야기를 읽어줄 독자가 누구인지에 따라 접근방식도 다르다. 하버드에서 글쓰기를 가르친 바버라 베이그의 글쓰기 기술 두 번째가 자신의 독자들을 고려하는 것이라고 했다. 독자를 고려하는 기술이란 독자의 특성을 정확히 살피는 데서 시작된다. 그들의 언어로 필요욕구를 충족시키는 글을 써야 한다는 얘기다.

나의 두 번째 책 《스무 살, 버리지 말아야 할 것들》의 독자층은 이십대를 지나고 있는 청춘들이다. 하지만 초고를 집필할 때는 욕심이 앞섰다. 청소년과 청춘이라는 두 세대를 아우르는 책이면 좋겠다고 생각했다. 과욕은 화를 불러왔다. 청소년에게 어울리지 않는 메시지가 담길 수밖에 없었다. 청춘들에게 맞지 않는 내용도 많았다. 책이 출간되기 전 몇 군데 출판사에서 원고로 만나기를 청했다. 하지만 번번이 실패의 쓴잔을 마셔야 했는데, 그 이유가 독자층이 불분명하다는 것이었다. 청소년이나 청년들에게 꼭 필요한 메시지는 맞지만 청소년에게는 어울리지 않는 내용이 더러 있다는 것이었다. 원고 검토가 다시 이뤄졌다. 전체적인 원고 흐름상 청춘들에게 필요한 메시지가 더 많다고 결론지었다. 이때부터 청춘들을 독자층으로 삼고 대대적인 원고 재편이 이루어졌다. 원고를 고쳐 출판사에 투고하자 어렵지 않게 두 번째 책이 탄생했다.

예상 독자층이 정해졌다면 그들의 욕구를 파악해야 한다. 내가 전하려는 메시지 안에서 예상 독자들에게 무엇이 필요한지를 분석해보아야 한다. 독자의 목마름을 해결해주지 않고 내가 주고 싶은 것만 주려 하면 실패할 확률이 높다. 타는 듯한 갈증에는 물을 줘야 하는데 콜라를 주면 목마름을 가중시킬 수 있다. 독자의 욕구를 읽어내려면 내가 전하려는 메시지가 독자들에게 지금 왜 필요한지에 대해 확실한 답을 찾아야 한다. 가려운 부분을 정확히 찾아내야 하는 것이다. 그래야 긁어줘도 시원함을 느낀다. 가렵지도 않은 곳을 아무리 빡빡 긁어봐야 아프기만 하고 짜증만 난다.

예상 독자층이 정해져야 그에 따른 자료와 예화의 눈높이도 맞출 수 있다. 대상에 따라 풀어내는 어휘도 달라진다. 초등학생에게 100분 토론 같은 메시지를 전달하면 출간되지도 않을뿐더러 운이 좋아 출간되어도 독자의 선택을 받지 못한다.

예상 독자의 트렌드도 읽을 필요가 있다. 전하려는 메시지가 아무리 좋아도 타이밍이 좋지 않으면 실패할 확률이 높다. 독자층의 사회적인 흐름을 읽어내야 메시지가 살아난다. 김정현의《아버지》는 혹독한 IMF 시기를 배경으로 입소문을 타기 시작했다. 실직하고 사업에 실패하면서도 가정을 지키려는 가장들의 현실적인 무게를 소설 속에서 다룬 것이 성공요인이었다. 김난도 교수의《아프니까 청춘이다》도 마찬가지다. 불안한 현실과 불투명한 미래로 힘들어하는 청춘들에게 불안하니까, 막막하니까, 흔들리니까, 외로우니까 청춘이라며 격려하고 위로했다. 그렇게 희망을 불어넣는 메시지였기에 시대 상황과 맞물려 많은 사랑을 받았다.

선물은 받는 사람의 입장을 고려해서 줘야 의미가 있다. 책 쓰기도 선물이다. 예상 독자층이 정해졌다면 지금 독자가 원하는 것이 무엇인지, 관심을 가진 것은 무엇인지, 이들의 당면한 문제나 나아갈 방향은 무엇인지에 대한 답을 찾으며 나아가야 한다. 그들의 언어로 풀어내야 성공할 확률이 높다.

: 경쟁도서보다 한 발 더 나간다 :

세상에는 다양한 사람이 살고 있다. 내가 전하려는 메시지를 다른 누군가도 관심을 갖고 있을 수 있다. 발 빠른 사람들 중에는 내가 하고 싶어 하는 이야기를 이미 책으로 펴낸 사람이 있다. 그래서 경쟁도서를 살펴야 한다. 내가 하고 싶은 이야기를 누군가 똑같이 해서 세상에 내놓았다면 나는 그 이야기를 쓸 수 없다. 최소한 접근하는 방식이나 담아내는 그릇을 달리해야 살아남을 수 있다.

경쟁도서를 살펴 분석하려면 내가 전하려는 메시지와 관련된 책을 찾아봐야 한다. 요즘에는 온라인 서점이 발달해 집에서도 손쉽게 검색할 수 있다. 나는 대형 서점이 없는 지방에 살고 있다. 하지만 온라인 서점 덕분에 경쟁도서를 얼마든지 분석할 수 있다. 도서관을 이용하는 방법도 추천할 만하다. 많은 장서를 비치하고 있는 곳이면 온라인 서점에서도 볼 수 없는 책을 만날 수 있다. 나는 쓰려는 책이 정해지면 그와 관련된 거의 모든 서적을 뒤진다. 인터넷은 물론 도서관까지 샅샅이 살핀다. 도서관을 갈 때도 어린이도서관부터 세 군데 정도를 다니면서 다양한 계층의 도서를 살피며 정보를 얻는다.

경쟁도서는 콘셉트와 장르를 아우르며 다양한 스펙트럼으로 접근해야 한다. 한 분야에만 치중하면 효과적인 대응법을 발견할 수 없다. 장르를 넘나들며 자료를 분석하고 책을 살펴야 차별화된 콘셉트로 접근할 수 있다. 그리고 마지막으로는 자신이 쓰려는 장르에서 콘셉트가 비슷한 책을 집중적으로 분석해야 한다. 독자의 사랑을 많이 받는 책이라면 어떤 부분에 장점이 있는지, 독자들의 어떤 점을 자극하거나 도움을 주고 있는지 꼼꼼히 살펴야 한다. 반대로 부족한 콘텐츠나 보완하면 좋을 만한 아이디어가 있으면 즉각 메모해 활용해야 한다. 자신이 좀 더 내세우거나 보완할 부분, 어떤 부분에 집중할 것인지 등을 세밀하게 따져보고 분석해야 한다.

경쟁도서의 콘셉트는 어떤지, 그 책만의 특화된 메시지가 무엇인지도 살펴야 한다. 어떤 이유로 출간되었는지도 따져보라. 글의 문체나 구성 상태, 이야기를 풀어내는 형식도 살피며 분석해야 한다. 그러면 자신은 어떤 전략으로 접근해야 할지 틈이 보이고 아이디어가 떠오른다.

이왕이면 데이터가 많을수록 좋다. 경쟁이 될 만한 것이라면 무엇이든 분석해보아야 한다. 양이 많으면 많을수록 유리하다. 적을 아는 만큼 다양한 측면에서 대응할 수 있기 때문이다.

: 대부분 독자는 제목을 보고 책을 선택한다 :

책의 얼굴은 제목이다. 제목을 보고 독자는 책을 선택할지 말지 결정한다. 아무리 멋진 내용이 들어 있어도 제목이 형편없으면 외면한다. 대표적인 두 가지 예를 들어보겠다.

우리나라에서 파울로 코엘료의 인기는 하늘을 찌를 정도다. 그 인기는《연금술사》로부터 시작되었다. 원래 이 책은 1993년에 고려원에서《꿈을 찾아 떠나는 양치기 소년》이라는 제목으로 출간되었다. 하지만 그때는 독자의 사랑을 받지 못했다. 그 뒤로 2001년 문학동네에서 제목을 바꾸어 재출간했다. 그때부터 서서히 독자의 이목을 끌다 베스트셀러가 되었다. 김진명의《무궁화 꽃이 피었습니다》도 비슷한 내력을 가지고 있다. 처음 이 책은 실록출판사에서《플루토늄의 행방》이라는 제목으로 출간되었다. 하지만 별 반응이 없었다. 그러다 해냄에서 제목을 바꿔 출간한 후 밀리언셀러가 되었다. 같은 내용이지만 제목 하나 바꾼 것으로 천양지차의 결과가 나타난 것이다.

책 제목은 전체 내용을 대변한다. 전하려는 핵심 메시지를 담고 있다. 독자는 책 제목을 보고 내용을 예측한다. 그러니 출판사 편집자들은 제목 짓기가 어렵다고 아우성이다. 이런 모든 조건을 충족하며 독자를 유혹해야 하기 때문이다.

어떻게 하면 멋진 제목으로 독자의 관심을 끌 수 있을까? 정확한 답은 없지만 대체로 잘 팔리는 책들에는 공통점이 발견된다. 제목만으로도 전하려는 핵심 메시지를 파악할 수 있게 한다는 것이다. 췌장암 선고를 받은 후 강의를 묶어 책으로 엮은 랜디 포시의 《마지막 강의》가 그렇다. 제목만 보아도 더는 부연 설명이 필요 없을 정도다. 대학교수로서 마지막으로 강단에 서서 자신의 어렸을 적 꿈에 대해 나누는 내용인데, 제목만으로도 독자의 관심을 불러일으킨다.

왜 이 책을 선택해야 하는지 당위성을 제시하는 제목도 공통으로 눈에 띈다. 혜민 스님의 《멈추면, 비로소 보이는 것들》은 바쁜 세상 속에서 잠시 멈추어 서서 자기 내면을 바라보고 쓰다듬을 것을 권하는 제목이다. 자신을 사랑할 시간조차 없는 사람들에게 멈춰야 비로소 보인다고 당위성을 부여한다.

호기심을 유발하는 제목들도 많다. 책 내용을 궁금하게 해 선택하도록 유혹하는 것이다. 김정운의 《남자의 물건》 같은 제목이 대표적이다. 처음 책 제목을 들었을 때 왠지 낯이 뜨거워졌다. 저절로 호기심이 일어나면서 '어떤 내용이기에 원색적인 표현을 썼지?'라고 의문을 가질 수밖에 없었다. 하지만 책 내용은 상상과 다르게 성공적인 삶을 산 사람들의 특별한 물건에 대해 다루고 있었다. 자신을 성공적인 삶으로 이끄는 데 모티브가 된 물건들에 대한 진솔한 이야기였다. 호기심을 자극하는 제목답게 이 책도 베스트셀러가 되었다. 나의 네 번째 책 《처음부터 다시 시작할 수 있다면》도 호기심을 유발하는 제목이다. 제목을 보면 '무엇을 처음부터 시작해야 한다는 거지?'라는 의문을 갖게 한다. 살다 보면 수시로 삶에 대한 후회가 남는다. 그때마다 처음부터 다시 시작할 수 있다면 하고 자조 섞인 후회를 한다. 그런 자극으로 독자들의 관심을 끌기 위한 제목이었다.

사회적 유행을 따라가는 제목도 있다. '~길라잡이, ~따라잡기' 등. 유행을 바탕으로 지어진 제목도 독자들의 사랑을 받는다. 어떤 제목은 책에서 전하는 메시지로 위협하기도 한다. '~하지 않으면 성공하지 못한다'라는 식으로 이 책을 읽어야 성공적인 인생을 살 수 있다고 반어적으로 표현한다. 사뭇 강한 어조이지만 그 함정에 독자들은 고스란히 빠지고 만다.

제목을 뒷받침하는 부제를 활용해 독자의 관심을 끌어낼 수도 있다. 이근후의 《나는 죽을 때까지 재미있게 살고 싶다》라는 제목에 '멋지게 나이 들고 싶은 사람들을 위한 인생의 기술 53'이라는 부제를 달아 인생 후반전을 준비하는 사람들의 관심을 모았다. 부제만 봐도 나이를 먹어가면서 어떻게 살아가야 할지 방향을 제시해줄 것 같은 느낌이 든다.

이 밖에도 다양한 접근으로 제목을 뽑아내며 독자를 유혹할 수 있다. 하지만 뭐가 정답이라고 콕 집어 이야기할 수는 없다. 다만 제목이 책의 성패를 좌우하는 것은 분명하다. 머리카락을 쥐어뜯으면서라도 독자를 사로잡을 수 있는 제목을 지어야 한다.

그럼, 어떻게 하면 촌철살인의 제목을 지을 수 있을까? 제목 짓기도 훈련해야 한다. 가장 좋은 방법은 신문의 헤드라인이나 광고 카피를 필사하는 것이다. 신문 헤드라인은 하루에도 무수히 등장한다. 그 분야도 다양하다. 기사를 읽으면서 내용을 대변하는 한 줄 헤드라인을 어떻게 뽑았는지 살피는 것이다. 그리고 헤드라인을 베껴 쓰며 자신만의 언어로 다시 써보는 과정을 반복하면 좋다. 광고 카피도 마찬가지다. 신문 헤드라인보다 더 심혈을 기울인 것이 광고 카피다. 한 편의 광고를 만드는 데는 어마어마한 제작비가 들어간다. 한두 푼이 아닌 제작비를 들여서 그 이상의 효과를 거두려면 수많은 검증을 거쳐야 한다. 그래서 다양한 사람들의 검증을 통과한 한마디의 카피는 제목 짓기 훈련에 제격이다. 창의적인 카피들을 보고 어떻게 메시지를 전달했는지 살피며 패러디하다 보면 제목 짓는 데 많은 도움이 된다. 그 외에 자신만의 독특한 방법이 있다면 동원하길 바란다. 최종 목표는 차별화된 제목을 짓는 것이다.

책 쓰기는 집짓기와 비슷하다. 집을 지을 때는 먼저 설계도를 그리고 도면대로 뼈대를 완성한다. 뼈대에 살을 붙이고 실내장식으로 마무리한다. 책 쓰기도 이와 비슷한 과정으로 진행된다. 짧은 글을 쓸 때는 간략하게 글의 구성을 짜고 흐름대로 써가도 무방하다. 하지만 방대한 분량의 책 쓰기는 생각나는 대로 써서는 절대 완성할 수 없다.

집을 지을 때 설계도가 구체적이고 정확할수록 손쉽게 지을 수 있다. 설계도가 엉성하면 시행착오를 겪게 된다. 튼튼한 집을 지을 수도 없다. 책 쓰기도 세련되고 정교한 차례를 만들수록 쉽게 마무리할 수 있다. 탄탄한 차례일수록 성공 확률도 높다. 차례가 탄탄하지 않으면 고쳐 쓰는 일이 반복된다. 인내심이 없는 사람은 이때 포기하게 된다. 하지만 정교하고 탄탄한 차례를 만들어두면 거기에 살만 입혀가면 되므로 어렵지 않게 글을 완성할 수 있다. 제대로 된 차례만 만들어도 책 쓰기의 절반은 한 것이나 다름없다. 그만큼 차례 만들기가 중요하다.

차례 역시 책의 성패를 좌우하는 중요한 요소다. 독자가 책을 선택할 때 제목과 표지 다음으로 많이 살피는 것이 차례다. 차례는 책의 개요와 같다. 전반적인 흐름을 알게 하고 전하려는 메시지를 파악하게 해준다. 독자들은 제목과 차례를 보고 책을 선택할지 말지 결정한다. 그러니 독자의 흥미를 끌고 책 쓰기에서도 유리한 고지를 점령하려면 차례를 세련되게 완성해야 한다.

어떻게 하면 세련되고 정교한 차례를 만들 수 있을까?

먼저 자신이 책을 통해 전하려는 메시지가 무엇인지 파악한다. 책의 콘셉트 아래 어떤 콘텐츠로 접근할 것인지 정한다. 접근방식에 따라 큰 챕터(장)를 뽑고 그 챕터에서 전하려는 메시지를 뒷받침할 수 있는 다양한 소주제를 생각하며 적어본다. 어떻게 이야기를 풀어갈 것인지 생각하며 키워드 중심으로 다양한 주제를 뽑아보는 것도 하나의 방법이다. 브레인스토밍으로 최대한 많은 소주제를 뽑아내고 공통분모를 찾아 챕터로 묶는 방식이다. 이렇게 하면 큰 챕터가 생기고 그 아래에서 세부적으로 이야깃거리를 풀어갈 차례가 만들어진다.

나의 네 번째 책 《처음부터 다시 시작할 수 있다면》을 예로 들어 설명해보겠다.

처음 이 책을 쓰려고 했던 이유는 '어디로 가는지 모르면 원치 않는 길로 간다'라는 메시지를 전달하고 싶어서였다. 원하는 삶의 방향이 없으면 어느 순간 후회하며 탄식한다. 그러면서 사람들은 다시 원점으로 돌아가 새롭게 시작하고 싶어 한다. 그러면서 '처음부터 다시 시작할 수 있다면'이라고 아쉬워한다. 내 삶도 그랬다. 그래서 내 삶의 이야기를 토대로 독자들의 마음을 이해하고 올바른 삶의 방향을 설정해나갈 수 있도록 돕겠다는 목적으로 시작했다.

이야기를 어떻게 풀어갈까 생각하다 처음에는 왜 삶의 방향을 잃어버리게 되는지 이유를 분석하는 장으로 정했다. 그렇게 해서 뽑아낸 차례는 이랬다.

1장 내가 가야 할 길은 누구도 결정해줄 수 없다
- 어쩌다 꿈에서 멀어진 그대에게
- 나도 모르게 길든 삶 아니던가
- 해보지도 않고 한계를 정하지 마라
- 지금 이 순간이 과거보다 소중하다
- 끌려가는 삶, 어쩔 수 없는 삶, 주도하는 삶
- 고통은 가면을 쓰고 있는 꿈이다
- 기회는 벼랑 끝에서 온다
- 나의 전부를 바칠 키워드를 찾아라
- 꿈의 크기가 곧 삶의 크기다
- 성장으로 끝나는 삶, 성숙으로 나아가는 삶

삶이 분석되었다면 이제는 어떻게 살아가야 할지 삶의 목표를 재

정립할 필요가 있다고 생각했다. 그래서 내가 살아갈 이유를 찾고 그것에 집중할 방법들로 두 번째 장의 차례를 완성했다.

2장 내가 살아가야 할 이유, 그것에만 집중하라

- 당신이 태어난 이유를 찾아라
- 꿈은 퍼트릴수록 성공률이 높아진다
- 생생하게 시각화해야 이루어진다
- 늦었다고 생각할 때가 시작해야 할 때다
- 결코 넘어지는 것을 두려워 마라
- 당신이 멈춰 있을 때도 세상은 변화한다
- 나만의 스토리로 세상을 주도하라
- 절박하지 않으면 아무것도 얻을 수 없다
- 맛있는 만남이 삶을 바꾼다
- 현실과 이상 사이에 믿음의 점을 찍어라

삶을 분석하고 나아갈 방향을 설정했다면 어떻게 살아가야 하는 지에 대한 점검도 필요할 것 같았다. 키워드를 중심으로 성공적인 삶을 위해 꼭 필요한 덕목이 무엇인지 내 경험을 토대로 살폈다. 그리고 10가지로 추려내 인생이 여행이라고 생각하고 배낭 안에 꼭 담고 떠났으면 하는 바람으로 차례를 완성했다.

3장 인생의 배낭에 꼭 챙겨야 할 것들

꿈의 길을 걷다 보면 수많은 시행착오를 겪는다. 고난에 휩싸이고 실패하며 좌절의 맛을 보기도 한다. 무수한 실패와 좌절 앞에 어떤 생각으로 인생을 풀어가야 할지를 생각해 4장에 풀어냈다. 5장에서는 진정한 인생의 성공이란 무엇이며 오늘 하루를 어떻게 살아갔으면 좋을지를 생각했다. 많은 사람이 성공적인 인생을 산다고 하지만 아픔과 상처로 얼룩진 세상을 보며 안타까웠던 마음을 담아 차례를 완성했다.

- 삶이 메시지이며 흔적이다
- 삶의 역사는 반복된다
- 오늘이 마지막인 것처럼 사랑하자

그런데 책을 집필하다 보니 4장과 5장의 메시지가 중복되는 점이 많다는 것을 발견했다. 그래서 4장과 5장을 한 장으로 묶었다.

4장 삶의 파도가 높을수록 더 큰 꿈을 이룰 것이다
- 관점을 바꾸면 새로운 길이 보인다
- 거센 파도가 유능한 선장을 만든다
- 내면의 어른 아이를 보듬어라
- 단 1퍼센트의 희망에도 살아갈 이유가 있다
- 오늘이 마지막인 것처럼 사랑하라
- 세상을 끝까지 살아내는 수밖에 없다
- 길을 멈추고 삶의 방향을 보라
- 마음에 고통을 튕겨낼 스프링을 달자
- 세상의 역사도, 내 삶의 역사도 반복된다
- 내 삶이 곧 메시지이며 흔적이다

본격적인 원고 쓰기에 돌입하기 전까지 차례는 불완전하다. 책을 쓰다 보면 쓸 거리가 부족하거나 메시지가 중복되는 경우가 있다. 그럴 때는 차례의 순서가 바뀌기도 하고 삭제되거나 추가되는 것도 많다. 내가 처음 4장과 5장을 구성하고 원고를 집필하다 한 개의 장으로 통합한 경우가 그렇다. 그러니 최종 원고를 완성할 때까지 수정, 보완을 멈추면 안 된다. 출판사 편집자들도 세련된 차례로 독자의 이목을 끌기 위해 고민에 고민을 거듭한다. 내가 쓴 차례 중 여러 가지가 편집자의 손을 거쳐 세련되고 멋진 문장으로 거듭났다. 여러 시행착오를 거듭한 끝에 차례가 완성되었고 그것을 중심으로 원고를 집필했다.

차례를 구성할 때는 책마다 다르다. 나는 문제를 제기하고 분석한 다음 그 문제에 대한 해결책을 제시했다. 더 나아가 효과적으로 문제를 해결할 수 있는 다양한 방법을 이야기하고 마지막으로 궁극적인 해결책으로 마무리했다. 지금 쓰고 있는 이 책도 전체적인 구성은 이와 다르지 않다. 내가 쓴 책들은 대부분이 이런 과정 아래 차례를 구성했다.

자신이 전하려는 메시지를 독자에게 효과적으로 전달할 방법을 고민하며 차례를 구성해보라. 도저히 힘들어서 못 하겠다면 경쟁 도서들을 분석하며 방법을 찾아가는 것도 좋다. 차례가 구성되었다면 절반은 성공한 셈이다. 이제는 준비된 차례에 따라 원고를 집필하면 된다. 탄탄한 뼈대에 살만 입혀가면 한 권의 멋진 책이 탄생하는 것이다.

: 출판사에 프러포즈하기 :

만족할 만한 원고를 썼다면 이제 출판사 문을 두드려야 한다. 출판사를 통하지 않고 자비로 출간할 수도 있다. 하지만 썩 권하고 싶진 않다. 책은 전문적으로 만드는 곳에서 만들어야 한다. 전문 편집자의 손을 거치고 마케팅 능력을 갖춘 곳이라야 전하려는 메시지를 더 매력적으로 부각하고 멋진 책으로 만들어줄 수 있다.

출판사는 원고를 보고 적게는 천만 원, 많게는 몇천만 원이 드는 비용을 투자할 만한지 결정한다. 적지 않은 비용이 들어가기 때문에 출판사에서 원고를 선택하는 기준은 매우 까다롭다. 자기 분야에서 알아주는 사람이 아니거나 사회적인 명망이 없다면 더욱 어렵다. 그러기 때문에 출판사 문을 통과하기 위한 전략이 필요하다.

출판사 문을 통과하려면 첫째는 원고가 좋아야 한다. 두 번째는 저자의 인지도다. 원고는 이미 완성되었으니 저자인 자신을 어필해야 한다. 자신을 출판사에 알리려면 프로필로 승부를 걸어야 한다. 프로필은 이력서를 쓰듯 경력을 나열할 것이 아니라 스토리를 부여해 자신이 쓴 원고와 어울리도록 해야 한다. 저자의 프로필만 봐도 원고 전체를 이해하고 공감할 수 있도록 하는 것이다. 그렇게 하려면 자신의 수많은 경력에서 취사선택하여 원고 성격과 어울리고 돋보일 수 있도록 신경 써야 한다. 자신의 삶에 스토리를 부여해 쓴다는 것이 쉽지는 않지만 출판사로 진입하는 첫 관문이기에 심혈을 기울여 완성해야 한다.

출판사에는 하루에도 수많은 출간의뢰가 들어온다. 대형 출판사일수록 그 양은 폭발적이다. 수많은 원고 중에서 내 원고 전체를 꼼꼼히 검토하게 하려면 매력적인 출간제안서를 써야 한다. 출간제안서조차 없이 원고와 프로필만 보내면 읽히지도 못하고 휴지통으로 직행할 수도 있다.

출간제안서에는 자신이 책을 쓰기로 계획한 것부터 어떻게 홍보하고 판매할 것인지에 관한 모든 것이 담겨 있다. 그중에서도 출간제안서에 반드시 들어가야 하는 목록은 다음과 같다.

- 제목(가제): 나는 부제까지도 정해서 보냈다. 제목을 뒷받침할 수 있는 핵심 메시지로 부제를 만들었다.
- 저자 이름과 연락처(이메일) 그리고 매력적인 프로필
- 책을 쓰는 의도: 나는 대부분 한 문장으로 쓰지 않고 스토리를 부여해 썼다.
- 타깃 독자층: 연령대와 더불어 구체적인 독자층을 적으면

좋다.

- 책을 관통하는 핵심 콘셉트
- 홍보나 마케팅, 책의 편집 방향: 자신만의 독특한 아이디어가 있다면 적어두면 좋다. 편집자가 책을 만들 때 저자의 의도 아래 편집을 하기도 한다.
- 원고 탈고 시기와 출간되었으면 하는 시기: 책 성격에 따라 출간 시기가 다르니 자기 생각을 적으면 좋다. 나의 네 번째 책 《처음부터 다시 시작할 수 있다면》은 연말이나 연초가 좋을 것 같아 시기를 적어 보냈더니 계약한 지 한 달도 안 돼 책이 만들어졌다.
- 차례

이 외에도 어필할 방법이 있다면 얼마든지 추가해서 쓰면 된다. 제안서를 어떻게 쓰느냐에 따라 검토의 기회를 얻을지 못 얻을지가 결정된다. 원고를 보여줄 기회조차 얻지 못하면 슬픈 일이다. 그런 실패를 겪지 않으려면 출간제안서에 목숨을 걸어야 한다.

출간제안서까지 썼다면 이제 출판사를 찾아야 한다. 출판사는 수천 개가 존재한다. 수많은 출판사 중에 내 원고와 성격이 맞는 출판사를 선택하는 것이 유리하다. 출판사마다 내놓는 책의 성격이 다르기 때문이다. 개중에는 대형 출판사도 있고 중·소형 출판사도 있다. 대형 출판사라고 무조건 좋은 것은 아니다. 한 달에도 수십 종의 책을 출간하는 대형 출판사에서는 초기에 독자의 관심을 끌지 못하면 바로 사라지기 쉽다. 하지만 소형 출판사는 종수가 적기 때문에 한 번 만든 책을 꾸준히 관리할 수 있다. 출판사의 크기도 중요하지만 장르에 맞는 출판사를 골라 출간을 의뢰하는 것이 현명하다.

원고는 이메일을 통하면 된다. 내 원고가 도용될 염려는 안 해도 된다. 이메일에 정보가 남기 때문이다. 원고를 보내면 보통은 1주일에서 2주일의 검토 기간이 있으니 기다려달라고 한다. 하지만 어떤 원고는 하루 만에 연락이 오기도 한다. 난 한 시간 만에도 연락을 받고 하루 만에도 연락을 받은 적이 있다. 아무런 연락이 없으면 그 출판사는 포기하라는 의미로 받아들이면 된다.

몇 군데 원고를 보내고 퇴짜를 맞았다고 해서 포기하기는 이르다. 다른 출판사를 찾아 보내며 끈질기게 도전해야 한다. 조앤 롤링의 '해리포터' 시리즈도 수없이 퇴짜를 맞은 후 계약되었다. 원고를 보냈지만 끝내 계약이 이뤄지지 않았다고 해도 포기하지 말라. 그 원고를 바탕으로 다른 콘셉트로 접근해보면 된다. 종종 출판사에서 피드백을 주기도 한다. 그것을 참고하여 원고를 고치고 다시 도전해도 된다. 앞서 이야기했듯이 나의 두 번째 책 《스무 살, 버리지 말아야 할 것들》이 한 예다. 출판사의 피드백을 토대로 원고 수정을 거듭하다 계약을 했다. 감사하게도 이 책은 대만으로 저작권이 수출되어 세계로 향하는 나의 첫 책이 되었다.

보통 책을 계약하면 저자는 인세를 받는다. 책을 만드는 모든 비용은 출판사가 낸다. 그렇다면 저자가 받는 인세는 얼마 정도가 될까? 적게는 정가의 5퍼센트에서 많게는 10퍼센트 정도다. 이왕이면 많이 받을수록 좋으니 이때는 협상의 달인이 되도록 해야 한다.

책을 쓰고 저자가 되겠다고 다짐했다면 될 때까지 해봐야 한다. 안 되면 콘셉트를 다시 짜고, 전략을 수정하고, 원고를 수정하며 될 때까지 도전해봐야 한다. 난 90번 퇴짜를 맞고 91번째에 계약이 되기도 했다. 이때 포기했다면 지금 무슨 일을 하고 있을까. 식상한 말이기는 하지만, 포기는 배추 셀 때나 필요하다는 말을 명심하자.

8장

여기가 **독자**의
아킬레스건이다

: 호기심보다 센 건 없다 :

사춘기 아이들이 왜 무서운지 아는가? 강렬한 호기심 때문이다. 그때는 무엇이든 궁금하다. 자기 미래와 정체성까지, 알고 싶은 것이 너무 많다. 이성에 대한 호기심도 정점을 이룬다. 주체할 수 없는 호기심은 넘어서는 안 될 선을 넘게 한다. 유혹을 뿌리치지 못하는 것도 다 호기심에서 비롯된다.

호기심은 과학의 진보를 가져왔다. "나에겐 특별한 재능이 없다.

단지 모든 것에 열렬한 호기심을 가질 뿐이다." 궁금한 것을 참지 못하는 인간의 특성을 아인슈타인은 과학적인 분야에 적용했다. 그의 호기심은 상대성이론을 발견하게 했다.

작가는 글로 독자를 유혹해야 한다. 유혹하는 글을 써야 책이 팔린다. 치열한 정글에서 살아남는 비법은 유혹하는 글을 쓰는 것이다.

독자를 유혹하려면 호기심을 자극해야 한다. 호기심을 유발해야 글에 몰입한다. 책을 선택하는 것도 호기심에서 출발한다. 궁금해서 견딜 수 없을 때 독자는 책을 산다. 어떤 내용인지 읽고 싶을 때 책값을 선뜻 낸다. 읽고 싶은 마음이 들지 않는 내용이라면 책을 펴내도 독자의 선택을 지속적으로 받을 수 없다.

호기심으로 유혹하려면 제목에서부터 표지, 차례와 프롤로그에 이르기까지 일심동체가 되어야 한다. 어느 것 하나 소홀히 다루면 안 된다. 모두가 합심하여 독자를 유혹할 수 있도록 힘써야 한다. 궁금해 견딜 수 없을 정도로 치밀한 전략을 세워야 한다.

요즘엔 온라인 서점이 강세다. 온라인상에서 독자의 선택을 받으려면 처음 30페이지까지 내용에 신경을 곤두세워야 한다. 온라인 서점에서는 미리보기 기능이 있다. 30페이지까지는 돈을 내지 않고 얼마든지 내용을 볼 수 있다. 미리보기를 통해 책을 읽어야 할 이유를 발견하지 못하면 독자는 과감히 다른 책을 클릭하고 만다.

독자가 호기심을 느껴 '그래, 한번 읽어봐야겠다'고 생각하게 하려면 처음 내용에 특히 신경을 써야 한다.

독자의 호기심을 자극하려면 트렌드를 읽을 줄 알아야 한다. 시대가 요구하는 메시지가 무엇인지 발견하는 것이 중요하다. 앞으로 어떤 세상이 펼쳐질 것인지 끊임없이 생각하고 살펴야 한다. 연말이 되면 미래를 예측하는 도서들이 쏟아지는 이유도 여기에 있다. 전문가들은 앞으로 펼쳐질 시대를 연구해 책으로 펴낸다. 독자들은 변화될 시대를 미리 맛보기 위해 선뜻 지갑을 연다. 트렌드를 읽어내는 책은 불티나게 팔린다. 각 분야에서 앞서 가는 길은 트렌드를 읽고 준비하는 것임을 알기 때문이다. 책 쓰기도 다르지 않다. 시대를 읽어내고 독자들이 궁금해하는 것에 미리 접근해 소개하면 성공은 떼놓은 당상이다.

시대마다 화두가 되는 메시지가 있다. IMF 당시에는 위로와 자기계발이 화두였다. 하루아침에 직장을 잃은 사람들을 위로하는 메시지가 가득했다. 그와 동시에 다시 일어설 것을 주문하는 자기계발이 유행처럼 번지기 시작했다. 당시 위로와 자기계발서를 펴낸 출판사와 저자는 모두 성공가도를 달렸다.

2013년 한 해는 힐링이 대세를 이루었다. 치열한 경쟁 시대에 지치고 상한 영혼들이 치유받기를 원했다. 책 제목에 힐링이 들어간 것들은 뜻밖에 선전했다. 출판시장이 불황이라고 하지만 힐링 도서는 예외였다. 몇몇 힐링 도서들은 장기집권하며 베스트셀러 자리에서 내려올 줄 몰랐다. 독자의 트렌드를 읽어낸 효과였다.

한때 '정의'에 목마른 것을 감지한 출판사는 정의와 관련된 책을 펴내고 대박을 터뜨렸다. 일반 독자가 읽기에 너무 어려웠다는 평이 있음에도 독자들은 너도나도 책을 구입해 읽었다. 시대가 요구하는 메시지를 손 놓고 방관할 수 없어서였다. 어떤 이야기가 펼쳐지는지 궁금해 견딜 수 없었던 것이다. 궁금증을 해결하고 대안을 찾을 만한 뚜렷한 방법이 없었기 때문에 어려운 책이지만 선택한 것이라 여겨진다.

남녀 간의 사랑에도 시대마다 트렌드가 있다. 사랑의 변천사는 드라마를 보면 쉽게 알 수 있다. 드라마는 시대를 반영하기 때문이다. 드라마의 사랑 법을 보면 사랑이 어떻게 변화하고 있는지, 현재 남녀 간 사랑의 화두가 무엇인지 발견할 수 있다. 드라마에서 전하는 현상을 발 빠르게 읽어내 책으로 펴내는 것도 독자의 사랑을 받는 방법이다.

이 밖에도 독자들이 관심을 두고 있는 것이 무엇인지 발견할 수 있다면 저자로서 성공적으로 자리매김할 수 있다. 삶에서 무엇을 글로 풀어내면 독자들의 호기심을 충족할 수 있을지 안테나를 높이 세워야 한다. 호기심을 해결할 실마리를 찾는 것이 저자로 성공할 수 있는 지름길이다.

: 뒤통수를 쳐라 :

드라마나 예능 프로그램에서 스포일러가 등장하면 비상이 걸린다. 스탭들은 진원지를 파악하려고 동분서주한다. 더 확장되는 것을 막는 데 총력을 기울인다. 프로그램 정보가 유출되면 흥미가 떨어지기 때문이다. 생각해보라. 결과를 다 알고 프로그램을 보면 무슨 재미가 있겠는가.

한 권의 책으로 독자의 마음을 사로잡는 것도 이와 다르지 않다. 독자들이 예상한 대로 글이 진행된다고 생각해보라. 빤한 내용으로 전개되는 글을 읽을 사람은 없다. 그래서 작가는 독자의 예상을 비껴 가는 글을 써야 한다.

독자의 예상을 비껴 가려면 독자의 심리를 꿰뚫어볼 수 있어야 한다. 그들의 욕구가 무엇인지 알고 있어야 대처할 수 있다. 지피지기면 백전불태(知彼知己 百戰不殆)인 셈이다. 《글쓰기 클리닉》의 저자 임승수가 부산외대 신문사에 기고한 글을 재인용한 부분을 보자.

베스트셀러 작가는 독자의 심리를 꿰뚫어 보는 뛰어난 능력을 가진 사람들이다. 그들은 독자들이 자신의 글을 읽으면서 어떠한 감정을 느끼고 어떠한 반응을 보일지를 정확히 아는 사람들이다. 그렇기 때문에 독자들을 울려야 할 때 울리고, 분노해야 할 때 분노하게 만들고, 사랑해야 할 때 사랑하게 만든다. 그들은 글 하나하나를 적어 나갈 때마다 독자들의 입장이 되어서 생각해본다. 각 문장 하나하나에서 일어나는 독자들의 반응뿐만 아니라 각 문장들이 이어져 나가는 과정에서 독자들의 심리가 어떻게 변해 가는지 끊임없이 고민한다.

- 《마흔, 당신의 책을 써라》, 김태광

베스트셀러 작가들은 독자들이 어떻게 반응할지 예측하고 있다. 상대방을 제대로 파악하고 있으니 자신의 의도대로 스토리를 끌고 가기가 어렵지 않다. 울리고 싶을 때 울리고, 분노하게 만들고 싶을 때는 분노하게 한다. 그러므로 작가는 늘 독자 심리를 읽어내기 위해 촉을 곤두세우고 있어야 한다.

독자의 예상을 비껴 가는 글은 자기 삶의 경험에서 우러나온다. 누구도 흉내 낼 수 없는 삶의 스토리가 있다면 금상첨화다. '어떻게 그런 인생을 살 수 있어?'라는 말을 들었다면 더더욱 글로 써야 한다. 지금은 스토리에 목말라 있는 시대다. 세상 어디에도 없는 독특하거나 특별한 스토리에 관심을 가진다.

사람들은 왜 김영식, 박철범, 장승수, 김수영, 안철수, 스티브 잡스, 빅터 프랭클 같은 이들에게 관심을 가질까? 누구도 흉내 내기 힘든 삶의 스토리가 있어서 그렇다. 사업에 실패해 삶을 마감하려 했지만 다시 의지를 불태우고 성공에 이른 삶, 불우한 가정 환경으로 하루도 마음 놓고 공부할 수 없었지만 꿈을 향해 전진한 삶, 가난한 막노동꾼이 공부해 서울대에 합격한 삶, 암세포가 발견되지만 죽기 전에 이루고 싶은 꿈의 목록을 적고 그것을 이루어가는 삶, 안정된 의사의 길을 뒤로하고 보장되지 않은 컴퓨터바이러스를 연구하는 길로 접어든 삶, 자신이 만든 회사에서 쫓겨나고 말기 암에 걸리지만 세상을 바꿀 만한 기기를 내놓는 삶, 지옥의 수용소에서 살아남아 자신의 꿈을 성취한 삶의 이야기는 독자의 선택을 받기에 부족함이 없다.

기발한 상상력에 기발한 아이디어도 좋은 소재다. 생소한 분야, 개척되지 않은 분야라면 더욱 흥미진진하게 풀어낼 수 있다. 이런 이야기에 독자들은 관심을 보인다.

독자가 예측할 수 있는 것이 아니라 작가의 의도대로 이끌어갈 수 있는 스토리를 발견하는 것이 무엇보다 중요하다. 그런 이야기에 독자는 돈을 낼 준비가 돼 있다. 언론들도 이런 스토리에 열광한다. 너도나도 기사를 내려고 혈안이 된다. 독자들의 이목을 끌 만하니 말이다. 그런 이야기는 저절로 마케팅이 되고 광고가 된다. 베스트셀러에 오르는 것은 시간문제다. 그런 이야기를 발견하고 만들어가는 데 촉각을 곤두세운다면 이미 베스트셀러 작가의 반열에 오른 것과 다름없다. 그런 이야기에 목숨을 걸어야 한다.

: 도입부, 강력한 훅으로 끌어당겨라 :

도입부는 바로 독자를 붙잡아 계속 읽게 하여야 한다. 참신함, 진기함, 역설, 유머, 놀라움, 비범한 아이디어, 흥미로운 사실, 질문으로 독자를 유혹해야 한다. 독자의 옆구리를 찌르고 소매를 끌어당기는 것이라면 무엇이든 좋다.

- 《글쓰기 생각쓰기》, 윌리엄 진서

작가이자 저널리즘 교수인 윌리엄 진서는 도입부 쓰는 방법을 위와 같이 말했다. 독자를 끌어당기는 것이라면 어떤 것이라도 좋다고 말이다. 나는 이 말에 한술 더 떠서 강력한 훅을 날리라고 말한다. 정신 차릴 수 없도록, 아니 예상치 못한 펀치를 날려야 한다고 강조한다. 단 한 문장으로 무장해제를 시켜야 독자를 끌어당길 수 있기 때문이다.

어디로 가는지 모르면 결국 가고 싶지 않은 곳으로 가게 된다.

나의 책 《처음부터 다시 시작할 수 있다면》의 첫 문장이다. 서평을 쓴 독자가 첫 문장부터 심상치 않다는 평을 내놓았다. 조금은 충격을 받은 모양이다. 실제로 내 청춘이 그랬다. 어디로 가는지 모르는 삶이었다. 너무 공감이 가는 말이라 책의 첫 문장으로 택했다. 독자의 평을 듣자니 성공적이라는 생각이 들었다. 경험에서 우러나오는 이야기를 명언의 한 구절을 윤색해 쓴 것인데 효과가 있었다.

도입부를 쓰는 방법은 여러 가지다. 명언으로 시작하는 것도 하나의 방법이다. 이미 성공적인 삶을 산 사람들의 한마디 울림으로 시작하면 훨씬 설득력이 있다. 자신의 경험을 한 문장으로 녹여낸다는 게 여간 어려운 일이 아니기에 그렇다. 명언을 윤색해 자신의 언어로 풀어써도 괜찮다.

내가 전하려는 메시지를 다른 책에서 인용하는 것으로 시작해도 좋다. 출간된 책 중에서 독자의 사랑을 받았거나 저명한 인사의 책이라면 더 효과적이다. 여러 말을 하지 않아도 인용한 부분이 내가 할 말을 대변해주기 때문이다.

《시골의사 박경철의 자기혁명》은 괴테를 인용하면서 시작한다.

괴테의 《파우스트》에서 신은 이렇게 말한다.
그가 지상에서 살고 있는 동안에는
네가 무슨 일을 하든 금하지 않겠노라.
인간은 노력하는 한 방황하는 법이니라.

다른 여러 말보다 강력하다. '방황은 살아 있다는 증거다'라는 제목과 절묘하게 어울린다. 글 잘 쓰기로 소문난 박경철은 고전을 인용해 글을 시작한다. 고전은 시대가 흘러도 여전히 살아남아 숨 쉬는 책이다. 고전 인용은 좀 더 설득력이 있다. 일반 독자들이 쉽게 근접할 수 없다는 고정관념이 있어서 그렇다. 범접하기 힘든 이야기를 도입부로 쉽게 풀어쓰면 호기심을 자극할 수 있다. 세월이 흘러도 살아남는 글이기에 흡입력은 최고다.

위로의 말로 마음을 무장해제시키는 경우도 있다.

힘들면 한숨 쉬었다 가요.

혜민 스님의 《멈추면, 비로소 보이는 것들》의 도입부다. 삶의 목표를 이루기 위해, 치열한 경쟁을 펼치느라 지치고 상한 영혼에 한 문장으로 위로의 말을 전한다. 저절로 그다음 구절이 궁금해진다. 위로받고 싶은 마음을 자극했기에 책을 덮을 수 없다.

호기심을 자극하는 글로 시작해도 독자를 끌어당길 수 있다. 은희경의 《새의 선물》을 보자.

나는 쥐를 보고 있다.

인간의 단면과 세태를 그려낸 소설의 시작이 예사롭지 않다. 뭔가 기묘한 일들이 펼쳐질 것 같은 호기심을 자극한다.

아주 강력한 언어로 독자를 몰입하게 하는 경우도 있다. 김영하의 《살인자의 기억법》이 좋은 예다. 섬뜩한 제목에 그치지 않고 첫 문장까지 강력하다.

> 내가 마지막으로 사람을 죽인 것은 벌써 25년 전, 아니 26년 전인가. 하여튼 그쯤의 일이다.

첫 문장의 강렬함은 강한 흡입력으로 독자를 끌어당긴다. 그 강렬함이 채 사라지기 전에 마지막 문장의 마침표까지 숨 가쁘게 내달리게 한다.

첫 문장은 질문으로 유혹하거나 저자 자신의 경험담으로 시작하는 경우도 많다. 윌리엄 진서의 말대로 도입부를 어떻게 하든 상관이 없다. 하지만 무슨 일이 있어도 독자의 호기심을 자극하거나 책을 놓지 못할 정도로 강력한 훅을 날려야 한다. 책의 콘셉트와 차례의 상호 관계를 생각하며 도입부를 쓰는 것도 염두에 두면 좋다. 아무렇게나 훅을 날리면 독자들한테 카운터펀치를 맞을 수 있다. 오히려 독이 된다는 말이다. 흡입력 있는 도입부가 글의 생명을 좌우한다.

: 중간, 흥미진진한 전개로 혼을 빼놓아라 :

호기심을 자극하기 위해 도입부에서 강력한 혹이 필요하다면, 중간은 본격적인 이야기로 돌입해 독자의 혼을 빼놓아야 한다. 정신 차릴 수 없도록 화려한 볼거리를 제공해야 독자는 글에 빠져든다. 예고편처럼 구성해서는 실패다. 중간 구성은 흥미진진해야 한다. 다음 문장이 궁금해질 정도로 흡입력이 있어야 한다.

독자의 혼을 빼놓을 정도의 글을 쓰려면 어떻게 해야 할까? 소설 장르가 아니라면 사례를 들어 이야기하면 좋다. 저자가 전하려는 메시지와 관련된 사례를 찾아 덧붙이는 형식이다. 대신 사례는 검증된 것이어야 한다. 인터넷 검색으로 모두가 알고 있는 정보로는 독자의 혼을 빼놓을 수 없다. 허접한 정보는 허접한 책을 만든다. 자신이 전하려는 메시지마저 허접하게 만들어버린다. 되도록 책을 통해 얻은 지식을 활용해야 효과적이다. 그래서 책을 쓰려면 독서가 중요하다고 말하는 것이다. 책을 읽으며 다양한 사례와 정보를 확보해야 풍성한 글을 쓸 수 있다.

이지성의 《리딩으로 리드하라》를 보면 동서고금을 막론하고 다양한 서적을 탐독한 후 쓴 글이라는 것을 알 수 있다. 인문 고전 독서의 중요성을 수많은 책에서 얻은 사례로 증명해 보인다. 전하려는 메시지에 걸맞은 사례를 통해 독자의 동의를 끌어낸다. 시중에

볼 수 없는 책까지 동원해 읽을 거리까지 제공하니 독자는 일석이조의 효과를 얻는다. 당연히 베스트셀러가 되었고, 시간이 흘러도 여전히 독자의 사랑을 받고 있다.

내 책《처음부터 다시 시작할 수 있다면》도 다양한 사례를 들어 풀어갔다. 내 삶의 이야기와 더불어 이미 검증된 사례로 풀어내니 훨씬 설득력 있는 글이 되었다. 스토리 전개까지 빠르게 이어갈 수 있었다. 사례를 어떻게 활용했는지 살펴보자.

'어쩌다 꿈에서 멀어진 그대에게' 꼭지에서는 어디로 가야 하는지 모르고 살다 보니 원치 않는 길로 가게 되었다는 메시지를 풀어냈다. 처음은 명언을 윤색해서 시작했고 그다음은 내 삶의 이야기로 이어갔다. 그다음이 문제였다. 내 삶과 딱 맞는 사례가 있다면 더 설득력이 있을 것 같았다. 다행히 전에 읽었던 책에서 임상심리학자 슬로모 브리즈니츠 박사가 훈련병을 대상으로 한 실험이 생각나 그것을 사례로 들었다. 행군을 하며 자신이 걸어갈 길을 알고 간 사람들이 사기가 높았다는 이야기를 덧붙인 것이다. 그리고 경영학계의 살아 있는 전설이라 불리는 하워드 교수의 후회 없는 인생을 사는 지혜가 담긴 책《하워드의 선물》에 나오는 이야기 한 대목으로 마무리했다. 내가 전달하려는 메시지를 학자의 연구결과와 성공적인 삶에서 묻어나오는 조언으로 풀어낸 것이다.

논리와 감성을 조화롭게 활용해 메시지를 돋보이게 할 필요도 있다. 잘 팔리는 책들은 대부분 논리적이면서도 감성이 풍부하다. 설득력 있는 논리를 펼쳐나가지만 독자의 마음을 움직이는 감성적인 부분도 놓치지 않는다.

로버타 진 브라이언트도 같은 말을 한다.

> 성공한 작가 혹은 좋은 작가는 우뇌와 좌뇌의 능력을 모두 발휘한다.
> 훌륭한 작가들의 경우 우뇌와 좌뇌가 무의식적으로 서로 돕는다. 글을
> 쓰고 편집하고 책을 만들 때, 우뇌에서 좌뇌로, 그 역으로 자유롭게 오
> 가는 능력을 지닌 작가도 많다.
>
> - 《누구나 글을 잘 쓸 수 있다》, 로버타 진 브라이언트

성공한 작가들이 우뇌와 좌뇌를 모두 사용한다는 것은 논리와 감성을 조화롭게 활용한다는 의미다. 좌뇌는 주로 논리적인 사고를 하는 영역이고 우뇌는 정서적이며 감성적인 사고를 하기에 그렇다.

대한민국을 뜨겁게 달구었던 김난도 교수의 《아프니까 청춘이다》는 논리와 감성의 조화가 돋보이는 책이었다. 시대를 예리하게 분석한 바탕 위에 자신이 가르친 학생들을 자식처럼 여기며 들려주는 따뜻한 조언은 청춘들의 마음을 움직이기에 충분했다. 그의 논리에 '그래, 맞는 말이야'를 연발하다, 마음을 다독이는 말에는

'그래, 불안하니까 막막하니까 흔들리니까 청춘이지'라며 위안을 삼는다.

논리로 이해시키고 감성으로 어루만지는 글을 쓰면 독자들은 무장해제를 당한다. 자신도 모르게 저자의 말에 호응하며 빨려들어간다. 그러므로 항상 좌뇌와 우뇌를 건드리는 글을 쓸 수 있는 훈련해야 한다.

속도감 있는 전개도 필요하다. 맺고 끊어야 할 부분을 정확히 찾아내 글을 쓰면 한눈팔 새가 없다. 빠른 물살에서는 잠시만 한눈을 팔아도 멀리 떠내려가고 만다. 스토리 전개가 빠르면 빠를수록 독자는 몰입할 수밖에 없다. 그렇지 않으면 흐름을 놓치기 때문이다.

세상 모든 것이 그렇지만 흥미진진한 중간을 쓰는 방법에도 왕도는 없다. 성공한 작가들의 책을 분석하며 자신의 것으로 만들어보는 노력이 요구된다. 부단히 연구하고 노력해야 흡입력 있는 글을 쓸 수 있다.

: 결말, 울림과 반전의 묘미를 보여줘라 :

영화나 드라마의 꽃은 어디일까? 처음도 중요하고 스토리를 전개해나가는 중간도 중요하다. 하지만 결말은 더 중요하다. 시청자는 마지막 장면을 기억하고 간직하기 때문이다. 글도 마찬가지다. 도입부와 중간은 결말로 이어지는 간이역이다. 최종 목적지는 결말이다. 결말에 도달하기 위해 도입부와 중간이 필요한 것이다. 독자는 결말을 통해 메시지를 마음에 새기고 간직한다. 그러기에 결말이 글의 꽃이라 볼 수 있다.

기억에 남을 만한 인상 깊은 결말을 쓰려면 먼저 촌철살인 한 방으로 끝내는 방법이 있다. 독자를 강력한 펀치 한 방으로 KO시키는 것이다. 도저히 빠져나갈 수 없도록 독자를 코너로 몰아넣어야 한다. 그리고 한 방을 보기 좋게 날리는 글이 촌철살인의 한 방이다. 더는 다른 생각을 할 수 없을 정도의 강력함으로 마무리하는 것이다. 다만 한 가지 기억할 것이 있다. 마지막 문장은 첫 문장과 조응해야 한다는 것이다.

글 잘 쓰기로 명성이 자자한 박경철은 조응에 대한 중요성을 이렇게 말한다.

칼럼이나 주장을 담은 글은 이렇게 초두 효과를 이용하면 상당히 효과적이다. 다만 초두 효과를 이용할 때는 반드시 마지막 문장이 첫 문장에 조응해야 한다. 그렇지 않으면 처음 제시된 강한 인상에 반해 끝부분이 지리멸렬하며, 글의 주제가 산만하게 흩어지고 오히려 나쁜 인상을 남기게 된다. 강하게 시작한 만큼 인상적인 마무리가 필요한 것이다.

- 《시골의사 박경철의 자기혁명》, 박경철

예를 들어보자. "'새로운 것에 대한 선의, 익숙하지 않은 것에 대한 호의를 가져라.' 니체의 말이다"로 시작했다면, 마지막에 "아직도 창의력 논란이 벌어지고 있는 이 땅에서 죽은 것은 신이 아니라 니체인 셈이다"로 다시 한 번 상기시키는 것이다.

나의 책 《처음부터 다시 시작할 수 있다면》에서 첫 꼭지는 "어디로 가는지 모르면 결국 가고 싶지 않은 곳으로 가게 된다"로 시작했다. 그리고 "어쩌다 이 길에 서 있는지 모르면 원치 않는 길로 가게 됩니다"로 마쳤다. 첫 문장과 정확히 조응한다. 독자는 처음 문장과 마지막 문장을 통해 자신이 어디로 가야 하는지 명확하게 알아야 한다는 것을 깊이 인식하게 될 것이다.

강연과 작가로 앞서 가고 있는 김미경의 한 꼭지 마지막 문장을 살펴보자.

지금 어설프게 꿈에 집적대는 자, 유죄다. 근신하면서 헐값에 버리려 했던 꿈부터 먼저 돌보라.

- 《김미경의 드림온》, 김미경

꿈의 단서를 찾고 치열하게 준비하며 나아가야 한다고 목소리를 높여 던진 마지막 말이다. 집적대지 말란다. 이런 사람은 유죄란 다. 근신하며 자신의 꿈을 이루어나가는 방법들을 돌보라는 강력한 메시지다. 이 글을 읽으면 당장에라도 꿈을 찾고 준비하며 노력 해야겠다는 생각이 든다.

두 번째는 울림으로 끝내는 것이다. 감동을 주라는 의미다. 마음의 떨림으로 평생 잊지 못하게 각인시키는 것이다. 강력한 KO 펀치보다 더 힘이 있는 것이 울림이다. 울림은 저절로 움직이게 만든다. 스스로 깨닫도록 기회를 제공하는 것이다. 자각해 스스로 변화를 도모할 수 있도록 이끄는 결말이다. 은은한 종소리가 더 멀리 들리고 오래 지속되는 이치와 같다.

임정섭은 감동적인 결말을 이렇게 쓰라고 조언한다.

한때 방송에서 〈북극의 눈물〉이란 프로그램을 방영해서 화제를 모았다. 이 방송 리뷰 중 한 편의 결말은 이랬다.

'시청자들은 생태계 파괴의 현실에 경악하며, 북극곰을 위기로 내몬데 대해 할 말을 잃었다고 입을 모았다.'

무난한 결말이다. 다만 이렇게 한마디 덧붙이면 뉘앙스가 달라진다. 읽는 이 마음이 훈훈해진다.

'혹시 시청자들이 북극곰에게 해줄 말이 있다면 이런 게 아니었을까.

"북극곰아, 정말 미안해.'"

이처럼 결말에 따라 내용이 살 수도 있고 죽을 수도 있다. 시든 꽃을 활짝 피어나게 하는가 하면, 멋진 글을 매듭짓는 유종의 미다.

- 《글쓰기 훈련소》, 임정섭

울림에는 여운이 남는다. 여운은 쉽게 잊히지 않는다. 오래도록 마음에 남는다. 이런 결말은 독자들이 쉽게 잊지 못한다.

세 번째는 반전이다. 독자들의 예상을 깨는 결말이다. 영화를 볼 때 마지막 반전이 있으면 머리가 띵하다. 스토리 흐름을 보면서 결말을 예측하지만 전혀 다른 전개로 마무리하면 헛웃음이 나온다. 허탈하게 당하고 말았다는 웃음이다. 이런 결말은 주변 사람들과 대화할 때 화젯거리가 된다. 두고두고 입에 오르내리며 스토리 구성을 칭찬한다.

네 번째는 열린 결말이다. 여운인 셈이다. 결말을 독자의 선택에 맡기는 것이다. 저자는 뭐라 답을 제시해주지 않고 마무리한다. 어떤 결말보다 독자를 미치게 만드는 것이 열린 결말이다. 독자가 답을 찾아야 하기 때문이다.

멋진 결말로 마무리하려면 사실 도입부부터 신경 써야 한다. 마지막만 멋지다고 좋은 글이라 볼 수 없다. 대미를 장식하려면 시작부터 중간과 마무리 과정까지 모든 것이 박자가 맞아야 한다. 그러므로 어떤 결말로 마무리할 것인지 생각하며 글을 시작하고 풀어가야 한다. 그렇지 않으면 용두사미로 끝날 확률이 높다. 화장실 가서 볼일 잘 보고 뒤처리 못 한 꼴이다.

멋지게 마무리하는 것도 왕도는 없다. 글의 흐름상 가장 어울리게 마치면 된다. 다만 독자의 마음을 움직일 수 있는 결말이라야 한다. 그래야 사랑받는 작품이 될 수 있다.

: 프롤로그는 안달하게 써라 :

독자들은 책을 선택할 때 대체로 다음과 같은 순서를 보고 판단한다. 책의 제목, 표지, 차례, 그다음이 프롤로그다. 프롤로그가 최종 결재를 받는 관문인 셈이다. 프롤로그를 읽고 책의 전반적인 내용을 가늠하고 계속 읽어야 할지 말아야 할지 결정한다. 책의 명운이 달렸다. 그만큼 책 쓰기에서 프롤로그는 중요하다.

사람들은 프롤로그를 통해 무엇을 확인하고 싶어 할까? 책의 콘셉트와 전반적인 흐름을 읽고 싶어 한다. 저자가 어떤 의도로 책을 썼는지 알아보려는 목적도 있다. 어떤 이야기가 펼쳐져 있는지 미리 보고 싶다는 생각이다.

프롤로그는 책 전체를 축약한 예고편과 같다. 영화를 볼 때 예고편이 호기심을 자극하면 어떤가. 당장 극장으로 달려간다. 간간이 TV 광고로 보여주는 예고편에 매료되어 극장을 간 것이 어디 한두 번인가. 어떤 영화는 예고편에 비해 본 내용이 형편없어 후회하기도 하지만 영화를 만든 입장에서는 성공인 셈이다. 어쨌거나 관객을 확보했으니 말이다. 이렇게 예고편의 영향은 지대하다.

책에서도 예고편으로 자신이 전하려는 메시지를 어필해야 한다. 책 내용이 궁금해 견딜 수 없을 정도로 써야 한다. 유혹하고 호기심을 자극해야 한다. 책 내용을 압축적인 문장으로 담금질해 충동질해야 한다. 프롤로그를 쓸 때 다음과 같은 방법으로 유혹하는 것도 괜찮다.

'이런 내용인데 안 보면 후회할걸.'

'이 책 보면 당신의 이런 점이 향상될 수 있어. 그래도 안 볼 거야?'

'어떤 사람이 그러는데 이 책 보면 인생이 달라진대.'

'이 책에는 이런 내용을 실었거든. 이렇게 읽으면 훨씬 도움이 될 거야.'

'만병통치약은 아니지만 이것 읽으면 아픈 곳이 낫는데.'

내 책 중에 청소년을 대상으로 한 《명언으로 리드하라》가 있다.

한마디 울림이 있는 명언으로 십대 청소년 시기를 어떻게 보내야 하는지 풀어낸 책이다. 그 책의 프롤로그는 이렇게 썼다.

땅속 깊숙이 뿌리 내린 나무는 세찬 바람에 흔들리지 않습니다. 땅속 깊이 판 샘은 오랜 가뭄에도 마르지 않고 생명수를 공급하고요. 뿌리의 깊이만큼, 샘의 깊이만큼 오랜 시간 동안 튼튼하고 건강하게 맡은 바 역할을 할 수 있는 것이지요.

여러분이 청소년기에 인생을 풍성하게 만들어줄 뿌리나 샘을 만난다면 어떨까요. 지속되는 가뭄에도 걱정 없이 조금 더 알이 꽉 찬 열매를 맺을 수 있지 않을까요. 이 책에는 여러분의 삶을 풍성하고 건강하게 이끌어줄 뿌리와 샘물이 있습니다. 바로 '명언'입니다.

오랜 세월이 흘러도 여전히 살아남아 긍정적인 영향을 끼쳐 온 말. 성공적인 삶을 산 이들이 전하는 지혜의 말. 읽을수록 자신의 마음에 단단히 뿌리를 내리는 글귀. 행복한 인생으로 이끄는 문장.

청소년기에 마음을 흔드는 문장을 만나면 앞으로의 인생이 바뀔 수 있습니다. 청소년기에 읽는 글은 마음에 깊은 흔적을 남기고 가치관을 형성합니다. 그러므로 이 책을 통해 여러분 인생의 뿌리가 될 명언을 만나기 바랍니다.

- 《명언으로 리드하라》, 임재성

나는 명언이 왜 중요한지, 청소년기에 왜 이 책을 읽어야 하는지 어필했다. 그다음엔 이 책을 어떻게 읽어야 하는지 설명했다. 책 내용과 연관성을 가지고 명언이 가지는 힘으로 청소년 독자를 유혹한 것이다. 부족하지만 그래도 꾸준히 청소년들의 사랑을 받고 있어 감사하다. 프롤로그가 일조했으리라 여긴다.

'프롤로그는 이렇게 써야 한다'라고 제시할 만한 기준은 없다. 독자의 호기심을 유발해 책 선택으로 이어지게 한 프롤로그라면 모두 정답이다. 한 가지 기억해야 할 것은 본문과 유기적으로 연결되는 프롤로그를 써야 한다는 것이다. 프롤로그를 보고 잔뜩 기대하며 책을 읽었는데 전혀 다른 내용이 전개된다면 어떤 기분이겠는가. 예고편만 보고 잔뜩 기대하고 본 영화가 전혀 다른 내용으로 펼쳐질 때 허무함이란 말로 표현할 수 없다. 사기당한 기분일 것이다. 독자들에게 그런 허무함을 선사하지 않으려면 책 본문과 유기적인 관계를 생각하며 써야 한다.

너무 지루한 프롤로그도 지양해야 한다. 독자를 유혹한답시고 너무 많은 내용으로 도배하면 낭패를 보기 쉽다. 장황하고 지루한 글은 독자가 외면한다. 프롤로그를 읽다 지쳐버릴 수 있기에 그렇다. 간명하면서도 독자를 유혹할 정도면 된다. 너무 많이 보여줘도 너무 적게 보여줘도 실패다. 그래서 프롤로그 분량은 3~6페이지 정도가 적당하다.

프롤로그를 먼저 써놓고 책 쓰기를 하는 것이 보편적이다. 그러면 책의 콘셉트가 명확해 글을 전개해나가기가 쉽다. 하지만 원고를 다 써놓고 쓰는 것도 괜찮다. 나는 후자 쪽이다. 원고를 완벽하게 고친 다음에 책 내용을 점검하며 프롤로그를 쓴다. 그렇게 하는 쪽이 편하고 더 잘 써진다.

프롤로그 쓰기에도 정답은 없다. 어떻게 쓰든지 상관없다. 다만 독자를 유혹해야 한다는 점만은 기억하자.

: 에필로그는 포근하게 써라 :

에필로그는 대단원의 마지막이다. 그야말로 엔딩(ending)이다. 에필로그에 마침표를 찍어야 책 쓰기는 끝이 난다. 많은 독자가 프롤로그와 에필로그를 함께 읽는다. 프롤로그를 통해 책의 전반적인 흐름을 꿰고 에필로그를 통해 저자가 이 책을 통해 무엇을 느끼고 있는지 감흥을 보기 위해서다. 그래서 에필로그도 소홀히 다루어서는 안 된다. 에필로그는 후식과 같다. 음식을 잘 먹고 후식까지 마음에 들면 그야말로 금상첨화다. 소문내고 싶고 다시 가고 싶은 명소가 되는 것이다.

에필로그는 책 전체 내용에서 마지막 당부를 담아내면 좋다. 독자들이 책을 읽고 이것만은 지켜주었으면 좋겠다는 것이나 이렇게 하면 더 좋을 것이라는 조언도 괜찮다. 주마가편(走馬加鞭)이라고 달리는 말에 채찍을 가하는 것이라 생각하면 좋을 듯하다.

나의 첫 책 《미래자서전으로 꿈을 디자인하라》의 에필로그에는 '미래자서전, 실패 없는 삶을 사는 지름길'이라는 제목으로 메시지를 남겼다. 미래자서전의 중요성을 마지막으로 한 번 더 당부한 글이다. 더불어 글쓰기와 전혀 상관없이 살아온 사람이 왜 글쓰기로 꿈을 디자인하는 책을 쓰게 되었는지를 설명했다. 꿈 없이 산 인생이 어떤 결과를 낳는지를 이야기한 다음, 꿈을 품고 노력하면 인문학이나 문예창작과 상관없는 인생을 살았지만 작가가 될 수 있고 글쓰기 책도 집필할 수 있다는 내용을 담았다. 꿈을 품고 준비하고 노력하면 누구나 이룰 수 있다는 메시지였다.

그다음에는 감사의 인사를 썼다. 에필로그에 다루는 대부분은 감사의 인사다. 책이 나오기까지 힘써주신 분들에게 감사를 전하는 것이다. 주로 출판사 관계자에 대한 인사가 많다. 자신의 삶에서 함께한 분들도 많이 언급한다. 이때 아무런 생각 없이 감사인사를 했다가는 책이 출간된 후 비난의 십자포화를 맞을 수도 있다. 자기만 소홀히 대했다느니, 누구는 언급하고 자기는 빠뜨렸다느니 하며 따지는 사람을 보게 된다. 한 사람도 빠뜨리지 않을 자신이 있다면 주절주절 감사의 말을 늘어놓아도 된다. 하지만 그런 능력이 없으면 가족에 한해서 딱 자르는 것도 좋다. 나는 첫 책 외에 감사 인사는 가족으로 한한다. 고민할 필요가 없어 좋기는 하다. 아내는 항상 자신에게 해주었으면 싶은 감사의 말을 나에게 알려준다. 이런 말은 지면을 통해 꼭 듣고 싶다는 것이다. 나는 이 말에 절대 순종한다. 평생토록 기억에 남을 일이기에.

에필로그는 보통 작가의 감흥으로 마무리한다. 이 책을 통해 무엇을 느꼈는지, 책을 썼지만 어떤 부족한 점이 발견되었는지, 자신도 노력해야 할 부분은 무엇인지, 반성할 것은 무엇인지 등 작가의 여러 가지 후일담을 엮어 넣는다. 작가 자신의 후기인 셈이다. 독자는 이 글을 읽으면 '작가도 이런 고민을 안고 살고 있구나'라는 동질감을 느낀다. 측은지심은 작가와 독자의 틈을 좁혀준다. 영원한 펜으로 발전하는 계기도 될 수 있다. 그러니 에필로그를 쓸 때는 솔직한 감정을 담아내도록 힘써야 한다. 그것이 작가의 작은 배려요 도리다.

맛있는 후식, 에필로그로 기분 좋아할 독자를 상상해보자. 저절로 미소가 지어질 것이다. 그런 에필로그를 쓰는 작가가 되자. 에필로그를 다 썼다면 이제 비상하자. 날개를 활짝 펴고 작가로서의 삶으로 여행을 떠나는 것이다. 창공을 높이높이 날아 시대를 풍미하며 세상에 변화를 일으키는 멋진 인생을 살자. 쓰는 자는 변화한다. 진리다.

처음 시작하는 것의 어려움과 두려움, 그리고 약간의 설렘. 글쓰기를 시작하고 싶어 하는 당신의 마음이 아닐까 싶다. 시작하기로 마음먹었다면 끝까지 갈 수 있는 용기를 갖기 바란다.

내가 작가가 되겠다고 했을 때, 가당치도 않은 꿈을 꾼다고 이야기하는 사람이 많았다. 작가는 아무나 할 수 있는 일이 아니라는 것이다. 그 사람들이 왜 그런 말을 했는지 나는 안다. 난 그럴 능력도 없을뿐더러 그 분야와 전혀 관련이 없는 일을 해온 사람이기 때문이다.

하지만 무식하면 용감하다는 말도 있지 않은가. 아무것도 모르면서 부딪치고 넘어지며 도전해왔다. 결국엔 포기하지 않으면 가능하다는 것을 주변 사람들에게 보여주었다. 무엇보다 아내와 세 아들 앞에 값진 결과물을 보여줄 수 있어서 감사하다. 꿈을 품고 도전하면 된다는 것을, 백 마디 말이 아니라 몸으로 직접 보여주었다는 것이 뿌듯하다.

당나라 서예가 구양순의 말처럼 '다독(多讀), 다작(多作), 다상량(多商量)', 즉 많이 읽고, 많이 써보고, 많이 생각하는 것이 글 잘 쓰는 진리임을 알았다. 옛 성현이 깨우친 그 방법이 최첨단 시대에도 여전하다는 것을 깨달았다. 그 과정에서 나를 보게 되었고 다른 사람의 삶도 이해할 수 있었다. 나아가 누군가의 삶에 잔잔한 파도를 일으킬 수 있다는 것에 놀랐다.

당신도 분명히 그렇게 되리라 믿는다. 단순한 글짓기라 생각 말고 당신의 삶에 변화가 일어나길 원한다면 지금 당장 펜을 들고, 컴퓨터 자판 앞에 앉아라. 그리고 시작하라. 당신의 마음속에 있는 원대한 꿈이 현실이 될 수 있도록.

부족하지만 선뜻 책을 출간하자고 동의한 북포스 방현철 사장님께 감사하다. 출간 여부를 결정하는 데 저돌적인 추진력을 보여준 만큼 책이 되어 나오는 과정도 일사불란(一絲不亂)했다.

나의 영원한 동반자이자 동역자인 아내 이미영께 감사하고 사랑
한다는 말을 전한다. 한결 은결 성결이 삶에 하나님의 선한 은혜가
함께하길 기도하고 사랑한다. 이 모든 것을 계획하시고 인도하신
나의 주 하나님께 모든 감사를 돌린다.